______________________ 님

지금 가는 길이 가장 좋은 길이 되기를

기원합니다

행복한 기원

행복한 기원

지금 가는 길이 가장 좋은 길이 되기를

보경 지음

조화로운삶

나의 말과 글의 산실은 공교롭게도 법정 스님이시다.

스님으로부터 받은 영향은 내가 송광사로 출가하기 전부터 시작되었다. '80년 광주 민주화의 봄' 시절에, 스님은 광주의 강연회에서 이렇게 말씀하셨다.

"원망을 버리라. 원망으로써 원망은 갚아지지 않는다. 원망을 버리는 길만이 그 원망을 갚는 길이요, 영원한 진리다."

그 당시 고등학생이던 내게 이 말씀은 충격이었고, 곧 인생의 전환점이 되었다. 그 길은 세속의 득실을 위한 삶이 아니라 영혼의 자유, 바로 출세간의 길이었다. 송광사로 출가하였을 때 스님은 불일암에 주석하고 계셨다. 한 도량에 살면서, 스님의 글과 삶의 궤적을 그려보았던 것이 오늘날 글쓰기의 자양분이 되었음을 깨닫게 된 것은 유감스럽게도 스님께서 입적하시고 난 뒤의 일이었다.

절집의 생활은 단조로우면서 자칫 지루할 수 있고, 스스로 일깨우지 않으면 물에 가라앉는 돌처럼 자신도 모르는 사이에 정신의 뼈와 살이 해체되어버리고 만다. 나는 이를 극복하기 위한 방편과 채찍으로 책을 들었다. 오래전에 일생 '1만 권 독서의 꿈'을 세웠다. 이 꿈은 아직 유효하다. 그것은 모든 종교와 사상으로부터의 자유였고, 이 자유가 글쓰기에도 상상력과 유연함을 가져왔다. 무엇보다 이 구속되지 않는 절대의 자유 속에서 깨달은 것은 삶을 향한 뭇 생명들의 지칠 줄 모르는 자유의지가 불러일으키는 경외로움이었다.

"숲에 움직이지 않는 나무는 없고, 흐르지 않는 물은 없다"는 말처럼, 소외되고 잊히기 쉬운 개체에 대한 존중과 사랑이 내가 걸어가야 할 길임을 깨달은 것이다. 이날까지, 달리는 말이 뒤를 돌아보지 않는 것처럼 목표만 바라보며 살아왔다. 하지만 언제부턴지 삶은 이것만으로 부족하다는 것을 알았다. 사막의 여우는 사냥꾼에게 쫓기면서도 굴에 들어가기 전에 뒤를 돌아본다고 하던가. 이제부터 앞으로 가는 만큼 뒤를 자주 돌아보고자 하는 마음이 이 책에 담겨 있다. 그리고 내가 믿는 방식으로 더 이상 행복해질 수 없다면 과녁보다는 활 쏘는 자의 자세를 돌아보는 것처럼 생각과 몸을 돌릴 수 있는 유연함을 기르는 것이 이후의 삶의 자세가 될 것이다.

도심 포교당에서 8년이라는 세월을 주지로 살고 있다. 젊어서의 선방 10년과 종무행정을 접한 몇 년, 작금의 포교당 주지까지 이판과 사판을 넘나들며 나의 삶을 선명하게 밝혔던 것은 세상에 대한 격려와 위안, 그리고 희망에 대한 '이야기'였다. 이 '세상보기'가 내가 걸어가야 할 길이고 죽는 날까지 포기하고 싶지 않은 세상에 대한 나의 이바지이다. 그것은 진리는 멀거나 밖에 있지 않으며, 나를 이루려거든 상대를 먼저 이뤄주고, 나에게 싫은 것을 남에게 강요하지 않는 종교의 보편적 진리에 대한 천착이 될 것이다.

이 책에서는 '주지일기'라고 할 수 있는 지난여름 한때의 기록과 함께 삶을 반추해보는 글이 대강을 이룬다. 이런 과정을 통해 더 의연하게 나이 들고 기품 있게 살아가고 싶다.

해가 바뀌고도 가축전염병은 멈추지 않아 이 글을 쓰는 시점에 이백만 마리의 소와 돼지 등 덩치 큰 가축이 살처분되었다. 이럴 수가 없다. 살아서는 오직 인간의 식탐을 위해 살찌우는 기계로 살다가 원인도 모른 채 그 많은 생명이 죽어가고 있다. 또 소외되고 그늘진 곳에 살아가는 서민들의 생활은 좀처럼 개선될 기미가 보이지 않는 문제도 빠트릴 수 없다. 하지만 세상은 끝나지 않고 변화하며 영원히 지속된다는 사실이 우리 희망의 근거임을 안다면 서두를 일도 절망할 일도 없지 않을까? 밤과 낮의 순환처럼 나와 나를 둘러싼 세상은 끊임없이 변한다. 여기에서 삶의 실마리를 찾을 수 있다면 우린 보다 행복하게 살아갈 수 있다.

이 기원, 세상 모든 생명들이 각자의 길에서 행복하기를 바라는 마음으로 이 책을 적었다. 감사하고 부끄럽게도 법정 스님의 책을 출간했던 곳에서 책을 내는 인연이 이뤄졌다. 출간이 되기까지 애써주신 모든 분에게 감사드린다.

올겨울 서울은 유난히 춥고 눈이 많다. 문득 30여 년 전 조계산
에서 내 어린 마음을 포근하게 어루만져주던 함박눈이 가슴 미어
지도록 보고 싶어지는 이즈음이다.

신묘년 새해, 지금 이 길이 그대에게 가장 행복한 길이 되기를
향축드린다.

2011년 1월

삼각산 일로향실에서

보경 합장

1 진실한 일

이 길이 그대에게
가장 좋은 길이 되기를

이 길이 그대에게
가장 좋은 길이 되기를

나는 이미 고교 시절부터 불교학생회 활동을 하면서 출가에 뜻을 두고 준비해왔다. 그래서 출가에 대한 사전 지식이 없지는 않았다. 고향 집에도 마지막으로 다녀오고 나니, 남은 일은 아무것도 없었다. '빈 몸 하나로 가는 것이고, 가면 돌아오는 일은 없다'는 말을 수없이 되뇌며 출가 일을 기다렸다.

드디어 출가 일이 됐다.

귀대 시간을 맞추기 위해 부대 주위를 빙빙 돌다가 위병소로 향하는 군인처럼, '송광사행' 마지막 버스 시간을 확인한 후 시간을 보내다 표를 끊고 버스에 올랐다. 온갖 상념으로 복잡했을 텐데도 까닭모를 잠이 쏟아졌다. 눈을 떠보니 버스는 송광사 아래 매표소에 도착해 있었다. 음력 설 무렵이라 이제 겨우 저녁 즈음인데도 사방을 분간하기 어렵게 어두웠다. 가게에 들어가 요기라도 할까 싶어 주머니를 뒤져보니 십 원짜리 동전 두 개, 그리고 주민등록증만이 손에 잡혔다.

‘이제 이 길뿐이다…….’

어두운 길을 손으로 더듬다시피 올라가는데 바람 끝에 실려 오는 소나무 향기가 그렇게 시원할 수가 없었다. ‘손전등이라도 있으면 좋을 텐데’ 하는 아쉬운 마음으로 올라가는데, 사람 목소리가 들리고 희미하게 불빛이 눈에 들어왔다. 출가하는 날의 마음이 얼마나 예민할 것인가. 스치는 바람 한 줄기에도 의미를 둘 정도인데, 부도전의 노스님을 찾아간다는 일행을 만나게 되니 출발부터 가피를 입은 듯이 즐거운 마음이 됐다. 큰 절과 암자로 가는 갈림길에서 그 일행과 헤어져 조금 더 올라가자, 절의 입구가 나타났다.

도량은 어두웠다. 나는 바로 원주실로 찾아갔다. 일전에 학생회에서 송광사에 왔을 때 유심히 살펴두었기에 어두운 가운데서도 쉽게 찾을 수 있었다. 원주 스님은 자리에 없었고 대신 한 스님이 맞아주셨는데, 나중에 알고 보니 그분은 선방 스님이셨다.

“출가하러 왔습니다.”

“들어와요.”

큰절을 세 번 올리고 무릎을 꿇고 앉았다.

“왜 출가하려고 하는가. 동기가 뭐요?”

“살려고 왔습니다.”

그 스님의 눈이 커졌다.

“아니 살려면 밖에서도 살잖아?”

나는 조금 전의 말 그대로 다시 반복했다.

“살려고 왔습니다.”

나는 살기 위해 출가했다. 그때는 세상이 더 없이 좁게 느껴졌다. 세상 그 무엇도 흥미롭지 않았다. 그런데 아무리 알쏭달쏭한 도(道)라 해도 나에겐 명확하게 다가왔고, 도를 깨쳐보고 싶은 마음만은 억누를 수가 없었다.

입산하고 열흘이 지났을까? 원주실에서 삭발 허락이 떨어졌다. 삭발 전에는 삼천 배를 해야 했다. 저녁 예불을 마치고 홀로 법당에 들어가 절을 시작했다. 삼천 배는 호수에 물을 채우는 것과 같다. 좀처럼 채워지지 않을 듯해도 시간이 흐를수록 호수의 크기가 줄어드는 기분이 된다. 상념 속의 호수가 사라지면 절이 끝난다. 호수가 사라지면 물을 채울 일도 사라지는 것이다. 천천히 해도 여덟 시간 정도면 마칠 수 있다. 절을 마치고 무릎을 꿇은 채로 엎드려 있었다. 시간을 가늠할 수 없었는데, 어느 사이에 새벽 도량석이 울렸다.

한동안 내리던 눈이 뜸해지고 모처럼 따뜻한 햇살이 모여드는 후원의 양지바른 곳에서 세숫대야에 물을 받아놓고 쪼그리고 앉아 삭발을 기다렸다. 위 행자 하나가 삭발기를 들고 나타났다. 삭발에 앞서 먼저 합장을 하고 중노릇 잘하겠다는 결심을 마음에 잘 새기라 했다. 햇살이 든다고는 하나 아직 추위가 가시지 않은 겨울 산중이라 턱이 덜덜 떨려왔다. 미리 물기를 축축이 축여놓은 머리에서 솟아나는 하얀 김이 대얏물에 훤하게 비쳤다. 대얏물에 비친 하늘은 회복기에 들어선 환자의 얼굴처럼 창백했다.

드디어 삭발이 시작됐다. 대야에 머리카락이 뚝뚝 떨어졌다. 이상하리만치 덤덤했다. 눈물이 나온 것은 슬퍼서가 아니라 대야에 떨어지는 머리카락을 지켜보느라 눈을 부릅뜨고 있는 바람에 들어간 비눗물 때문이었다. 그래도 따가움을 참아가며 이 순간을 기억하리라는 생각으로 눈을 떼지 않았다.

삭발이 끝났다고 했다.

"잘못됐습니다."

그때는 몰랐는데, 삭발 후에는 반드시 이렇게 말하는 거였다. 삭발을 하고 나서 혹여 아프거나 마음에 들지 않을 수도 있기 때문에 미리 하는 인사이다.

나무청(廳)에서 공터로 이어지는 한쪽에 자루가 반쯤 부러진 삽이 나뒹굴고 있었다. 삭발 행자가 머리카락을 묻기 위해 땅을 팔 때에 쓰곤 했던 것이다. 대야를 가져다 놓고 땅을 파니 앞서 묻혀 있던 머리카락이 드러났다. 다시 흙을 덮고 두어 군데를 더 파다가 깨끗한 곳을 발견했다. 나는 머리카락이 실타래처럼 가득 떨어진 대야의 물을 쏟아 붓고, 대야에 붙은 마지막 한 올까지 손으로 찾아내어 땅에 묻은 후 머리를 만져보았다.

신천지의 유일한 사람.

이전에 없던 새로운 사람이 하나 생겨난 기분이 들었다. 나쁘지 않았다. 고향 하늘이라고 생각되는 곳을 향해 합장했다. 선(先)행자가 지켜보면서 지시하는 대로 하는 거였지만, 다짐만큼은 내 식대로 했다.

"이곳에서 잘 살아보겠습니다."

싸늘히 식은 머리를 손으로 감싸며 후원으로 뛰듯이 바삐 움직였다. 삭발을 했던 양지바른 곳에는 봄으로 향하는 따뜻한 햇살이 축복처럼 가득 모여들고 있었다.

30여 년 전의 일이 아직도 생생하기만 한데, 절집에 들어와 얼마나 많은 수행의 성취를 했는지는 잘 모르겠다.

며칠 전에는 올 대학 입학 원서에 추천서를 써준 학생이 동국대학교 불교학과에 수시로 합격했다고 인사를 왔다. 전부터 출가하겠다는 생각을 가진 아이였지만 실행에 옮길 거라 기대는 하지 않았는데, 이번에 이런 뜻을 보다 분명히 밝혔다. 12월에 학교를 마무리하는 대로 이곳에서 생활을 시작할 것이다. 그의 아버지도 나를 그 아이의 스승으로 삼고자 하니 상좌 하나가 만들어지는 셈이다.

돌이켜보면 나에게는 출가의 길이 가장 쉽고 좋았다. 자신에게 맞는 길은 무게가 느껴지지 않는 법이라서 그런지 몰라도 오늘에 이르기까지 행복하게 살았다. 이제 한 아이의 미래를 지켜봐야 할지도 모르는 입장에서 훗날 그 아이에게 기억될 한마디의 축원을 이렇게 남기려 한다.

"이 길이 그대에게 가장 좋은 길이 되기를……."

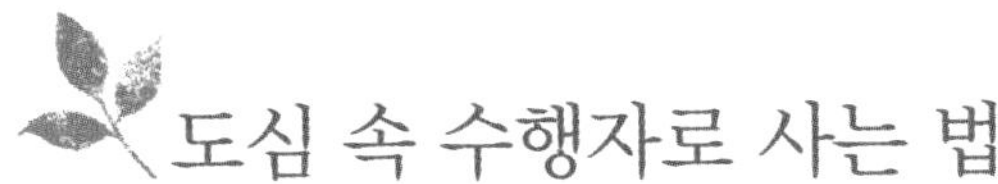

도심 속 수행자로 사는 법

새벽 도량석보다 먼저 찾아든 소나기가 창 앞의 오죽(烏竹)을 때리는 소리에 눈을 떴다.

도량석은 새벽 예불의 첫 의식으로 잠든 산중의 모든 것을 깨우는 소리다. 큰 목탁을 치면서 도량을 한 바퀴 도는 것인데, 목탁은 작은 소리로 시작하여 점차 높고 크게 울리도록 한다. 반대로 저녁 예불의 법구(의식하는 도구)는 큰 소리에서 작은 소리로 점차 낮아지게 한다. 밤에는 만물이 고요해지는 이치를 따르기 위함이다.

산중은 도량석을 새벽 3시부터 시작하지만, 도심의 절에서는 보통 4시에 한다. 우리 절도 그렇다. 범종을 치고 예불을 마치면 대략 4시 50분이 된다. 절집에 내려오는 말로 "조석 예불과 삼시(三時) 공양이 큰 공부"라는 것이 있다. 이 모든 시간을 빠뜨리지 않고 맞추려면 한눈팔 틈이 어디 있겠는가. 일상 자체가 예불이요, 기도가 되는 셈이다.

주지로 오면서 불전(佛前)에 다짐한 것 중에 가장 우선순위는 새벽 예불을 빠뜨리지 않는 것, 그리고 점심까지는 어떤 일이 있어도 절에서 공양하는 것을 철칙으로 삼았다. 만 7년이 넘는 동안 절에 머무는 한은 지금까지 한 번도 어기지 않았다. 어쩌다 고단하여 예불을 놓치는 경우에는 늦더라도 법당에 다녀오는 식으로 원칙을 지켰다. 내 생활을 얘기하자면 점심까지는 판에 박은 듯 단조롭다.

지금의 생활 패턴이 자리 잡은 지는 이런저런 시도 끝에 6년이 됐다. 우선 새벽 예불을 마치면 공양간에 내려가서 공양을 차려 먹는다. 전날 공양주가 보온밥통에 찰밥 반 공기, 냉장고에 김치 종류 하나와 불에 구운 김 한 접시, 입맛이 없을 때를 생각하여 고추장 한 종지, 그리고 사과 하나를 넣어두면 내가 꺼내서 먹는 식이다. 나는 입맛이 까다롭지만 반찬 투정은 하지 않기 때문에 이 정도로도 부족함을 느끼지 않는다.

식사 후에는 삼청공원으로 산책을 간다. 오랜 세월 걸어오면서 알게 된 걷기의 장점이 있다면, 근육이 튼튼해지고 몸의 기운이 단전에 모여 장이 따뜻해진다는 점이다. 산책을 다녀와서 요가를 하고 아침 시간에 잠깐 쉬고서 법회나 기타 법당 일을 본다. 그래서 오전에 누가 찾는 것이 달갑지 않다. 오후에는 이런저런 일을 하고, 책을 보거나 원고를 쓰는 일은 저녁 공양을 마치고 뒤뜰을 좀 거닐고 난 7시 이후에 집중적으로 이뤄진다.

이처럼 단순한 일상을 오래 지속할 수 있는 비결은 '도 닦는 마음'으로 하기 때문이다. 도 닦는 마음이란 곧 '꾸준함'이다.

이 이야기를 굳이 밝히는 것은 도시의 생활인들은 물론이고, 도심에서 주지 소임을 보는 사람들에게 참고가 되었으면 하는 바람 때문이다. 스님들은 도시에 살면 보는 눈이 많아 운신이 불편하고, 자칫 자기관리에 소홀하면 몸도 붇고 기운도 탁해지기 쉽다. 도심의 주지가 체중 관리만 잘해도 무난하게 살고 있다는 방증으로 봐도 무방하다.

다른 종교에서는 월요일에 공식적으로 쉰다고 하는데, 절집에는 이런 개념이 없다. "수행은 거문고 줄을 타듯 적절하게 하라" 했던 부처님의 말씀처럼 오직 자신의 힘에 따라서 스스로 결정할 뿐이다. 할 수만 있다면 죽을 때까지 수행을 포기하지 말아야 하는 것이 불교의 정신이다. 왜냐하면 수행은 누가 시켜서 하는 법이 없고, 철저하게 자유의지로 해야 한다는 뜻이다.

오늘은 오전에 특별한 행사가 없어 천천히 움직일 것이다. 마침 비도 오시지 않는가! 철이 없는 것인지, 비가 오면 아직도 왜 이리 좋은지. 나는 훗날 토굴이 생긴다면 지붕은 양철 지붕으로 하겠다는 꿈이 있다. 누군가 "비가 오면 시끄럽지 않겠느냐"고 했다. 그에 대한 나의 대답은 이랬다.

"바로 그 이유 때문이랍니다."

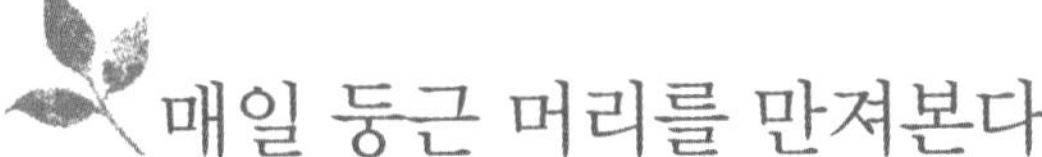

매일 둥근 머리를 만져본다

세속의 사람들은 몸가짐을 단정히 할 때면 머리 손질을 한다고 들었다. 나는 일찍 출가한 탓에 이날까지 넥타이나 구두를 몸에 둘러보지 않았고, 특히 머리 손질에 대한 기억도 없다. 도시에 사는 동안 삭발은 삼 일을 넘기지 않으려고 나름대로 원칙을 세웠고, 대중 법회가 있으면 전날이나 아침에 삭발을 하곤 한다. 이것이 나의 머리 손질인 셈이며, 신도들을 맞는 인사이기도 하다.

예전에 스님들은 보름에 한 번 정도 삭발과 목욕을 했다. 그런데 요즘은 대중 생활을 하는 산중의 수행처를 제외하고 기간에 얽매이지는 않는다.

절에서는 머리털을 '무명초(無名草)'라 부르기도 한다. 무명은 중생의 번뇌 업장, 풀은 뿌리가 살아 있는 잡초랄까. 이 말이 틀리지 않는 것이, 중노릇에 즐거운 마음이 나지 않을 때는 이상하게 삭발이 귀찮아진다. 그래서 주지를 시작하며 세운 수칙 중에 하나가 '삭발은 삼 일을 넘기지 않기'이다. 무엇보다 도심 포교당의 주지를 살다 보면 나태해지고 방만해질 수 있는 것을 삭발이라는 상징적인 기호로 다스리겠다는 내 나름의 생각이다.

"속인은 길러 먹고, 중은 깎아 먹는다"는 말이 있다. 속인들은 뭐든 강한 집착으로 붙들고 키워나가지만, 스님들은 버리고 낮출수록 존경을 받는다는 말씀일 게다. 옛 스님들의 어록에는 "매일 일어나면 둥근 머리를 만져보라"는 말씀도 있다. 출가자는 분명 세속의 사람과는 다른 길에 서 있다. 세속의 채우는 즐거움과 달리 출가자는 욕심을 버리지 않으면 도를 깨닫기 어렵다. 출가 사문이나 종교의 선지자들이 한결같이 권력과 이성(異姓)에 대한 유혹을 이겨내고서야 진리를 깨달을 수 있었다. 이 기쁨이 세속의 즐거움을 넘는다.

무엇보다 도를 닦는 시작은 근면이다. 게으름이 얼마나 지독한 욕망인지 생각해보았던가. 세속과 다른 삶의 상징이 바로 삭발이다. 더는 감출 것도 꾸밀 것도 없이 모두 드러냈으니 진실하게 살아가면 된다. 이 진실 속에 번뇌의 휴식이 있고 자유가 있다. 삶이 진실하면 번뇌가 사라지는 것이다.

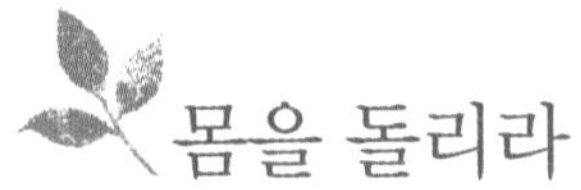

몸을 돌리라

중국 속담에, 어떤 사람이 임금과 대담하다가 말을 잇기 궁색해지자 머리를 숙이고 신발 속을 긁적였는데, 신발에서 나는 냄새 같은 것은 아랑곳하지 않았다는 이야기가 있다. 이는 생각이 궁해지면 주위의 시선을 돌아볼 여유도 없이 답 찾기에만 몰입하는 것을 말한다. 우리 역시 살다 보면 곁에서 지켜보는 이가 딱하게 여길 정도로 삶의 여유도 없이 눈앞의 일에 골몰하는 경우가 있다. 나는 이 이야기를 통해 삶에서 방향 전환이 얼마나 중요한지 생각해보았다.

우리는 자신의 일에 집착하면 몸을 돌릴 줄 모른다. 삶에서 어떤 변화를 가져오기 위해서는 생각의 변화가 있어야 한다. 그런데 여기서 끝나지 않는다. 반드시 몸에도 변화가 따라야 한다. 몸은 생각을 구체화시키고 흔들리지 않게 하는 도구이니, 몸이 달라지지 않으면 만사 관념에 그칠 뿐이다.

그런데 이런 사고방식은 서양보다는 동양적인 정서이다. 약만하더라도 서양인은 식품의 영양분을 따져서 '일일 권장량'을 말한다. 반면 동양 사람들은 '기(氣)'를 보충한다거나 몸에 좋다고 하는 말을 하는데, 이는 서양에서 말하는 영양과는 의미를 달리할 때가 적지 않다. 서양은 정신을 우선으로 하여 몸을 닦는다는 생각이 없다. 생각을 다스리면 몸은 자연스레 순응하는 것이지, 우리가 생각하는 것처럼 몸도 생각처럼 독자적으로 기능한다는 것을 잘 이해하지 못한다.

몸은 중요하다. 생각을 고치기는 쉽지만, 몸에 배인 습관을 고치기는 정말 어렵다. 친구와 약속이 있다거나 도서관을 가야 한다고 가정해보자. 그런데 몸을 움직이기 싫어 약속을 미루거나 도서관에 가지 않은 때도 있지 않은가. 만약, 이처럼 당연히 생각했던 일을 해야 하는데도 포기하고 말았다면, 생각이 몸을 이기지 못한 것이다.

몸을 유혹하는 가장 큰 요소는 '게으름'이다. 흔히 욕심을 해로운 것으로 생각한다. 그러면서 남에게 피해를 끼치지 않고 혼자 조용히 사는 것을 미덕으로 친다. 그런데 욕심은 대단히 포괄적인 의미를 갖는다. 몸과 마음이 본능적으로 원하는 것은 대부분 욕심과 관련이 있다. 돈을 벌기 위해, 출세를 하기 위해, 부단히 노력하는 사람을 욕심이 크다 말한다. 반대로 무기력하고 매사에 적극적이지 않은 사람이 있다면, 이런 경우에 우리는 흔히 '욕심이 없다'고 평가한다. 그러나 생각해보라. 그가 욕심이 없다고 할 수 있는가. 그에게는 게으름에 대한 탐욕이 있다.

게으름도 탐욕이다. 노숙자들은 모든 것을 포기하고 대신 구걸하며 살아간다. 지방에 내려갈 때마다 이용하는 열차를 타기 위해 용산역이나 서울역에 가보면 사시사철 노숙자들이 진을 치고 있는 것을 본다. 나는 그들의 얼굴에서 번민이나 괴로운 표정을 읽어본 적이 없다. 그들은 즐겁고 어느 정도는 편안해 보이기까지 한다. 왜 그럴까. 그들에게도 탐욕이 있기 때문이다. 아무것도 책임지지 않는 무책임한 '탐욕' 말이다.

몇 년 전이었을 것이다. 갑자기 때 이른 한파가 몰려와서 저소득 층이나 노숙자들에 대한 대책을 언론마다 강조했다. 방송에서 서 울의 한 지하도에 종이박스로 굴 같은 집을 만들어 겨울을 나고 있 는 노숙자를 만나 인터뷰를 했다. 그 방송 장면에서 나는 흥미로운 사실을 하나 발견했다. 카메라가 리포터가 지시하는 곳을 따라 움 직이는데 박스 안에는 두툼한 침낭이 들어 있었다. 한눈에 봐도 그 해 겨울 들어 한 번도 꺼내지 않은 듯 잘 개어져 있었다.

"아니, 이렇게 추운데 왜 따뜻한 침낭을 두고 쓰지 않으세요?"

리포터도, 시청자들도 똑같은 의문이 들 수밖에 없는 상황이었 다. 그때 노숙자는 뜻밖의 말을 했다.

"지금부터 침낭을 쓰기 시작하면 정말로 추울 때는 어떻게 견디 겠어요. 그래서 더 추워지면 쓰려고 참고 있는 겁니다."

그해 겨울의 추위가 그 시점보다 얼마나 더 심했는지 정확히 기 억나지 않지만, 그 장면을 보면서 '저 사람은 노숙자 자격이 있다. 아마 겨울이 다 가도록 침낭을 펼치지 않고도 거뜬히 살아남을 것이다'라고 생각했다.

더 극한 상황에 대비하기 위해 우선의 불편을 참는 정신이 좋아 보이는 한편, 그가 정상적으로 가족을 부양하는 환경으로 다시 돌아간다면 잘해낼 수 있을까 하는 의문도 들었다. 나는 장담하지 않겠다. 그러나 쉽지는 않을 것이다. 한 가정의 평범한 삶을 지켜나가는 가장의 어깨에는 항상 맷돌 같은 무거운 짐이 있을 터이다. 노숙자로서 존재하는 방법보다 도시 소시민으로 살아가는 길이 더 험난하지 않겠는가.

노숙자는 자신이 처한 환경에서는 가장 적극적으로 적응하고 있겠지만, 어쩌면 이는 아주 작은 부분에 지나지 않는다. 그가 노숙자로서 만족한 삶을 살아간다 해도, 다시 가정으로 돌아가 가장으로서의 역할을 능숙하게 수행하기 위해서는 다시 한 번 몸을 돌려야 할 것이다.

우리 절에는 여러 해 전부터 거의 매일 출근하다시피 하며 반직원 노릇을 하는 노숙자가 있다. 그를 우리는 '노 처사'라 부른다. 노숙자의 앞 글자가 그의 성이 된 것이다. 그는 아침에 와서 도량 주변을 쓸고 무거운 물건을 나르거나 화초에 물을 주는 일을 돕는다. 그래서 큰돈은 아니지만 한두 끼의 밥값 정도는 틈틈이 주고, 명절이나 특별한 날 그리고 일을 많이 한 날은 그에 합당한 사례를 하고 있다. 그가 살고 있는 곳은 종로 어딘가의 지하 쪽방이라 했다. 초파일에 30만 원을 줬더니 그걸로 방세를 냈단다.

그이가 요즘은 틈틈이 시장통에서 쓰는 바퀴 두 개 달린 짐 운반

수레를 끌고 다니며 박스를 수거하고, 이를 팔아 더 많은 돈을 만들고 있다고 자랑했다. 노 처사는 몸을 돌리려고 노력하는 경우라 하겠다.

《숫타니파타》의 〈뱀의 비유품〉 중 '알라바카 야차'에 보면, '어떻게 해서 재물을 얻고, 어떻게 해서 명성을 떨치며, 어떻게 하면 이 세상에서 저세상으로 갔을 때 걱정이 없겠는지'에 대한 질문에 부처님은 이렇게 말씀하신다.

"적절하게 일을 하고 참을성 있게 노력하면 재물을 얻는다. 성실을 다하고 명성을 떨치고, 베풂으로써 친구를 사귄다. 깊은 신앙심을 가지고 가정생활을 하는 사람에게 성실과 인내와 베풂, 이 네 가지 덕이 있으면, 그는 저세상에 가서도 걱정이 없을 것이다."

불교에서 말하는 인과는 당장의 원인과 결과에서 그치지 않고 다음 생에 태어날 때도 영향을 미친다고 한다. 좋은 가르침과 바른 삶의 자세는 이생에서도 행복하고 내생에도 행복한 공덕의 씨앗이 된다. 이 공덕의 비결은, 알아차린 순간 생각에 그치지 말고 몸까지 돌리라는 것이다.

살아 있는 동안에는 적절한 노동을 해야 한다. 적절한 노동은 자신도 즐겁고 옆에서 지켜보는 사람도 즐겁게 만든다. 이왕 하는 일이면 즐겁게 하라. 이왕 가는 길이면 즐겁게 여행을 떠나야 한다. 성실하게 살면 이름이 나는 법이다. 그리고 친한 사이일수록 베풀어야 한다. 아무리 원수라 해도 내가 먹을 것을 베풀면 좋은 사이가 된다. 나와 나쁜 사이는 서로 베풂이 없는 사이라는 의미이다. 문제는 자신에게 귀결된다. 결국, 좋은 세상은 좋은 사람들이 만들어가는 공간이다.

일상에 도가 있다

사람들은 매일매일 쓰면서도 알지 못한다.

百姓日用而不知

매일 반복하여 일어나는 모든 일에는 하나의 법칙이 존재한다. 이를 일러 '도(道)'라고 한다. 그런데 자신이 좋아서 하는 경우와 어쩔 수 없이 해야 하는 경우에 따라 그 일을 받아들이는 우리의 자세가 달라진다. 즉, 긍정적일 때에는 자신의 일로 여기지만, 수동적으로 움직여야 할 때에는 남의 일처럼 생각하게 된다는 것이다. 하지만 지난 시간을 돌아보라. 나에게 일어났던 모든 일들이 하나도 빠짐없이 나의 삶이었음을! 내 인생에 나의 삶이 아니었던 순간은 단 한 번도 없다. 이를 깨닫는다면 우리는 좀 더 자신의 삶을 사랑하며 살 수 있지 않을까.

우리는 도 속에 살아간다. 다시 말해 일상에 도 아닌 것이 없다. 도는 산중에 사는 선승들의 전유물이 아니다. 우리와 한시도 떨어져 있지 않은 것이 도이다. 식사에도 도가 있다. 식사를 골고루 적당히 하면 먹고 나서도 속에 부담이 없다. 잘 먹고 화장실에 잘 가는 것도 큰 도이다. 변비가 얼마나 큰 괴로움인가. 잠도 잘 자면 이롭지만, 잘못 자면 괴롭다. 옷도 잘 입으면 편하고 신발도 발에 잘 맞으면 하루 종일 다녀도 피곤하지 않다.

도는 적절하게 삶을 영위해가는 즐거움의 자세에서 비롯된다. 그렇지만 사람들은 일상을 가볍게 여기거나 무시하고는 돌아서서 후회하곤 한다. 이는 지혜롭지 못하다. 가까운 것에서 삶을 보지 않고 먼 곳에서 특별한 것을 찾는 마음을 멈추지 않는다면 하루가 행복할 수 없다. 이를 잘 말해주는 한비자의 이야기가 있다. 제목은 '가장 그리기 어려운 것〔畵孰最亂〕'으로, 내용은 이렇다.

왕국의 식객 가운데 제나라 왕을 위해 그림을 그리는 사람이 있었다. 제나라 왕이 물었다.

"무슨 그림이 가장 그리기 어려운가?"

식객이 말했다.

"개와 말을 그리는 것이 가장 어렵습니다."

"그럼 가장 그리기 쉬운 게 무엇인가?"

"귀신이나 도깨비를 그리는 것이 가장 쉬운 일입니다. 개와 말은 누구나 볼 수 있고 날마다 눈앞에 있으니 모든 사람의 눈에 맞게 그리기가 불가능합니다. 그러나 귀신이나 도깨비는 형체도 없고 남에게 설명할 수 있는 것도 아니어서 마음대로 그리고 나서 우기면 됩니다. 어느 누구도 증명할 길이 없으니까요. 그래서 가장 그리기 쉽다고 하는 것입니다.”

눈에 보이지 않는 천당과 행복에 대해 이야기하기는 쉽다. 그러나 당장의 하루를 잘사는 길은 어렵다. 직장에서 동료들의 ‘술 한 잔’ 유혹도 뿌리치기 어렵고, 집에서 가족과 했던 약속을 지키기도 어렵다. 매일 꾸준히 운동하고 식습관을 바꾸면 건강해질 수 있다는 것을 어느 누가 모르겠는가. 이렇게 모두가 아는 사실인데도 실천이 역시 어렵다. 진정한 천재는 그날 일을 내일로 미루지 않는 실천력의 소유자이다.

제나라 왕 옆에서 그림을 그려주며 살아가는 화공은, 그가 마음에 품고 사는 도만큼은 왕에게 견주어도 부족함이 없을 것 같다.

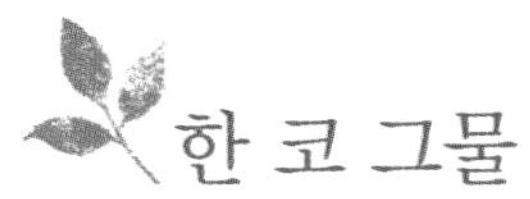# 한 코 그물

참새 떼가 날아오르자 사냥꾼이 큰 그물을 던져 많은 새를 잡았다. 이것을 보고 있던 한 사람이 새가 그물의 코 하나에 목이 걸려 있는 것을 보고 생각되는 바가 있었다. 그가 당장 그물이라고 만든 것은 코가 하나 뿐인 올가미였다. 그는 아무리 기다려도 새를 잡을 수 없었다.

《신감》〈시사〉

답답할 일이다. 지혜가 없는 사람은 일의 과정을 이해하려 들기보다는 결과만 보고 덥석 달려든다. 우선 몸으로 부딪치고 보는 것이다. 돌아오는 것은 항상 쓰린 실패뿐이다. 지혜로운 사람은 일을 하기에 앞서 궁리를 한다. 이 작은 차이로 인하여 성공과 실패가 나뉘고, 빈부와 귀천이 갈린다.

언젠가 대법관을 역임했던 분 가족의 기제를 지낸 적이 있다. 그 댁의 장남은 대학 교수, 차남은 대전 법원 판사로 재직 중이라 했다. 기제를 마치고 배웅하기 위해 밖에 나가 차가 떠나기를 기다리고 있었다. 그런데 판사인 차남이 저만치 도로에서 인도를 타고 들어오는 경계까지 뛰어가더니 뭔가를 보고 오면서 혼잣말로 중얼거렸다. 영문을 알 수 없어 궁금하여 물었다. 뜻밖에도 그이는 인도의 턱에 혹시나 차가 걸릴까봐 확인해보고 오는 거라고 했다. 분명 들어왔던 길인데도 만전을 기하기 위해 다시 가본 것이다.

이런 사람을 주위에서 본 적 있는가? 어느 법회에선가 이 이야기를 들려주면서 대중에게 물었다.

"우리가 세상을 안다고 할 수 있을까요?"

내가 겪은 또 다른 일 하나를 얘기해볼까 한다. 최근 우리 절에서는 석가모니 부처님과 상수 제자인 가섭·아란, 중국의 달마 대사, 우리나라의 원효, 보조, 서산, 그리고 근·현대의 효봉·구산 스님의 성상을 조성하여 모시는 불사(佛事)가 있었다. 이 성상들은 시주를 받아서 개인별로 모시도록 하고, 나머지는 부담 없이 불사에 동참하도록 했다. 특별히 권선(勸善)을 하지 않았어도 시나브로 순조롭게 진행이 됐다.

초하루 법회에 왔던 과거 정권의 핵심 인사인 한 신도가 자신도 불사에 참여하겠다는 말을 하면서 어떤 조사상(祖師像)을 하면 좋을지 물어왔다. 아직 개인 시주로 정해지지 않은 성상 중에서 하나를 택하도록 권했더니, 자신은 서산 대사상을 모시고 싶다는 뜻을 내비쳤다. 이유는 임진왜란 당시에 승병을 일으켜 나라를 구했기 때문이라 했다. 뜻밖의 말이었지만 일리가 있었다. 이런 건 억지로는 안 된다. 평소에 나라를 걱정하고 사랑하는 마음이 아니면 생각하기 어려운 일이다. 그래서 이렇게 덕담을 해드렸다.

"공직에 앉을 자격이 있습니다."

남보다 잘사는 법을 두 신도를 보면서 충분히 생각해볼 수 있다. 사소한 일이라도 만전을 기하는 습관과 나라를 생각하는 평소의 정신이 예사롭지 않다. 이렇게 일상에서 남다른 생각을 하는 사람은 그만큼 삶의 만족도도 높을 것이다. 반면, 당장의 결과만 놓고 원망하려 드는 사람이라면 어떤 세상도 만족스럽지 않을 것이다. 이런 사람에게 선사들의 다음과 같은 수행담은 번뇌를 깨뜨리는 쇠망치와 같다.

당대(唐代)의 영운지근 선사가 제창한 '여사미거 마사도래〔驢事未去 馬事到來〕'라는 화두가 있다. 나귀의 일이 끝나지 않았는데 말의 일이 다가온다는 말인데, 누군가 "어떤 것이 불법의 대의입니까" 물었을 때 선사가 했던 답이다. 근대 한국의 선을 부흥시킨 경허 스님이 바로 이 화두를 참구하다 깨달음을 얻었다.

경허 스님이 동학사로 들어가 용맹정진하기를 3개월이 지난 어느 날, 학명도일이라는 스님이 아랫마을에 내려갔다가 공부하는 처사를 만나 잠시 다담을 나누게 됐다.
"스님! 요즘은 어떻게 공부하십니까?"
"그저 경이나 읽고 염불하며 가람수호하는 것이 일과랍니다."
"스님! 그렇게 공부하다 소가 되면 어쩌려고요."
"그럼 어떻게 하면 소가 되지 않을까요?"

“소가 되더라도 고삐를 뀈 콧구멍이 없으면 되지요.”

학명은 ‘고삐를 뀈 콧구멍이 없는 소’라는 말이 무슨 뜻인지 알 수가 없었다. 절에 돌아와서 대중들에게 물어도 누구도 대답을 못 했다. 그러다 시자가 경허에게 묻게 되는데, 이 말에 선사는 의심이 봄날에 눈 녹듯 사라지며 활연대오하게 된다. 그리고 ‘오도송’을 지었다.

홀연히 고삐 뀈 콧구멍이 없다는 소리에
문득 깨달으니 삼천대천세계가 내 집이네!
유월 연암산 아랫길에
일 없는 농부가 태평가를 부르네.
忽聞人語無鼻孔
頓覺三千是我家
六月燕巖山下路
野人無事太平歌

‘무사(無事)’는 일이 없는 것이다. 모든 문제가 사라졌다는 뜻이다. 인간사 문제가 없던 적이 있던가. 좋아도 문제, 나빠도 문제다. 잘되면 잘되는 대로, 안 되면 안 되는 대로 문제가 따라온다. 그런데 각 종교마다 기도하는 사람을 보라. 그렇게 간절히 기도하던 사람도 문제가 해결되면 기도를 잊는다. 그래서 장자는 “신발이나 옷이 몸에 맞으면 그 존재를 잊는다”고 하지 않았는가.

궁극의 진리에 도달한 사람은 마음이 장벽과 같다. 그는 덤덤하게 하루를 산다. 하지만 보통 사람들은 그렇게 살기 어렵기 때문에 다른 방법으로 삶의 진실을 보도록 해야 한다. 그 방법 중에 하나가 삶은 항상 '나귀의 일이 끝나지 않았는데, 말의 일이 다가오는' 법임을 잊지 않는 것이다. 작은 일을 해결했다고 방심하다가 다가오는 더 큰 일을 망칠 수 있다. 그리고 크게 느껴지는 일이란 게 알고 보면 작은 일이 눈 덩이처럼 부풀어 오른 거다.

내가 서울에 주지 취임 인사에 했던 말이 《도덕경》 27장의 이 구절이었다.

잘 잠그면 빗장으로 걸지 않아도 열지 못하고
잘 묶으면 끈으로 매지 않아도 풀지 못한다.
善閉 無關楗而不可開
善結 無繩約而不可解

새가 걸리는 것은 그물의 한 코에 불과하지만 그 한 코를 이뤄주는 코는 많을수록 좋다. 이런 노력이 이뤄진다면 보이지 않는 것으로 보이는 세계를 다스릴 수 있다. 이런 진귀한 사람 어디 없을까?

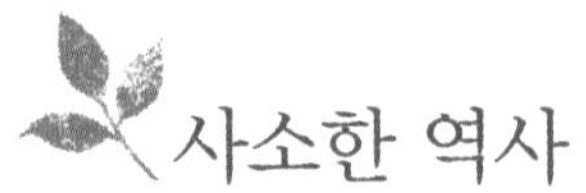

사소한 역사

발치(拔齒) 예약 시간인 3시 30분이 다가올수록 가슴이 두근거린다. 장마철의 햇살이 너무 반짝이는 것도 이런 날은 싫다. 소나기가 지나간 직후라 바닥에서 매케한 먼지 냄새가 올라온다. 심란해서인지 나도 모르게 고개가 숙여졌는가 보다. 미국 정보국에서는 치과용 의자에 눕혀서 심리적인 동요를 체크하는 과정이 있다는데, 사실 여부를 떠나 그만큼 누구나 치과에 공포를 느낀다는 것만큼은 공감한다.

가져간 염주를 꼭 쥐고, 마취…… 발치…… 모두 마쳤다. 솜뭉치를 문 채로 뽑아놓은 치아를 한참 내려다본다. 몸의 부속 하나가 떨어져나간 기분이다. 호적이 늦은 데다 생일까지 동짓달에 걸려 차트의 나이는 실제보다 적지만 거의 반세기를 살아온 몸이라니, 선사들이 즐겨 말하던 "몸과 상관없는 '마음'이라는 한 물건이 있다"는 것이 이상하게 실감 난다. 치아를 뽑든, 손톱을 자르든 전혀 영향받지 않는 나의 '참마음'을 생각해보았다.

간호사가 일러준 주의 사항은 솜뭉치는 두 시간 물고 있을 것,

38

저녁 식사는 좀 더 있다 할 것, 혹시 출혈이 있다면 여분의 거즈로 조치할 것 등이다. 항생제 처방전을 들고 이틀 전에 갔던 수도약국에 가서 약을 지었다. 1,300원.

사람들로 넘쳐나는 길을 걷는데 귀가 먹먹해 마치 헤드폰을 끼고 있는 것 같다. 지척에 두고도 인사동에 거의 나가지 않기 때문에 어쩌다 나가보면 사뭇 거리가 달라져 있음을 느낀다. 새롭게 눈에 들어온 건물은 '오! 설록' 찻집. 작설차를 직접 볶아 선보이는 시식 코너가 있는 1층은 로비를 겸하는 곳으로 차와 다기도 여럿 진열되어 있다. 건물 안내도를 보니 2층과 3층은 찻집으로 운영하는가 보다. 올라가는 계단이 나무로 되어 있어 산뜻해 보이는데, 더 머물기가 불편하여 절로 직행했다.

월말 결제가 지난 시점이라 절에 돌아와 공과금을 살펴봤다. 내가 송광사 재무를 본 때가 1995년도였다. 1년을 봤다. 큰살림을 어떻게 하면 빨리 파악하여 빚을 지지 않고 잘 마칠 수 있을지 여간 걱정이 아니었다. 그러던 하루는 예불을 마치고 나오다 문득 몇 년 치를 그래프로 그려보면 흐름을 알 수 있을 것이고, 매일 대조해가면 되지 싶었다. 이 이야기를 수학과 출신 스님에게 했더니 좋은 생각이라고 엄지손가락을 세워 보였다.

당장 아침 공양을 마치자마자 벌교로 나가 문방구에서 8절지 그래프용지 20여 장을 사왔다. 그날부터 일주일을 방에 틀어박혀 2년 치 수입 항목, 즉 관람료, 불전, 기도, 기와, 주차, 특별 수입까지 꼼꼼히 뒤져 그래프를 만들어보았다. 신기하게도 그래프는 월별로 일정한 흐름을 보였다. 예를 들면 봄나들이, 초파일, 여름휴가, 가을 단풍철에는 수입이 많았고 한겨울은 수입이 현격히 줄었다.

그래프를 보고 나름대로 원칙을 세웠다. 대금 결제는 수입이 많은 달에 될 수 있으면 즉각 처리하되, 겨울같이 수입이 극히 적은 때는 결제 시점을 알려줘서 양해를 구한 후 철이 바뀌면 처리하는 식이다. 이 때문인지는 몰라도 1년 뒤 소임을 넘길 때는 현금도 충분히 보유한 상태였다. 후임자에게 그래프를 넘겨주며 참고하라 했는데, 지금 가지고 있었다면 흥미로운 자료가 되었지 싶다.

이런 자료는 아무리 사소한 것이라도 사료적 가치가 있다.

500년 전인가, 일본에 사케다라는 사람이 살았다. 그는 미두 장사였다. 장사를 여러 해 하다 보니 계절에 따라 변화가 있다는 것을 알게 됐다. 그는 매일같이 판매되는 곡식의 양을 기록하기 시작했다. 그러고는 곡식이 들어올 때와 많이 소요될 때를 구분하여 곡식이 들어올 때는 방출하여 관리비를 줄이고, 소요가 많을 때는 미리 보다 싼값에 구매하여 다른 가게보다 많이 팔 수 있었다. 이 통계 원리는 '사케다 전법'이라 하여 지금도 증권회사에서 유용하게 쓰인다고 한다.

지혜는 분명 인간의 삶을 향상시킬 수 있다. 고대 그리스 철학자 탈레스는 하녀인 트라키아에게 무슨 일로인가 망신당하고는 '철학자도 돈을 벌 수 있다'는 사실을 증명하려고 사업을 벌였다. 한 겨울에 올리브유 짜는 기계를 모조리 싼값에 빌렸는데, 마침 이듬

해 올리브 풍년이 들어 기계 임대료가 크게 올라 많은 이익을 보았
다. 사람들은 그의 식견에 감탄했다.

지난 7월 전기세는 1,018,660원, 작년(2009)에는 895,370원, 2
년 전에는 1,095,720원.
수도세는 818,530원, 작년은 635,650원, 2년 전은 1,162,460원.
가스는 701,850원, 작년은 272,780원, 2년 전은 180,580원.
작년은 전제적으로 긴축되었는데 올해는 잔소리를 안 했나 싶기
도 하다. 월요일 직원 조회 때 주의를 주어야겠다.
솜뭉치 뱉어내기 20분 전, 죽 먹을 시간이 이제 한 시간 남았다.

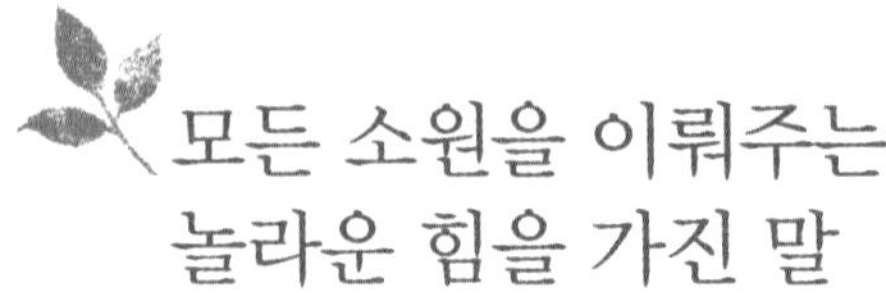

모든 소원을 이뤄주는
놀라운 힘을 가진 말

　삼복더위와 입추가 지나자 바로 대학입시가 백 일 앞으로 다가왔다. 오늘은 기도 입재. 40여 명의 입시생을 위한 기도를 시작했다. 앞으로 입시 전까지 더 늘어날 것이다.

　나는 신도들이 모이는 날이면 항상 법문을 한다. 신도들은 절에 오면 축원 받고 법문 들을 권리가 있다. 반대로 스님들은 이 의무를 다해야 한다. 법문하지 않는 주지는 존재의 의미가 없다. 주지는 신도들이 모이면 그날의 모임과 행사의 의의에 대해 반드시 설명해야 한다. 주지가 신도들에게 할 수 있는 최상의 서비스랄까.

　오늘 법문의 대강은 이렇다.

단행해야 함에도 단행하지 못하면 반대로 어려움을 받게 된다.
當斷不斷 反受其亂

　입시는 살아가면서 건너야 할 수많은 징검다리 중 한 개의 디딤 돌이다. 지나친 부담은 피할 일이지만 그렇다고 간단히 볼 일은 더더욱 아니다. 대나무의 마디를 보라. 기형적으로 꺾인 나무도 결국 마디 하나에서 결정이 난다. 입시는 인생의 과정이지만 순간순간이 건실해야 좋은 인생을 살 수 있다.

아이의 실력을 비춰본다면 없는 일을 만들기는 어렵다. 그렇지만 부족한 것은 채울 수 있다. 아이의 부족함을 메울 수 있는 것은 가족의 정성과 사랑이다. 이제 물러설 곳이 없다. 피하려고 하지 말고 문제의 본질로 들어가는 용맹심을 갖는다면 성취할 수 있다.

여러 해 전 여름에 일본 여행을 갔다가 절에서 사온 꽃방울을 재수하는 신도의 딸아이에게 선물하면서 골든 벨을 울려보라고 격려했다. 그런데 이 아이가 움직이기만 하면 소리 내는 방울을 휴대전화에 달고 다녔다. 친구나 주위 사람들이 놀려도 아랑곳하지 않고 시험을 마칠 때까지 그렇게 했던가 보다. 결국 아이는 좋은 학교에 갔다. 합격 소식을 받고는 오히려 내가 "합격해줘서 감사하다"는 말을 했다.

이런 간절한 마음이 있어야 하지 않겠는가.

다른 종교에서 하는 기도는 발원(發願)이다. 그러나 불교에서는 그 원을 이루기 위해 구체적으로 변화를 일으키는 방식이 있다. '관세음보살' 같은 부처님이나 보살님들의 명호를 부르는 것, 그리고 '진언(眞言)'을 반복하여 외우는 방법이다. 이것을 '만트라'라고 한다. '모든 소원을 이뤄주는 놀라운 힘을 가진 말'이라는 뜻이다. 변화를 일으키기 위해서는 반복해 외워야 한다. 그러면 변화가 일어난다. 스스로 가진 힘을 신뢰해야 한다.

급하게 결말을 봐야 할 때는 신중단(神衆壇)에 기도를 잘하면 좋다. 부처님이 계신 곳을 상단(上壇), 법당 측면에 탱화를 모시고 '반야심경'을 외우는 곳이 신중단이다. 부처님이 상위의 개념이라면 신중들은 부처님과 보살님들을 호위하며 심부름하듯 중생들의 급박한 소원을 해결해주는 신들이다. 입시 기도 동안에 절에 오면 꼭 신중단에 가서 향을 올리고 소원을 말해야 한다. 분명히 기억할 것은 소원을 이루기 위해서는 한 번 말하는 것이 아니라, 수없이 반복하여 만트라를 외워야 한다. 선풍기가 정지해 있을 때는 바람이 없지만, 2단 3단 속도를 올릴수록 바람이 강렬해지는 이치와 같다. 각자의 인생에 바람을 일으키라. 이 백 일이 평생을 좌우할 수 있다.

입시 기도의 마음 자세는 호피(Hopi) 인디언이 기우제를 올리듯 끊임없이 정성을 다해야 한다.

미국 북동부 애리조나 사막 지대에는 호피 인디언이 산다. 사회학자인 머튼(Robert K. Merton)은 그들의 기우제 풍습을 연구했는데, 하나의 문화가 그 사회를 위해 어떤 잠재적인 기능을 하는지 보여주는 사례라 평가했다. 1년 강수량이 2,500밀리미터 이상이면 열대다우림, 600밀리미터 이하이면 숲이 자라기 어려운 초원지대, 250밀리미터 이하이면 사막이 생겨난다. 비 한 방울 내릴 것 같지 않은 오지의 사막에 씨앗을 뿌리고 거두기를 반복하며 살아가는 경작의 전통은 선사시대까지 올라간다. 모래언덕의 경사면 아래는 바람을 피하기 좋고, 비가 오면 습기를 가장 많이 머금는다. 그곳에 옥수수, 콩, 호박을 심는다.

호피 인디언 사회의 가장 큰 과제는 어떻게 하면 구성원들이 이 척박한 환경을 이탈하지 않고 대물려 살아가느냐이다. 그 희망의 별에 오르는 사다리가 바로 '기우제'다.

동물의 움직임을 '동작'이라 하고, 사람의 경우에는 '행위'라고 한다. 인간의 움직임에는 '사유'가 동반되는 것이 다르다. 이 사유가 '사회성'을 낳는다. 극심한 가뭄에도 굴하지 않고 결속력을 다지기 위해서 그들은 매일 기우제를 지낸다. 다행히 사막에는 많은 양은 아닐지라도 곡식의 갈증을 풀어줄 정도의 비가 한 달에 한 번꼴로 반드시 내린다. 이 눈에 보이는 비가 현현하는 '기도 영험'과 같아서 그들은 기우제를 지내면 반드시 비가 온다는 믿음을 안고 살아간다.

호피 인디언의 기우제는 '확률 백 퍼센트'로 유명하다. 하루도 쉬지 않고 비가 올 때까지 기우제를 올리는 까닭이다. 이들에게서 삶에 대한 집념과 꾸준함의 교훈을 얻는다.

종교가 신성(神性)을 갖는 것은 기도의 체계 때문이다. 기도의 성취는 '공력(功力)'을 얼마나 잘 들이느냐에 달려 있다. '공 공(功)'은 '연장을 들고 힘을 모아 두드린다'는 뜻으로, 'エ'은 도끼나 곱자의 모양이다. 호피 인디언의 일상이 기우제이듯, 기도의 비결은 '횟수'에 있으니 결국 둘이 다르지 않다.

법문 끝에 매일 아침마다 수험생이 발원문과 함께 외울 '사대주(四大呪)' 기도문과 염주, 몸에 지니고 다닐 호신불, 그리고 한 신도가 공양한 작은 카스테라를 일일이 호명하여 나눠드렸다. 공양 후에는 머리 식힐 때 보라고 나의 책《이야기 숲을 거닐다》표지 안쪽에 '합격을 기원합니다' 하는 기원의 글을 써드렸다.

우리 절 신도 자녀들은 해마다 비교적 좋은 학교를 많이 가는데, 이번에도 큰 성과가 있기를 마음 가득 빌었다.

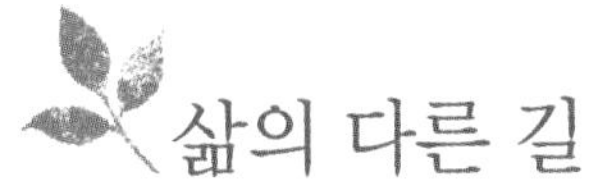

삶의 다른 길

《숫타니파타》라는 경전의 '숫타(sutta)'는 '말의 묶음〔經〕', '니파타(nipada)'는 '모음〔集〕'이라는 뜻이다. 두 말이 합쳐져 '말의 모음집'이라는 의미가 만들어졌다. 이 경은 부처님 교설의 가장 초기에 해당한다. 이 경전과 비슷한 구성 방식으로 된 것이 《법구경》이다. 이 경전들은 《금강경》이나 《화엄경》같이 하나의 논리를 길게 펴는 방식이 아니라, 한 번의 짧은 대화나 법문도 단독으로 경의 이름이 붙는 것이 다르다. 《숫타니파타》는 모두 1,149수의 시를 70경에 정리하고, 다시 이것을 다섯 장으로 나누고 있다. 나는 법정 스님께서 번역·해설하신 것을 즐겨 읽고 법문으로도 자주 인용하는데, 언젠가는 내가 친절한 해설서를 써볼 생각이다.

이 경전 중에서도 인상적인 부분을 든다면 이 품을 빠뜨릴 수 없다. 제목은 '밭을 가는 사람'이다. 주인공 바라드바자는 농사를 짓는 성실한 가장이다. 그는 우기에도 미리 비설거지를 하여 매사에 '불여튼튼'을 생활 철학으로 사는 사람이다. 그가 부처님을 보았을 때 이상한 생각이 들었다. 부처님과 그의 제자들이 육체 노동이나 농사를 짓지 않고 탁발하며 살아가는 것이, 자신과 비교했을 때 전혀 생산적으로 보이지 않았기 때문이다. 그런데 그는 부처님께서는 예상치 못한 전혀 다른 방식으로 농사를 짓고 세상을 살아가신다는 것을 알게 됐다. 이 품의 내용이 바로 그것이다. 경에는 이 법문이 이루어진 배경이 나온 후에 문답이 기록되어 있다. 경의 대략을 읽어보자.

이와 같이 나는 들었다. 어느 때 거룩하신 스승께서는 마가다국 남산에 있는 '한 포기 띠'라고 하는 바라문 촌에 계셨다. 그때 밭을 갈고 있던 바라문 바라드바자는 씨를 뿌리려고 500개의 쟁기를 소에 매었다. 스승께서는 오전 중에 바리때와 가사를 걸치고, 밭을 갈고 있는 바라문 바라드바자에게로 가셨다. 때마침 그는 음식을 나누어 주고 있었으므로 스승은 한쪽에 섰다. 바라문 바라드바자는 음식을 받기 위해 서 있는 스승을 보고 말했다.

"사문이여, 나는 밭을 갈고 씨를 뿌립니다. 밭을 갈고 씨를 뿌린 후에 먹습니다. 당신도 밭을 가십시오. 그리고 씨를 뿌리십시오. 갈고 뿌린 다음에 먹으십시오."

스승은 대답하셨다.

"바라문이여, 나도 밭을 갈고 씨를 뿌립니다. 갈고 뿌린 다음에 먹습니다."

바라문이 말했다.

"그러나 우리는 당신 고타마의 쟁기나 호미, 작대기나 소를 본 일이 없습니다. 그런데 당신은 어째서 '나도 밭을 갈고 씨를 뿌린다. 갈고 뿌린 다음에 먹는다' 하십니까?"

이때 밭을 갈던 바라문 바라드바자는 시로써 스승에게 여쭈었다.

"당신은 농부라고 자처하지만 우리는 일찍이 밭 가는 것을 보지 못했네. 당신이 밭을 간다는 사실을 우리들이 알아듣도록 말씀해주시오."

스승은 대답하셨다.

"나에게 믿음은 씨앗이요, 고행은 비이며, 지혜는 쟁기와 호미, 부끄러움은 호미 자루, 의지는 쟁기를 매는 줄, 생각은 호미 날과 작대기입니다.

몸을 근신하고 말을 조심하며, 음식을 절제하여 과식하지 않습니다. 나는 진실을 김매는 일로 삼고 있습니다. 부드러움과 온화함이 내 소를 쟁기에서 떼어놓습니다.

노력은 내 소이므로 나를 절대 자유의 경지로 실어다 줍니다. 물러남이 없이 앞으로 나아가 그곳에 이르면 근심 걱정이 사라집니다.

이 밭갈이는 이렇게 해서 이루어지고 단 이슬의 열매를 가져옵니다. 이런 농사를 지으면 온갖 고뇌에서 풀려나게 됩니다."

이때 밭을 가는 바라문 바라드바자는 커다란 청동 그릇에 우유죽을 가득 담아 스승께 올렸다.

"고타마께서는 우유죽을 드십시오. 당신은 진실로 밭을 가는 분이십니다. 당신 고타마께서는 단 이슬의 열매를 가져다주는 농사를 짓기 때문입니다."

"바라문이여, 시를 읊어 얻은 것을 나는 먹을 수 없습니다. 이것은 바르게 보는 사람들(눈 뜬 사람들)의 법이 아닙니다. 시를 읊어 얻은

것을 눈 뜬 사람들은 받지 않습니다. 바라문이여. 법도를 따르는 이
것이 바로 눈 뜬 사람들의 생활 태도입니다."

…[중략]…

바라드바자는 스승의 두 발에 머리를 숙이며 여쭈었다.

"훌륭한 말씀입니다, 고타마시여. 훌륭한 말씀입니다, 고타마시여.
마치 넘어진 사람을 일으켜주듯이, 덮인 것을 벗겨주듯이, 길 잃은
이에게 길을 가르쳐주듯이, 또는 '눈 있는 사람은 빛을 보리라' 하고
어둠 속에서 등불을 비춰주듯이, 당신 고타마께서는 여러 가지 방편
으로 진리를 밝혀주셨습니다. 저는 당신께 귀의합니다. 그리고 진리
와 도를 닦는 수행자들의 모임에 귀의합니다. 저는 고타마 곁에 출
가하여 완전한 계율을 받겠습니다."

이렇게 해서 밭을 가는 바라문 바라드바자는 부처님 곁에 출가하여
완전한 계율을 받았다. 그 후 얼마 되지 않아 이 바라드바자는 사람
들을 멀리하고 홀로 부지런히 정진하여, 마침내 수행의 최종적인 목
표(많은 사람들은 바로 그것을 얻기 위해 집을 떠나 집 없는 상태가 된 것인데)
를 이생에서 깨달아 증명하고 실천하며 살았다. '태어나는 일은 이
제 끝났다. 수행은 이미 완성됐다. 할 일을 다 마쳤다. 이제 또다시
이런 생사를 받지 않는다'라고 깨달았다. 그리하여 바라드바자 장로
는 성인의 한 사람이 됐다.

"이와 같이 나는 들었다."

불교 경전의 첫머리는 반드시 이렇게 시작된다. 이렇게 함으로

써 경전이 자의적인 말이 아니라, 분명 직접 들은 것을 기록한 것임을 강조한다. 이것은 중국의 경전이나 성경에서 "○○가 말씀하셨다"는 것과는 다른 방식이다. 그런 경전은 후세에 떠다니는 말을 모아서 기록했다. 그러나 불교 경전은 부처님 사후에 아란 존자가 부처님을 시봉하면서 들은 기억을 대중들과 칠엽굴에 모여서 검증 절차를 거쳐 만든 것이다. 경전은 아란 존자, 계율 부분은 우파리 존자가 암송하고 대중이 이의가 없으면 함께 독송했던 것이 제1차 결집이 됐다.

'사문'은 당시 힌두교 정통 사제인 바라문의 권위와 형식주의에 반대하여 강변과 숲 속에서 자유롭게 수행하던 자유사상가적인 수행자이다. '단 이슬'은 죽지 않는 것을 뜻하고, 마지막 '시를 읊어……' 부분은 설법을 하고 보수를 받지 않겠다는 뜻이다.

성인의 농사는 범부와 다르다. 공자는 '일생 동안 행할 만한 것이 무엇인가'에 대한 질문을 받았을 때 이렇게 말했다.

"아마도 서(恕)일 것이다. 자기가 하고자 하지 않는 것을 다른 사람에게 억지로 시키지 말라."

'충(忠)'이 개인의 유교적 도덕이라면 '서'는 대사회적 자세다. 사회적 공중도덕이자 근대적 이성과 사회 계약에 기초하는 정신이라 할 수 있다. 이것은 예수께서 〈마태복음〉에서 "너희가 남에게 대접을 받고자 하는 대로 너희도 남을 대접하라"는 말과 상통한다. 왜냐하면 남의 속을 헤아리기 어려우나, 자신의 입장에서 생각하면 남의 입장도 알게 된다는 뜻이다. 사람의 이익을 향한 집념은 비슷비슷하니 말이다. 공자의 어진 마음에서 이뤄지는 '용서'나 예수의 '사랑', 부처의 남을 높이고 자신을 낮추는 '자비'의 정신은 모두 일맥상통한다고 하겠다.

땅은 거짓말을 하지 않는다. 자라나는 작물은 땅이 보여주는 마음이다. 옛날 어른들은 세상 어떤 뉴스와 홍밋거리가 흑백텔레비전의 화면 위에 들끓어도 일을 나갈 시간이면 들판으로 나섰다. 언젠가 노모가 내게 이런 말씀을 하셨다.

"일은 때를 놓치면 안 된다."

30여 년 전 갓 출가하여 행자로서 인사드리러 간 자리에서 법정 스님께서는 "행자 기간은 평생 중노릇 할 농사를 짓는 시기"라고 말씀하셨다. 누구에게나 마음속에 공덕의 밭이 하나씩은 있다. 밭을 기름지게 가꾸고 넓혀나가는 것은 각자의 정성과 능력에 달려 있다. 부처님의 농사법이 예사롭지 않다.

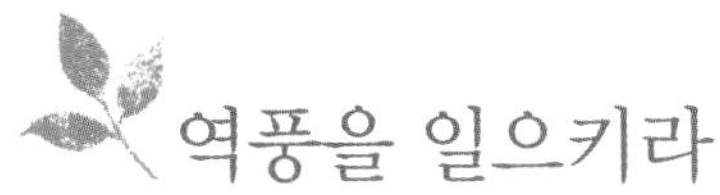

역풍을 일으키라

  인간이 살아가는 길에는 두 가지 바람이 분다. 순풍과 역풍. 우리는 순풍을 원하지만 만사가 뜻대로 되지는 않는다. 그뿐인가. 순풍이 화가 되기도 하고, 그렇게 피하고 싶었던 역풍이 오히려 큰 복으로 변하기도 한다. 그 변화란 참으로 헤아리기 어렵다. 따라서 우리에게 필요한 것은 순풍과 역풍의 좋고 나쁨이 아니라, 좋은 일에는 더욱 조심하고 좋지 않은 일이라도 포기하지 말고 더 먼 곳에 시선을 두고서 묵묵히 헤쳐나가는 지혜다.

  현인이 범부와 다른 점은 바로 이런 지혜가 있다는 것이다. 그래서 현인은 비굴하거나 자만하지 않는다. 그리고 항상 웃고 즐겁게 살아간다.

  역풍을 이용하여 전진하는 동력으로 삼는 요트는 역풍이 불지 않으면 억지로 역풍을 일으켜야 한다. 그 역풍을 '콘트라 벤티(contra venti)'라 한다. '좋은 약은 쓰고 좋은 말은 귀에 거슬린다'는 말이 바로 역풍과 같다. 이 같은 불편의 과정을 이겨내지 못하면 영혼을 성장시킬 수 없다.

인간사에서 고난에 직면했을 때가 수양하기 좋은 시절이다. 공자는 제자인 안회를 일컬어 "한 그릇의 밥과 한 표주박의 물을 마시며 누추한 거리에 살아도 즐거움을 잃지 않으니 참으로 어질다"라고 칭찬했다. 또 노자는 《도덕경》 첫머리에서 "항상 무욕(無慾)으로써 도의 오묘함을 보라" 했다. 그 오묘함이란 미세함의 극치를 말한다. 만물은 미(微)에서 시작하여 나중에 이뤄지기 때문에 항상 욕심이 없이 비어 있으면 사물의 오묘함을 알게 된다.

어릴 적 내가 살던 남도의 시골에는 마을마다 대장간이 있었다. 가마 속의 이글거리는 숯불이 좋아서 지루한 줄 모르고 구경하는 아이들에게 대장간 아저씨는 저리 가라며, 자신처럼 살지 않으려면 열심히 공부하라는 말을 빼놓지 않으셨다. 그래도 나는 달궈진 쇠를 두드리며 연장을 만들어가는 신기한 모습에 넋을 놓고 바라보곤 했다. 쇠를 불에 달궈 부드럽게 하여 두드리다가 물속에 넣어 식히고, 다시 이것을 반복함으로써 불순물을 정제하고 동시에 강도를 높인다. 당시에는 그저 신기하게만 보였던 이 행위가 이제는, 문제의 본질을 멀리서 찾지 않고 그 자체에서 구하는 이치임을 알게 됐다.

비슷한 예가 될지 모르겠는데, 얼음을 만들 때 물속의 기포를 제거하지 않으면 뿌옇게 탁한 얼음이 되고 만다. 이때 물속의 기포를 몰아내기 위해 공기를 주입한다. 실제로 주입된 공기가 작은 기포를 제거하여 투명한 얼음을 만들어낸다. 우리의 감정도 마찬가지이다. 고대 그리스 철학자 소크라테스는 인간의 내면에 도사리고 있는 감정을 풀어내기 위해 연극의 역설적 효용을 생각했다. 극으로 선과 악을 연출해 보임으로써 대리 만족의 효과를 이끌어내어 정서의 순화를 모색한 것이다. 우리는 이를 '카타르시스(catharsis)'라고 한다. 본래의 뜻은 '배변(排便)'으로 인위적 경험에 의한 감정의 정화를 뜻한다.

사람은 역풍을 거치면서 더욱 성숙해지고 세상의 지혜를 깨닫는 경우가 많다. 인류 역사에 좋은 책과 명문장은 유배를 가거나 문책을 당하여 근신하는 중에 얻어진 것이 적지 않다. 실제, 과거 정권의 실세였던 한 인사는 권세와 사람 속에 있을 때는 시간이 없어서 아무 일도 못했는데, 세상의 관심에서 멀어진 이후에야 비로소 자신의 일을 할 수 있었다고 말한다.

기꺼이 역풍을 맞이하는 자세만 갖춰지면 세상이 나에게 다가올 것이다. 이런 믿음 하나쯤 마음속에 고이 간직하면 어떨는지.

에도 시대의 하이쿠 작가인 무라카미 기조가 남긴 시 중에 이런 한 줄의 시가 있다.

먼 옛날부터 대를 이어 갈아온 밭이구나.

기름진 땅은 멀리서 봐도 두드러진다. 자연은 뜻이 없지만 사람의 정성이 낳으면 감응을 한다. 우리 마음밭도 마찬가지이다.

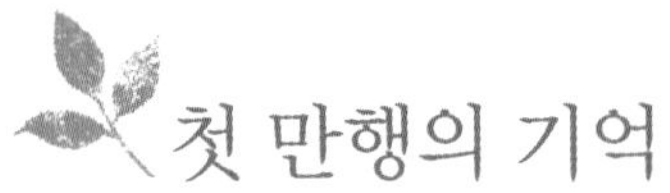

첫 만행의 기억

절집에는 '안거(安居)'가 있다. 부처님 당시부터 내려온 수행의 제도이다. 인도에는 여름에 우기가 있어 이 기간 석 달 동안 한곳에 머무른 데서 시작된 것이다. '마음을 내려놓고 한곳에 있는다'는 말쯤 되는데, 나는 '몸을 한곳에 두고 배겨내면 마음이 편안해진다'는 식으로 해석한다.

북방 불교인 우리나라에는 절기 특성상 여름과 겨울에 석 달씩 안거하는 수행 전통이 있다. '결제(結制)'라고도 한다. 이때는 산문(山門)출입을 엄격히 금한다. 그때 마음 수련보다 진정 어려운 것은 몸을 닦는 것이다. 수련의 처음에는 생각대로 몸이 따라간다. 그런데 점점 공부가 익어갈수록 의지와 상관없이 몸 자체의 흐름이 있음을 알게 된다.

이 몸이란 게 묘해서 아무리 생각을 바로잡아도 저 혼자서 아무 걸림 없이 먹고 놀고 천방지축이다. 신라의 김유신 장군이 다시는 유곽에 걸음을 않겠다고 다짐했는데, 말 등에서 잠이 들었다 깨어보니 유곽 앞이어서 말의 목을 베었다는 것을 생각해보라. 이것을

'습기(習氣)'라 한다. 생각과 행동이 반복되면 습관이 된다는 것이다. '업(業)'은 범어로는 '카르마(karma)'인데, '행위'를 뜻한다. 무심코 하는 말과 행동이 삶의 방향을 결정짓기 때문에 마음공부하는 이들은 유념해야 한다.

한 철이 끝나고 다음 철의 결제까지 석 달은 해제 기간이다. 이 기간에는 미뤘던 일도 보고, 자유롭게 다니면서 산중에서 익히지 못한 갖가지 수행의 방편을 배우기도 한다. 그래서 '만행(萬行)'이다. 우리 절 같은 도심 포교당에는 거쳐가는 스님들이 끊이지 않는다. 우리와 인접한 태고종 총무원이 있는 법륜사의 현판에는 지금도 '대본산 금강산 유점사 경성 포교소'라 조그맣게 새겨져 있다. 이렇게 역사는 남는다. 아무튼 교통이 좋지 않던 시절에는 더더욱 이런 공간이 필요하지 않았겠는가.

문득 출가 후 처음 나섰던 만행이 생각난다. 당시 은사 스님(어른 스님)이 큰절에서 주지 소임을 살고 계셨기 때문에 주지실 시자는 짬이 없었다. 긴 겨울 끝의 해제라서 바깥바람이라도 쐬고 싶었지만 "병아리가 돌아다니면 매가 채간다"며 은사 스님은 어린 마음을 외면하셨다. 1980년대 초 어느 봄, 간신히 하루만 다녀오라는 허락을 받고, 지금 큰절의 강주로 계시는 일귀 스님과 함께 머물고 왔던 절이 전주 송광사이다. 왜 그 절에 가게 되었는지는 도통 기억에 없고, 이때의 일만은 선연하게 남아 있다.

저녁때가 되어 도착한 송광사는 불사 중이어서 달리 처소가 없었는지, 큰방에 벽을 대신해 병풍을 몇 갈래로 세워놓고 방을 구분해두었다. 주지 스님과 신도 두어 분이 주고받는 이야기에 귀 기울이다 잠이 들었고, 깨어보니 밖이 환하게 밝아 있었다. 아침 공양을 하고 인사드렸더니 객비를 주셨다. 5천 원권 한 장이었다. 봉투를 열어보지 않아도 미끈거리는 노랗고 얇은 봉투 안에 있는 지폐가 훤히 비쳐 보였다. 당시 순천 송광사 강원의 한 달 보시가 5천 원이었으니 내게는 큰돈이었다.

무엇에 이끌렸는지 나는 바로 공양간으로 들어가 공양주 보살을 찾아 객비 봉투를 손에 쥐여 드렸다. 전주 정도밖에 못 간 것은 여비가 그밖에 없었던 까닭인데, 그런 처지에 노보살께 돈을 선뜻 드린 것은 속가의 노모가 떠오르기도 했지만, 노란 봉투 속의 보시가 너무나 고귀하게 느껴졌기 때문이다. 진실로 소중한 것은 소유하지 못한다는 것, 그리고 큰 사랑이 있다면 자신을 지킬 필요가 없다는 보살의 정신을 깨달은 것도 그때 만행의 소득이었다.

한편, 철이 드는 건지 요즘은 구산 큰스님의 이 말씀이 참 좋다.

"할 것 다 하고 공부는 언제 하느냐!"

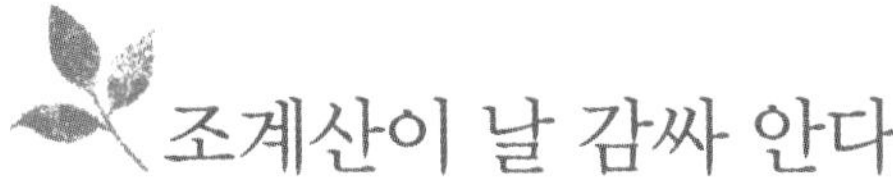

조계산이 날 감싸 안다

살다보면 누구나 한 번쯤은 뜻하지 않게 일이 잘 풀리는 경험을 한 적이 있을 것이다. 그뿐만 아니라 절체절명의 위기를 운 좋게 모면한 순간도 있다. 그런가 하면 다 된 일인데 무엇에 홀린 듯 수포로 돌아가버리는 경우도 없지 않다. 수포는 물거품이다. 이보다 허망한 일이 또 어디 있으랴.

이처럼 만물이 움직이는 힘의 근원은 범부들이 헤아리기 어렵다. 왜 어려운가. 애초의 시작이 미세하여 알아차릴 수 없기 때문이다. 이 신묘(神妙)함의 속성은 '미세함'에 있다. 그리고 '신(神)'은 움직이는 기운이다. 유일신의 종교에서는 신을 특정한 고유의 존재로 생각하지만 동양에서의 신은 다르다. 생각이 오롯해지면 그 생각에 따라 기운이 모이고, 그 기운의 작용이 넓은 의미의 신이 된다. 기도할 때 지극한 마음으로 원하는 바를 생각하고, 그 염원을 반복하면 일의 성취가 빠르다. 염불은 부처님이나 보살님의 명호를 반복하여 부르는 수행이다. 기도는 반복하여 오래하면 할수록 신묘함이 생긴다. 이 신묘함을 얻으면 세상이 내 생각대로 움직임을 느끼게 된다.

노자는 《도덕경》의 73장에서 말한다.

하늘의 도는 다투지 않고도 잘 이기며

말이 없어도 잘 응하며

부르지 않아도 스스로 오고

느긋하면서도 잘 꾀하는데

하늘의 그물은 넓고 넓어서 성글지만 놓치는 법이 없다.

天之道 不爭而善勝

不言而善應

不召而自來

繟然而善謨

天網恢恢 疎而不失

천지자연의 도가 신묘하게 돌아가는 이치를 잘 드러내는 말이
다. 이 중에 '선(繟)'은 '느긋함'을 뜻한다. 흔히 중국 사람들의 대
륙적인 기질을 '만만(慢慢)'하다 하는데, 이는 조급함이 없는 마음
이다. 여기서 발전하면 공자께서 말씀하신 "천리에 순응하면 살아
남고, 거스르면 망한다〔順天者存 逆天者亡〕"는 데에 이르게 된다.
이는 《명심보감》의 첫머리에 나오는 글이기도 하다.

내가 겪은 일 중에서 지금도 기이하게 생각하는 것이 하나 있다.

출가하여 몇 달이 지나지 않았던 때다. 절에는 모든 대중에게 소임이 주어지고 그에 대한 명칭이 있다. 연로하여 몸으로 할 수 있는 일이 없어진 경우에도 '한주(閑主)'라는 이름을 붙이기도 하고, 노스님들의 경우에는 머무시는 처소의 이름을 따서 말하기도 한다. 여름과 겨울에 석 달씩 안거에 들어가는 절집에서는 이 '결제방(結制芳)'에 이름이 없으면 대중으로 치지 않기 때문에 공식적인 보시를 받지 못한다. 이 대중의 일원인 행자들은 후원에서 음식을 준비하고 청소나 운력(運力) 등을 하면서 세속의 때를 벗어내는 기간을 거친다. 이 기간이 지난 후 수계를 하여 경전을 익히는 예비 단계를 거쳐 비구·비구니계를 수지하면 정식 승려가 되는 것이다.

송광사처럼 행자가 끊이지 않는 곳에서는 소임에 비중이 있다. 가장 상(上) 소임이 공양주이고, 다음이 국 끓이는 갱두, 갓 입산한 자에게는 반찬 놓고 상 나르고 설거지하는 등의 잡무가 주어진다. 나는 입산 한 달이 채 지나지 않아 공양주 보조가 됐다. 백 명이 넘는 대중의 공양을 짓는 일은 하루 종일 쉴 틈이 없다. 지금처럼 도정 단계에서 잡티를 거른 쌀이 아니었다. 절의 논에 소작을 붙여 추수한 쌀을 사하촌에서 가져오기 때문에, 조리로 세심하게 걸러 내지 않으면 공양간 소임자들은 매번 참회를 해야 했다. 그래도 개선되지 않으면 행자 전체가 큰방에 불려가 경책을 받았고, 이런 까닭에 행자실 내에서부터 압력을 받을 수밖에 없었다.

굉장히 큰 가마솥에 밥을 짓기 때문에 기민하게 움직이지 않으면 타거나 설익기 십상이다. 공양이 다 되면 일반 삽의 반 정도 크기의 공양간 삽으로 밥을 옮겨 담는다. 대웅전부터 시작하여 여러 전각으로 행자들이 사시마지를 올리고 나면 공양주는 대중 스님 공양을 불기(佛器)에 담는데, 공양주 보조는 솥 가장자리에 불기를 대고 쪼그려 앉아 공양을 받아내는 식이다.

큰 가마솥에서 김이 올라오면 그 기세가 굉장하여 솥 안은 물론이고 공양간 안이 김으로 가득 차 주위를 분간하기 어렵다. 잘못하여 발이라도 헛딛는 날이면 위험한 일이 벌어진다. 그래서 보조는 한 손으로는 솥을 붙들고 다른 한 손으로는 백열등을 잡아 솥 가까이 비추게 되는데, 안경을 쓴 나에게 이 일이 여간 어려운 게 아니었다.

그러던 어느 날, 결국 일이 터지고 말았다. 그날 솥의 반 정도를 그릇에 옮겨 담았을 무렵, 솥 안을 자세히 보기 위해 전구를 가까이 대고 있다가 공양주와 사인이 맞지 않아 삽의 모서리에 전구가 부딪치면서 유리가 깨진 것이다. 공양주는 외마디 비명을 질렀고, 우리 둘, 그리고 소리를 듣고 달려온 행자들 모두 얼굴빛이 하얗게 변했다. 공양을 다시 할 수도 없었다. 그렇다고 유리 조각이 들어 있을 밥을 올리는 것도 불가한 일이다. 짧은 시간 궁리 끝에 유리 조각을 줍는 데까지 주워보고, 그다음 일은 운명에 맡기기로 했다. 하지만 김이 무럭무럭 올라오는 가운데 흰밥 위에 떨어진 투명한 유리 조각을 구별하기는 불가능했다. 손으로 더듬다시피 하여 건져낸 것은 그나마 손에 잡히는 조각 몇 개였다.

나는 온몸에 땀을 비 오듯 쏟으며 집어내는 조각으로 전구의 원을 머릿속에서 맞춰보는 한편, 이 일 때문에 절에서 나가야 하는 건 아닌지 하는 두려움을 쫓고 있었다. 그런 와중이었지만 유리 조각만 계속 찾을 수는 없었다. 곧 숭늉을 만들어 올려야 했기 때문이다. 큰방에서 공양하는 동안 숨도 못 쉬고 안에서 나는 소리에 귀 기울이기를 30분. 믿기지 않게도 공양을 마치고 나오는 스님들의 표정에서 평소와 다른 점을 찾아볼 수 없었다. 그리고 후원에서 공양을 한 그 외의 스님들과 직원들, 신도들 어느 누구 하나 밥에 유리가 있다는 말을 하지 않았다.

눈을 부라리는 공양주의 시선을 피하며 공양간 세탁물을 들고 계곡으로 갔다. 그때만 해도 후원의 세탁은 계곡에서 했다. 양력으로는 3월이지만 산중의 계곡 가장자리에는 아직도 얼음이 녹지 않았다. 차가운 계곡에 던져놓은 세탁물이 흩어지기 전에 주워 모아 빨래를 시작하려고 물에 손을 넣었다. 그 순간 물의 차가움이 서러움을 자극했는지 갑자기 알 수 없는 눈물이 주르륵 흘렀고, 어느새 나도 모르게 흐느끼고 있었다. 잘못을 저지른 개구쟁이가 혼날까봐 어른들 눈치를 살피고 있는데, 오히려 따듯한 용서를 받자 갑자기 터져 나온 안도의 울음과 다르지 않았으리라. 울고 있는 나를 보고 있던 후원의 보경화 보살이 먼발치에서 한마디 하는 것을 듣고서야 울음을 그쳤다.

"집 생각나는가, 뭘 우노!"

그날 저녁과 다음 날 새벽에 바라본 조계산이 얼마나 온화하고 인자하게 느껴지던지……

행자들이 날 위로하며 말했다.

"전 행자가 신통한 사람이네(내 속성이 전 씨라서 성을 붙여 '전 행자'이다)."

그날의 일이 아직도 생생하게 살아 있는 것은 어떻게 한 사람의 밥에도 유리 조각이 들어가지 않았는지, 참으로 신묘했기 때문이다.

이 고비를 넘어선 후 나는 보다 활달하게 절집 생활을 해나갈 수 있었다. 조계산이 날 버리지 않았다는 행복한 자긍심도 함께 자라는 것을 느끼면서.

하루를 살아도 천 년을 사는 마음

　나는 출가하여 군대에 가기 전까지 1년간 강원에서 경을 배웠고, 군대를 마치고는 줄곧 선원에 살았다. 그사이에 틈틈이 은사 스님을 모시면서 절의 작은 소임을 보곤 했다. 당시에는 공부에 매진하고 싶은 마음이 간절하여 소임을 보게 되더라도 즐거운 마음이 아니었다.

　1990년대 초반으로 기억되는데, 이곳 법련사에서 원주(절의 후원 살림을 보는 소임)를 하며 6개월이 지나자 서울이 갑갑하여 견딜 수가 없었다. 오직 산에 가서 살고 싶은 마음뿐이어서 은사 스님을 뵙고는 그 뜻을 말씀드렸다. 딱히 후임자가 정해진 것도 아니어서 바로 떠나기에는 무리가 없지 않았다. 스님께서는 한동안 말없이 차를 드셨다. 갑자기 무거워진 분위기에 천장이라도 내려앉을 것 같은 긴장감이 흘렀다. 한참을 그렇게 계시던 스님께서 말문을 여셨다.

　"임제 스님의 법문에 '수처작주 입처개진(隨處作主 立處皆眞)'이라는 말씀이 있다. 무슨 뜻인가?"

뜻밖의 말씀에 좀 멍한 기분으로 잠시 멈칫하다가 내 생각을 말씀드렸다.

"예, '곳에 따라 주인이 되고, 서 있는 곳에서 참다워지라'는 말씀입니다."

"네가 그 글을 해석하는 게 그 모양이라 생각하는 것도 그렇구나. 알아서 해라."

말없이 방을 나와 뜰을 거닐며 조금 전의 대화를 돌이켜보았다. '뭐가 잘못되었을까?' 알 수 없었다. 《임제록》의 해당 문구를 들춰봐도 무엇이 잘못됐는지 이해할 수 없었다.

아무튼 그해 여름은 결과적으로 떠나지 못하고 한 철을 더 서울에 머물고 난 후에야 선방으로 갈 수 있었다. 하지만 이때의 일만큼은 오래도록 잊히지 않았다.

그렇게 세월이 지나 내 나이도 마흔을 넘어서면서 속가에서 산 세월보다 절집에서 보낸 시간이 더 많아지기 시작하던 어느 때인가, 나는 그날의 숙제를 비로소 풀 수 있었다. '수처(隨處)'는 '곳에 따라……'가 아니라 '가는 곳마다……'로 해석해야 하는 것이었다. '수처'에서 '수(隨)'는 '따른다'는 의미이다. 종교적인 의미로는 아무 여한 없이 목숨을 맡기고 스승이 이끄는 대로 하는 것이다. '처(處)'는 '장소'나 '공간적인 환경'을 아우르는 말이다. 산다는 것은 공간을 점유하며 이뤄지니, 공간에 실제적으로 존재하지 않으면 애초에 없는 것과 같다.

'자리 지키는 게 주지'라는 절집에 전해지는 말이 바로 이런 뜻이다. 주지라고 권위를 세우고 일을 핑계 삼아 밖으로만 돌아다니면서 자리를 지키지 않는 사람은 주지 소임의 재미를 3분의 1도 알지 못할 거라고 나는 생각한다.

내가 임제 스님의 말에서 해석의 차이를 알게 된 것은, 불혹을 넘어서면서 그 의미를 가슴 깊이 인식했기 때문이다. '가는 곳마다 주인이 되는' 사람과 '곳에 따라, 마음이 내키는 일에만 적극성을 보이는' 사람은 근본적으로 다르다. 가는 곳마다 주인이 되는 사람은 무슨 일을 해도 웃음이 떠나지 않고 행복한 자세로 살아갈 것이다.

스님께서 내 어리석은 답을 들으신 후 그만 말씀을 접으셨던 것을 10년도 훨씬 더 지나고서야 비로소 알아냈으니, 내 근기가 그 모양이었던가 보다.

스님들도 가끔 손님들과 밖의 식당에서 공양을 하는 일이 생긴다. 하루는 예전에 붓글씨로 글귀를 써드렸던 고위 인사가 식사를 대접하겠다며 시간을 내달라 했다. 바쁘다는 핑계를 대고 두어 번 거절을 했는데도 물러설 기미가 보이지 않아 할 수 없이 인사동의 한정식 집에서 공양을 하게 됐다.

사실 이런 자리는 피곤하고 재미가 없다. 먹을 음식도 마땅치 않고 풀만 먹고 있자면 동물의 왕국에서 식성 좋은 사자와 온순한 영양의 분위기로 나뉘는 기분이다. 그리고 특히 회나 냄새가 심한 홍어를 밑반찬으로 내놓는 음식점에라도 가면, 입맛은 고사하고 몸과 옷에 정나미 떨어지는 비린내가 밴 것 같아 몹시 거북스럽다. 거기다가 가끔 인생사 뭐가 그리 할 말이 많고 서럽다고 곡차를 한두 잔 하고는 "스님, 저는요……"가 나오기 시작하면 감당이 되지 않는다.

그런데 그날은 다른 날과 달리 매우 유쾌한 경험을 하게 됐다. 그 음식점 여주인에게서 사람이 살아가는 도를 보았다고나 할까. 그분의 사연인즉 이렇다.

여주인은 젊어서 이 음식점에 일개 종업원으로 일하러 들어왔다. 처음엔 딱 한 달만 일하고 가려 했다. 그런 한 달이 반복되다 오늘까지 이르렀다. 그녀는 오래 일할 생각이 없었지만, 있는 동안에는 잘하자는 마음으로 가장 먼저 나와서 방을 치우고 정리하고 할 일을 찾아가면서 했다. 그러다 보니 가게를 잘 꾸려나가기 위해 필요한 이런저런 일들이 눈에 띄었고, 그런 일들을 척척 처리하다 보니 어느새 주인처럼 지내게 됐다. 그런데 그런 모습이 미덥고 고마웠는지 주인이 외국으로 가면서 그녀에게 가게를 물려줘서 주인이 됐다.

음식점 여주인이 했던 마지막 말이 오래도록 기억된다.

"스님, 저는 재주가 없거든요. 탁자의 이 끝에서 저 끝까지 수박이 구르면 아마 열 바퀴면 닿을 겁니다. 그런데 좁쌀은 수백 바퀴를 굴러야겠지요. 전 좁쌀처럼 더 많이 구르자고 마음먹고 그렇게 살았습니다."

그 주인이 눈물을 보였는지는 기억나지 않는다. 다만 그 이야기속의 여운만큼은 한겨울의 세찬 바람에 문풍지 떨 듯 큰 소리로 들렸다.

하루를 살아도 천 년을 사는 마음!

내 인생의 이 교훈은 아직도 유효하다.

2 독서 수행

까치발로는 오래 서 있지 못하고
큰 걸음으로는 오래 가지 못한다

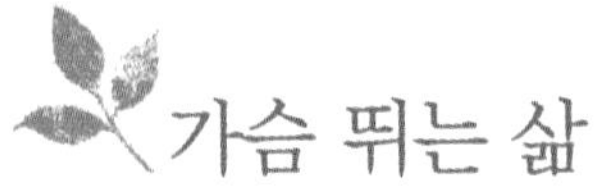

가슴 뛰는 삶

올가을 학기에 박사과정에 등록했다. 강의가 있는 날엔 보온병에 차를 꼭 챙겨간다. 1리터의 코끼리 보온병은 밤늦은 시간까지 나의 정신을 맑히며 따라다닌다.

절을 나서 삼청동 쪽으로 직진하여 국군수도병원에서 우회전 후 정독도서관의 낮은 언덕을 넘으면 '나무와 벽돌' 레스토랑 1층의 베이커리에 항상 시선이 간다. 벌써 몇 년째 이 길을 지날 때마다 '아, 맛있겠다' 한다. 그리고 헌법재판소를 지나 서울노인복지관 앞에서 유턴하여 비원을 따라가다 서울대병원 사거리에서 우회전하여 종로, 청계천, 을지로를 지나면 엠베서더호텔 언덕이 시야에 들어온다. 그러면 신라호텔에서 우회전해 동국대학교에 들어선다. 남산 자락에 있어서인지 그곳은 여름에는 시내보다 시원하고, 겨울에는 더 춥고 그렇다.

작금에 내가 가장 사랑하는 공간은 학교 도서관이다. 나는 그곳에서 무한한 자유를 느낀다. 내가 머무는 절 말고도 송광사나 해인사 같은 큰절 어디서건 책을 들고 있으면 눈치를 받는다. 누우면 누운 대로, 앉으면 앉은 대로 시선이 느껴진다. 그러나 학교에서는 내가 무엇을 해도 자유롭다. 벤치에서 책을 보면 더욱 즐겁다. 구내식당에서도 나는 1층의 일반 학생들 틈에 끼여 공양을 한다. 그들의 젊음이 또한 좋다.

특히 좋아하는 시기는 방학 때다. 학생들이 많지 않아 캠퍼스 어디건 한적하고, 도서관 자리도 편하게 잡을 수 있다. 그리고 남들 노는 시간에 생산적인 무언가를 한다는 즐거움은 어디에도 비할 데가 없다. 훗날 늙어서도 시간이 난다면 학교 앞에 방 하나 얻어놓고 하루 종일 도서관에서 책을 보리라는 꿈이 있다.

나는 청춘의 독서 시절에 조르바와 짜라투스트라를 읽으며 웅혼한 힘을 느꼈다. 그 시절 읽은 어느 책에서인가 '서른 살'이 인생에서 전환점이 되는 시기라는 문구를 읽고 깊이 사유한 적이 있다. 부처님은 스물아홉에 왕궁을 떠났다. 예수는 서른 살 때 가르침을 폈고, 짜라투스트라는 서른에 산으로 들어갔다. 노자와 장자도 서른다섯을 넘기지 않았다. 공자도 서른을 '입지(立志)'의 시기라 하지 않던가.

이런 위인들의 공통점은 사람들의 방해를 받지 않고 소란스러움과 혼란을 피하여 '홀로 있음'에 몰입할 시간을 가졌다는 것이다. 영혼은 본능적으로 조용한 장소에 끌리는가 보다. 이 시간이 지나면서 이분들의 눈빛은 맑고 깊고 고요하게 변했다. 이것은 누구나 알아본다. 그 까닭에 침묵만으로도 수많은 사람들이 귀의를 해온다. 고요함이 세상을 움직인다니 참으로 놀라운 일이다.

그렇다, 서른!

서른을 맞게 될 때 나는 어떤 봉우리에 올라서는 기분이었다. 지금 기억으로는 잉게보르크 바흐만의 《삼십 세》를 머리맡에 둘 정도였다. 당시 나를 가까이 보아왔던 어린 신도가 훗날 서른이 지나 나를 만나 문득 "스님, 서른 별거 아니던데요? 그때 스님이 하도 그래서 굉장할 줄 알았거든요" 했다.

내가 대답했다.

"서른을 맞는 너와 나의 차이가 바로 그것이다."

어떤 미지의 것을 대하는 태도가 삶의 자세를 결정하는 법이다. 아마 세월을 거슬러 올라가 다시 서른을 맞는다 해도 나는 여전히 콩콩거리는 가슴으로 의미를 찾으려 할 것이다.

희대의 영웅들이 가진 또 하나의 공통점은 다시 세상 속으로 걸어나왔다는 점이다. 누구의 초대가 있었던 것도 아니다. 넘치는 사랑을 펼치기에 가장 적합한 땅으로 그들은 찬란히 귀향했다. 이것은 산으로 들어간 것보다 더 큰 용기가 필요하다. 무지한 자들의 모멸과 방해가 반드시 따랐던 역사가 있지 않던가.

돌아오지 않는 자는 잊힌다. 그는 이미 존재하지 않는 사람이다. 안으로 넘치는 사랑이 있는 자만이 세상으로 흘러갈 수 있다. 사랑은 나눠 갖는 것이기 때문이다. 더 달라고 안달하는 영혼은 실로 가난하며 인색하고 나눠 갖지 못한다. 무상하고 덧없는 세상일지라도 진정한 영웅은 돌아온다.

"저 아래에서는 모든 것이 헛되도다!"

우리는 안다. 세상의 일도 사람도 헛됨을 모르지 않는다. 나아가 군중은 쉽게 바뀌지 않으며 곡해하고 비방하려 든다. 이것은 진리의 사람일지라도 겪어야 하는 운명이다. 이것이 두려운 자는 산과 들에 짐승처럼 굴을 파고 세상에 나오지 말아야 하리라.

거친 세상이 우리를 속일지라도 이런 여유는 또한 어떠한가.

"헛된 세상을 다시 수고롭게 산다 해도, 좋아, 손해 보는 장사는 아니지!"

짜라투스트라는 이렇게 말했다.

권학문

　이번 학기에는 세 과목을 수강하고 있다. 그중 한 수업에서는 선사상 외에도 고전에 나오는 시나 문장이 양념으로 소개된다. 첫 시간에 교수이신 스님께서 시가 적힌 종이를 나눠주고 나를 지목하여 읽어보라고 시킨 시가 바로 '권학문(勸學文)'이다. 교수님은 아마 수업 받는 우리 실력을 알아보고 싶었으리라. 이 시는 처음 보는 게 아니었지만 다시 읽고 해석하고 교습을 받으니, 더듬거리면서도 그 문장의 고아함만은 그윽하게 다가왔다. 나는 이것을 우리 절 법회에서 법문으로 쓰기도 했다.

　'권학문'을 쓴 왕안석(王安石)은 중국 송나라의 시인, 문필가이자 정치인으로, 1069~76년에 신법(新法)이라는 혁신 정책을 단행한 것으로 유명하다.

독서는 비용이 들지 않고, 독서는 만 배의 이로움이 있다.
책은 사람의 재능을 드러내고, 책은 군자의 지혜를 더해준다.
여유 있거든 서재를 짓고, 여유 없으면 책궤라도 만들라.

창가에서 옛글을 보고, 등불 아래서 글 뜻을 찾는다.

가난한 사람은 책으로 인해 부자가 되고, 부자는 책으로 인해 귀하게 된다.

어리석은 자는 책으로 어질게 되고, 어진 자는 책으로 인해 이롭다.

독서로써 영화 얻은 것은 보았으나, 독서해서 실패한 일 보지 못했다.

황금을 팔아 책을 사서 읽으라. 독서하면 황금을 사기 쉽다.

좋은 책은 만나기 어렵고, 좋은 책은 참으로 만들기도 어렵다.

독서하는 이에게 조심해서 권고하노니, 좋은 책을 만나거든 마음에 두어 기억하라.

讀書不破費 讀書萬倍利

書顯官人才 書添君子智

有卽起書樓 無卽致書櫃

窓前看古書 燈下尋書義

貧者因書富 富者因書貴

愚者得書賢 賢者因書利

只見讀書榮 不見讀書墜

賣金買書讀 讀書買金易

好書卒難逢 好書眞難致

奉勸讀書人 好書在心記

아름답다.

이런 글을 읽으면 머리가 더없이 맑아진다. 소리 내어 읽으면 입에 향기가 고이고, 생각하여 헤아리면 번뇌가 사라진다. 좋은 글은 이렇게 사람을 행복하게 한다. 재물이야 책을 보고 지식을 쌓으면 얼마든지 모을 수 있다고 말했다. '가난한 사람은 책으로 인해 부자가 되고, 부자는 귀하게 된다'는 말은 흘려들을 말이 아니다.

원래 부귀와 빈천은 성질이 구분된다. 부는 빈과, 귀는 천과 짝이 된다. 이 넷은 연결 고리가 있다. 부를 지켜주는 것은 귀이다. 귀는 부로 인해 더욱 빛이 난다. 반대로 부가 있으나 귀함이 없으면 이는 천한 것이다. 따라서 가장 곤란한 사람은 가난하면서 귀함도 잃어버린 자이다. 이런 사람은 천지가 개벽하는 정도의 발심이 아니면 인생에 의미가 없다.

위의 경우를 우리는 지금도 매일 뉴스에서 볼 수 있다. 고위 공직에 임명 받고도 부도덕한 일로 낙마하는 이가 적지 않다. 더욱 가관인 것은 재벌이 회사 돈을 빼돌렸다가 발각되는 경우이다. 회사를 더 발전시킬 궁리를 하기보다는 돈을 빼돌리는 데 급급한 것은 부도 귀도 생각하지 않은 것이다. 그런 돈은 결국 자식이나 손자들에게 물려주기 마련인데, 공짜로 만지는 돈을 그들이 과연 귀하게 여기겠는가.

중세의 수도원에서는 도서관장 자리를 거쳐야 수도원장이 될 수 있었다. 사람에게 지식은 권력이다. 아는 자 앞에서 모르는 자는 긴장하고 저절로 입이 닫힌다. 가르쳐야 한다. 절집에서는 '지붕의 기왓장을 팔아서라도 가르치라'는 말이 있다. 공부하지 않는 민족, 지적인 탐구열이 없는 공동체는 붕괴되고 만다. 종교도 그렇고 기업도 마찬가지이다. 인간의 이성을 일깨우는 계몽은 곧 교육이다. 이 교육이 얼마나 어려우면 "자식은 바꿔서 가르친다"는 말이 나오겠는가. 부모가 자식을 가르치다 보면 잔소리를 하고 야단을 치다가 의가 상할 수 있기 때문에, 다른 집과 서로 자식을 바꿔서 가르치라는 말이다.

권학문으로 빼놓을 수 없는 또 하나는 주자(朱子)의 글이다. 주자는 남송(南宋)의 유학자로 주자학을 집대성하여 중국 사상계에 가장 큰 영향을 미쳤다. 당에서 송으로 넘어갈 때는 오랑캐라고 일컫는 북쪽의 유목 민족의 등쌀이 여간 거센 게 아니었다. 송마저도 남과 북으로 나뉘었으니 한족의 자존심이 말이 아니었다. 따라서 뭔가 분위기를 다잡아야 하는 상황이었기 때문에, 주자는 유가의 사상으로 이를 실현하고자 했다. 이 주자의 권학문은 너무도 유명하여 옛글을 보는 사람이라면 반드시 만나게 된다.

소년은 쉽게 늙고 학문은 이루기 어려우니, 순간의 세월을 헛되이 보내지 말라.
연못가의 봄풀이 채 꿈도 깨기 전에, 계단 앞 오동나무 잎이 가을을 알린다.
少年易老學難成 一寸光陰不可輕
未覺池塘春草夢 階前梧葉已秋聲

※ 세 번째 구의 '각(覺)'은 깨닫는다는 뜻이 아니라 꿈에서 깬다는 뜻이라서 '깰 교'가 된다.

시간은 머물지 않는다. 모든 것은 흘러간다. 혹여 다시 돌아오는 것은 있어도 멈추어 있는 것은 없다. 그러니 흘러가는 시간을 헛되이 보내서는 안 되리라.

과문한 탓이겠지만 우리나라에 '권학문' 같은 글이 선뜻 떠오르지 않는다. 올해의 노벨 문학상에도 어김없이 고은 시인이 후보에 유력하게 거론되었지만 낙점은 되지 못했다. 문학은 어느 한 문화권에 안주해서는 평가받지 못한다. 한 시대, 한 공간의 이야기일지라도 다양한 문화권에서 시대를 초월하여 사랑받는 글이어야 하고, 이를 소개하기 위한 번역 작업은 필수적이다. 우리나라가 세계 10위권의 경제 대국으로 부상하고 있다 하지만 우리의 전통과 정신문화를 보여주는 인문학이 뒷받침되지 않으면 사회는 건강해지지 않는다. 책을 함부로 다루는 것은 책을 사랑하지 않는 것이다. 종이와 문자를 사랑해야 좋은 지식을 쌓을 수 있는 인연이 이뤄진다.

한밤중에 오동나무 잎 지는 소리는 제법 크게 들린다. 법정 스님 계시던 불일암 뒤 비탈에는 오동나무가 있고 뜰 앞에는 크고 잘생긴 후박나무가 자라고 있다. 그 나무 아래에는 스님이 손수 짜셨다는 나무 의자가 놓여 있다. 산책 길에 들러 아무도 없으면 조계산의 연봉을 마주한 그 의자에 앉아 스님의 글과 생각을 쫓아보고자 애쓰던 시절이 있었다.

생각해보면 스님께서는 구체적으로 무슨 책을 보라는 말씀은 하지 않으셨다. 다만 당신의 책과 대중 법문에서 소개를 하셨는데,

이런 책들이 나에게는 단조로운 산중 생활에 활기를 갖게 했다. 송광사 가풍은 교학보다는 참선 수행을 중시했지만, 스님은 출가자라 해도 독서를 통해 다양한 소양을 기르기를 권하셨다. 스님이 책을 얼마나 사랑하셨는지 한번은 다리미로 구겨진 책장을 펴시더라는 말씀을 현각 스님으로부터 들었다.

스님께서 그토록 사랑하시던 그 숲과 나무들, 그리고 책들은 아직도 지난봄의 일을 모르고 주인의 손길을 기다릴 것이다. 봄에 돋았던 모든 잎이 다 지고 난 뒤에야 슬픈 기억이 무뎌질는지. 스님 가신 빈자리에 나무들까지 허허로운 불일암에 새봄이 오기 전까지는 가지 않으려 한다.

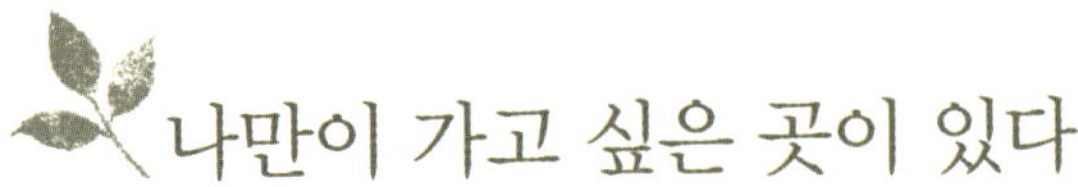

나만이 가고 싶은 곳이 있다

그렇다. 나는 어느 날 문득 긴 여행을 떠나고 싶어졌던 것이다. 그것은 여행을 떠날 이유로는 이상적인 것이었다고 생각된다. 간단하면서도 충분한 설득력이 있다. 그리고 어떤 일도 일반화하지는 않았다. 어느 날 아침 눈을 뜨고 귀를 기울여 들어보니 어디선가 멀리서 북소리가 들려왔다. 아득히 먼 곳에서, 아득히 먼 시간 속에서 그 북소리는 울려왔다. 아주 가냘프게. 그리고 그 소리를 듣고 있는 동안, 나는 왠지 긴 여행을 떠나야만 할 것 같은 생각이 들었다.

《먼 북소리》

일본의 권위지 '아사히신문'이 일본의 지난 1천 년 역사상 가장 뛰어난 문인에 관해 여론조사를 벌인 적이 있다. 이 결과 하루키가 생존 문인 가운데 1위를 차지했다. 하루키는 동양인으로서는 드물게 세계적으로 폭넓은 독자층을 가지고 있는 작가이기도 하다.

하루키보다 이전 세대의 일본 작가의 책을 접해보기는 했어도 요즘의 책들은 별로 읽지 않았는데, 이 기사를 보고 나서 하루키의 책들을 읽어보리라 다짐하던 차에 공항서점에서 산 책이 《먼 북소리》다.

나만이 가고 싶은 곳이 있다.
나만이 머물고 싶은 곳이 있다.
나만이 보고 싶은 것이 있다.

그리고 그 시간이 있다.
그리고, 그리고 그 세월이 있다.

타악기로 종과 북이 있다.
금속의 소리는 머리를 맑히는 무엇이 있지만 가슴을 울리지는 않는다. 우리 육신의 반응이란 것이 구분지어질 수는 없겠지만, 굳이 따져보자면 금속의 종소리는 머리가 반응하는 소리다. 반면, 북소리는 복부에 파장을 준다. 가슴이 일렁이고 왠지 마음을 뛰게 한다. 머리에 오는 자극은 참을 수 있지만, 마음에 자극을 받으면 그래서 마음이 움직이면 몸도 따라야 한다.

북소리.

이 바람이 불기 시작하면 우린 떠나야 한다.
그것이 현실이건 상상 속이건.

크레타 섬 작은 골짜기에 있는 작은 호텔. 이곳에 있는 유일한 호텔이다. '그린 호텔', 영어로 GREEN HOTEL이라고 씌어 있지만 아무도 영어를 할 줄 모른다. 이렇다 하게 구경할 만한 것 하나 없는 마을이지만 그래도 싼 물가에 매력을 느껴 여행하는 배낭족들이(마치 설탕 냄새를 맡고 모여드는 개미처럼 그들은 정처 없이 물가가 싼 곳을 찾아 방황을 계속한다) 이 마을을 거쳐 갔는지, 호텔 식당의 책꽂이에는 그들이 읽다가 두고 간 책들이 청춘의 묘비처럼 즐비하게 놓여 있다. 모두들 다 읽은 책을 여기에다 놔두고 대신 읽고 싶은 책을 가지고 가는 것이다.

《그리스인 조르바》가 세 권이나 있다.

《먼 북소리》

여행을 나서는 사람의 가방을 열어보면 천태만상일 것이다. 그리고 가장 신경 써서 준비하는 부분을 보면 그 사람의 취향도 드러나는 법이다.

나의 경우, 여행이라면 단체 여행 아니면 도반이나 스님들과의 조그만 그룹을 지은 여행이었다. 꼭 한 번은 혼자 떠나는 배낭여행을 항상 마음속에 그려놓고 있다. 여행은 시간과의 싸움이다. 낯선 볼거리도 며칠 지나면 지루해지기 마련이기에 혼자서 시간을 잘 보내는 법을 익혀야 한다. 그런 면에서 여행은 수행자적인 삶과 닮은 데가 분명 있다.

가장 힘들고 지루하면서도, 반대로 가장 행복했던 여행은 히말라야 트레킹이었다. 저녁 5시 정도면 벌써 어둠이 깔리기 시작했고, 헛간 같은 판잣집에서 거친 저녁을 먹고 나면 아무것도 할 게 없었다. 낮 동안 손바닥만 한 집열기로 모은 태양열이 토해내는 전등이 초저녁에 잠깐 어른거리다 그마저도 꺼지고 나면 암흑천지다. 추워서 밖에 나설 수도 없고 지대가 높아 깊은 잠에 들 수도 없다.

나는 여행을 떠나면 가끔 몇 권의 책 중 다른 여행지에 대한 책을 챙겨가기도 한다. 이동 중에나 저녁 시간에 현지와 관계없는 다른 곳의 이야기일지라도 그런 책을 읽다 보면 당장의 여행을 풍요롭게 해주는 무엇이 있다. 그리고 읽은 책은 게스트 하우스에 놓거나 한국 여행객을 만나면 건네주곤 했다. 아마 하루키가 들렀던 크레타 섬의 조그만 호텔에 쌓인 책들이란 것이 모두 이런 연유일 것이다.

여행에 있어 가장 애로는 책을 많이 가져갈 수 없다는 데 있다. 그래서 여행 때마다 '책만 가지고 다니는 포터를 두면 좋겠다'는 호사스러운 망상이 들곤 한다.

하루키의 《먼 북소리》는 여행지에서 느낀 생각의 편린을 적은 것이다. 여행을 다녀본 사람은 알겠지만 하루 종일 다녔던 낯선 곳에 대한 느낌을 글로 써보라 하면 생각처럼 펜이 나가지 않는다. 저녁 식사를 하고 나면 심신이 지쳐 아예 아무 생각도 하기 싫어지는 게 일반적인 현상이다. 그런데 하루키는 반짝이는 한낮의 햇살처럼 투명한 의식을 가진 듯하다. 자잘하게 끝도 없이 이어지는 그의 여행 일상이지만, 어쩌면 그렇게 지루하다는 생각 없이 흥미롭게 읽히는지.

하루 쉬는 월요일에는 톰 행크스 주연의 〈터미널〉을 보았다. 지난 연말에 선물 받은 DVD였다. 그라코지아의 한 여행객이 뉴욕 JFK공항에 도착하여 입국 심사를 받는 도중, 고국에 내란이 일어나 갑자기 국적 불명이 되어 입국하지 못하고 공항 터미널에 머물게 되는 이야기다. 이 영화는 실제로 영국계 이란인이 겪었던 실화를 바탕으로 했다고 한다.

떠남이 전제된 터미널에
우리의 인생도 가끔은 이유 없이 남겨지는 때가 있을까?
문득 돌아보면 또 하나의 내가 나를 바라보며 한마디 하겠지.
그대, 어디로 가는가?

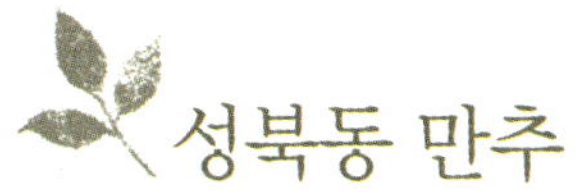

성북동 만추

"이번 주말, 비가 오고 나면 초겨울 날씨를 보이겠습니다."

방송에서는 11월로 넘어가는 마지막 주 초부터 주말의 비를 예고했다. 비는 예보대로 정말 내렸다. 빗속에 나서는 일은 항상 머리가 무겁다. 풀 먹인 옷에 비가 들이치고 나면 그 부분에 얼룩이 지면서 구김이 앉기 마련이라 여간 불편한 일이 아니다.

이날은 어른 스님 심부름을 더 이상 미룰 수가 없어 우중이라도 성북동 간송미술관에 다녀와야 했다. 삼청터널을 지나 가파른 길을 내려서는 지점에 위치한 나무들 속에 둘러싸여 있는 낡은 2층 양옥 건물이 이 미술관이다. 간송 전형필 선생이 1929년부터 우리나라 전적·서화·도자기·불상 등의 미술품 및 국학 자료를 수집하여, 1936년 지금의 미술관 건물인 '보화각'을 지어 보관해왔고, 1966년 이 수집품을 바탕으로 한국민족미술연구소 부설 미술관으로 발족했던 것이 오늘에 이르렀다. 전시는 매년 봄·가을에 2주씩만 이뤄진다.

찾아뵐 분은 최완수 선생. 40여 년을 이곳에 머무시며 겸재 정선을 비롯한 조선의 예술세계뿐만 아니라 불교 조형예술에도 남다른 공부를 쌓으신 분이다. 특히나 은사 스님과 송광사를 비롯한 많은 사찰의 불상을 모시고 또 감수해오신 인연이 있으셔서 가끔 찾아뵐 일이 있다. 이날의 인사도 마찬가지였다.

미술관에 들어서자 우중임에도 건물 입구부터 사람들이 북적거렸다. 방문을 알리고 잠시 전시를 둘러보는데, 이날따라 가을비가 자아내는 처연한 분위기 때문인지는 몰라도 그림의 운필은 물론이고 종이의 질감까지 피부에 와 닿았다. 시선이 머문 작품은 심전 안중식이 1904년에 그린 '환희포대'로 그림보다도 화제가 좋았다.

길을 가도 포대요, 앉아 있어도 포대라.
포대를 내려놓는다 해도 무엇이 자재로우랴.
行也布袋 坐也布袋
放下布袋 何所自在

포대 화상은 중국의 승려인데 이름은 계차이고 명주 봉화현 사람이었다. 환하게 웃는 얼굴에 몸집이 뚱뚱하고 커다란 배가 늘어진 모습이다. 웃음은 행운, 불룩한 배는 부의 상징으로 여겨져 동아시아권에서는 달마 대사와 함께 민간에서도 많은 사랑을 받아왔다.

그는 거리의 성자였다. 어디든 머물고 탁발을 하며 사람들에게 길흉화복과 날씨를 일러주곤 했는데, 맞지 않는 게 없었다. 특히 그가 지팡이 끝에 매달고 다닌 포대는 무엇이든 얻어 담고, 누구에게든 원하는 것을 꺼내주었던 보물 창고였다. 그래서 붙여진 이름도 '포대'다.

어느 때 어느 곳에서건 한결같을 수 있으면 그는 도인이다. 몸 따로 마음 따로 정신 놓고 살아가는 이는 이 시를 돌아보라.

《서호유람지》에 위의 제시(提示)가 나오는데, 마지막 구 '하소(何所)'를 '다소(多少)'의 오식(誤識)으로 본다. 하지만 나는 '하소'의 의미가 더 좋다. '포대'라는 무차별의 사랑이 담긴 자루는 화상의 숙명이다. 포대를 저버려서는 화상의 존재 의미도 없어진다. 그러니 자루를 내려놓음으로써 얻는 다소간의 가벼움이 문제가 아니라 포대를 놓는다 해서 화상의 삶에 무슨 변화가 있겠느냐는, 부정을 통한 대긍정의 시선이 더 쾌활하지 않은가?

포대 화상은 916년 명주 악림사의 동쪽 행랑 밑에서 게송을 남기고 단정히 앉은 채로 입적했다. 이 게송을 듣고 사람들은 비로소 스님이 미륵불의 화현임을 알고 탄식했으며, 포대 화상의 모습을 그림으로 그리거나 상을 조성하여 숭배하기 시작했다. 스님이 임종에 즈음하여 이렇게 노래했다.

미륵이여, 참다운 미륵이여!
그 몸을 천백억의 모습으로 나누네.
수시로 세상 사람들에게 나타내었으나
그들은 알지를 못하는구나!
彌勒眞彌勒

分身千百億

時時示世人

世人自不識

왜 우리는 훌륭한 사람을 몰라볼까. 옆에 지나가고 앞에 앉아도 우리는 모른다. 자신이 보고 싶은 방향으로만 보기 때문이다. 포대 화상은 우리 곁에 왔던 스승이지만 세상 사람들은 알지 못한다. 안타까운 일이지만 사람들은 진정한 가치에는 관심이 없는 듯하다. 포대 화상이 스스로를 일컬은 게송이 있다.

나에게 포대가 하나 있으니, 허공조차 걸림이 없도다.
자루를 열어 펴면 우주를 두르고, 오므려 들일 때도 자재로움을 보노라!
我有一布袋 虛空無絡碍
展開匯宇宙 入時觀自在

포대는 스님이 가진 진실이자 진리의 주머니이다. 스님은 포대를 통해 세상에 다리를 놓았다. 이 다리를 건너는 사람은 축복이다. 그렇지만 누구나 이 다리를 알아보고, 또 건널 마음을 내는 것은 아니다. 진리의 마음이 있어야 진리를 만날 수 있다. 자루의 입을 벌리고 오므리는 일이 스님에게는 우주적인 일이다. 걸림이 없

90

고, 아무리 써도 다함이 없는 무한한 사랑이 스님의 포대에 담겨 있었다. 이 사랑과 자비의 상징이 포대이다.

이런저런 작품을 둘러보며 상념에 잠겨 있는데 사서가 다가왔다. 사서를 따라 2층의 서고로 들어서니 오래된 책에서 나오는 특유의 묵직한 냄새가 배어났다. 최 선생님과 인사를 나누고 서고의 낡은 소파에 앉아 다시 한 번 저간의 안부를 여쭈었다. 선생님은 여전히 마음의 동요가 없이 지내시는 것 같았다. 형형한 눈빛. '좁은 길을 다투지 않고' 살아온 선비 정신의 표상 같은 일생이 읽혔다.

고희를 바라보는 선생이 따라주는 차 한 잔을 마시는 사이에도 유리창에 떨어지는 빗줄기는 바쁠 것도 없이 가을을 긋고 있었다. 그 순간, 문득 바쁜 일상이 나를 일깨워 오래 머물 수도 없었다. 해가 질 때까지 마쳐야 할 일이 기다리고 있는 처지가 잠깐 싫었지만 이내 생각을 거두고 씩씩하게 우산을 펴지도 않고 차에 올라 터널을 넘어오니 비도 그쳐 있었다.

 모래 위에는 씨앗을 뿌리지 말라

모든 종교와 신화에는 정신을 일깨우는 메시지가 들어 있다. 이 것을 읽어낸 인물들은 공통적으로 각 종교의 울타리 안에서 영화를 누리기보다 은둔하면서 홀로 살아갔다. 혹 대중 속에 있을지라도 그의 정신만큼은 어디에도 의지하거나 기대지 않았다. 이 말은 득실을 상관하지 않고 살아간다는 뜻이리라. 세속의 사람들은 항상 득실에 따라 움직이니 그들과는 정반대의 길을 간다. 그러나 성(聖)과 속(俗)은 항상 서로 자극하면서 도도한 세상의 흐름을 만들어간다.

속은 끌어내리고 자신의 것으로 만들려 하고, 성은 한 치라도 높이 끌어올리려고 고행의 길을 마다하지 않는다. 각박한 인간 세계에 그래도 정의를 생각하고 남과 더불어 살아가려고 선행을 하는 사람들이 끊이지 않는 것도 이런 극소수의 위인들이 펼쳐놓은 영혼의 고귀한 향연이 보여주는 한 송이 꽃으로 인해서다.

인간 정신이 가장 빛날 때는 나보다 남을 위할 때이다. 자신을 위해서만 사는 사람은 출발에서부터 세상의 반을 포기하는 것이다. 정신을 단련하지 않고 재물에만 눈이 어두워 살아가는 사람이 올라갈 수 있는 극대치는 처음부터 절반밖에 안 된다. 종교라고 해서 모든 종교인이 자기희생의 길을 가는 것은 아니다. 아주 극소수의 고행주의자들이 꽃피운 성스러운 정신이 그마나 각 종교를 지탱하는 힘이 되어왔다. 불교, 기독교, 이슬람교, 자이나교에도 이런 수행주의자들이 있었다.

나는 이슬람의 신비주의자들 이야기를 즐겨 읽는다. 척박한 사막에서 즐겁게 살아갔던 그들은, 현실에 안주하려는 우리를 한없이 따뜻하게 위무한다. 내가 지금까지 독서한 바로는 인류 역사에 차축시대(철학자 야스퍼스는 석가모니, 공자, 아리스토텔레스가 나왔던 기원전 5~4세기를 그렇게 칭했다)에 이어 또 하나의 축복의 시기는 11~13세기가 아닐까 싶다. 《신학대전》을 쓴 토마스 아퀴나스, 동양의 주자, 우리나라의 보조국사 지눌, 일본의 여러 선승들과 특히 도겐 선사 같은 분들의 출현, 그리고 이슬람의 루미, 사아디, 호자 같은 이들이 특별한 밤 쏟아지는 별똥별처럼 지구를 방문했던 영혼의 나그네들이다.

인도나 이슬람의 경우, 산문의 형식이 나오기 전에는 모두 의미를 함축한 시를 지어 암송했다. 특히 사막의 아랍인들은 시를 대단히 좋아하여 삶의 지혜와 역사를 여기에 담아 전승해왔다. 시에 음악을 곁들여 낙타를 몰거나 홀로 있을 때도 노래를 부른다. 시와 노래는 그들의 영혼이다.

루미가 들려주는 아름다운 시를 들어보라.

한 사내가 덫으로 새 한 마리를 잡았습니다.

새가 말했습니다.

"당신은 살면서 수많은 소와 양을 먹었습니다. 그런데도 여전히 배가 고 픕니다. 볼품없는 제 몸으로는 입맛만 버릴 것입니다. 저를 놓아주시면 당신께 세 가지 지혜를 드리겠습니다. 하나는 당신 손바닥 위에서, 하나는 지붕에서, 마지막 하나는 저 나뭇가지 위에서 일러드리겠습 니다."

사내는 궁금하여 새를 풀어 손바닥 위에 올려놓았습니다.

"지혜 하나, 누가 뭐라고 하건 어리석은 말은 믿지 말라."

새는 훌쩍 날아올라 지붕으로 갔습니다.

"지혜 둘, 지난 일을 슬퍼 말라. 이미 지난 일이다. 이미 벌어진 일을 후회 말라."

새가 말을 이었습니다.

"그런데 내 몸속에는 금화 열 냥에 버금가는 진주가 들어 있다네. 그 것이면 당신과 당신의 아이들에게 큰 재산이 될 텐데……. 하지만 나를 놓아버렸으니 당신은 진주를 날려 보낸 셈이네."

이 말을 들은 사내는 갑자기 통곡하기 시작했습니다.

다시 새가 말했습니다.

"지난 일을 슬퍼하지 말라고 하지 않았소. 그리고 어리석은 말을 믿지 말라고 하지 않았소. 내 작은 몸 어디에 그 무거운 진주를 지닐 수 있겠 소."

사내는 정신을 차렸습니다.

"그럼, 세 번째를 말해다오."

"좋아요. 지혜 셋, 불안정하거나 잠에 빠진 사람에게는 충고하지 말라. 모래 위에는 씨앗을 뿌리지 말라. 해진 곳은 꿰매기 어렵나니."

불교에서 탐냄, 성냄, 어리석음을 세 가지 독과 같은 것이라고 한다. 독은 목숨을 앗아가는 무서운 물질이다. 처음 이 말을 들었을 때 탐내거나 화내는 것이 이롭지 않다는 것은 당연하지만, 어리석음이 독이 된다는 말이 흥미로웠다. 이 세 가지 독은 어느 것이 우선한다고 말하기 어렵다. 순환 고리처럼 물고 물리는 관계이기 때문이다.

부처님은 가장 우선적으로 가져야 할 삶의 자세는 지혜를 바탕으로 한 바른 자세라고 강조하신다. 이 지혜를 가장 쉽게 얻는 길은 독서가 아닐까 한다. 독서는 정직하다. 독서를 통해 얻은 지혜는 헛되지 않다. 숨 가쁘게 쏟아져 나오는 첨단 전자 기기들은 한철만 지나도 쓸모없는 것이 되어버리고 만다. 그러나 독서는 거짓되지 않다. 지식이 쌓이면 지혜가 된다.

물은 습한 기운이고 불은 타는 기운이다. 나무에 불을 지피는 것은 누구나 아는 지식이다. 하지만 물에 젖은 나무는 불에 타지 않는다. 불이라 해서 모든 것을 태울 수는 없는데, 젖은 나무에 불을 지피려고 애쓰는 사람은 어리석다. 세상에는 되는 법과 되지 않는 법이 있다. 진리라고 하는 것은 좋고 나쁨이 아니라 우주 만물의 존재 법칙이다. 되는 법과 되지 않는 법을 잘 구분하면 사는 일이

순탄하다.

하는 일마다 실패하는 사람은 우선 일을 대하는 습관부터 바꿔야 한다. 일은 의욕만으로 해결되지 않는다. 의욕이 오히려 일을 망치는 경우가 얼마나 많던가. 이런 경우를 경전에서는 '같은 화살을 두 번 맞는 것'이라고 한다. 같은 실수를 반복하는 사람과 가까이 하면 득이 없다. 좋은 친구, 지혜로운 직장 동료, 마음을 다스려주는 어른과 상사를 가까이 둔 사람은 행운의 꽃밭을 가진 사람이다. 내가 정성을 다해 거름 주고 가지를 쳐주면 결실은 기다리지 않아도 다가온다. 진정한 믿음이란 바로 이 같은 바른 삶에 대한 열정이다.

어리석은 말을 믿지 말고
지난 일을 슬퍼하지 말고
모래 위에는 씨앗을 뿌리지 말고…….

가능만 하다면 나도 이렇게 살고 싶다.

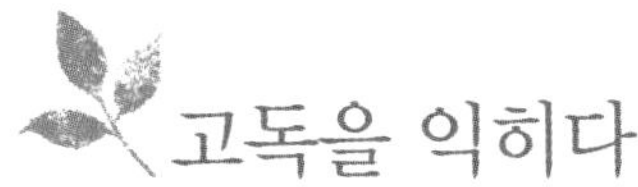

고독을 익히다

우연히 소나무 아래에 들어

돌베개 높이 베고 잠이 들었네.

산중에는 날짜가 없어라

겨울이 지나고도 어느 해인지 모르겠네.

偶來松樹下

高枕石頭眠

山中無曆日

寒盡不知年

시간에는 두 얼굴이 있다. 상대적인 것과 절대적인 것. 시간이 상대적일 수 있는 것은 상황에 따라 흐름의 느낌이 달라지기 때문이다. 초조하게 누구를 기다리거나 긴장된 순간은 초침 하나하나의 간극까지 가는 신경 줄을 타고 흐르는 것을 알 수 있다. 반대로 즐거우면 시간을 잊는다. 하지만 시간 자체가 혼란스러운 것은 아니다. 우리가 살아가는 세상에는 '주기(週期)'라고 부르는 운동의 순환이 정확히 존재한다. 이것은 절대적 시간이 된다. 각자의 감각적인 시간이 일정하지는 않겠지만, 그럼에도 우리는 하루를 살고 1년을 살고 일생을 살다 가는 것이다.

앞의 시는 당시선(唐詩選)에 실린 태상 은자의 '답인(答人)'이라는 시다. 그의 생몰 연대는 알려진 바가 없이 그저 이 시 한 수만 올라 있다. 제목이 '사람들에게 답함' 정도 되겠는데, 그에게 이미 사람은 잊혔는지도 모른다.

나는 출가하여 만 2년이 지나서 군대를 갔다. 논산훈련소에서 훈련을 마치고 광주 상무대 군법당에서 30개월을 채웠다. 군법당은 부대 내의 규모가 큰 절이었지만 부자연스럽기는 마찬가지였다. 한참 신심이 불붙을 때 군에 있게 되니 가끔 못 견디게 산사가 그리웠다.

군법당에서 새벽 예불은 5시에 했다. 도량석부터 촛불을 켜고 다기에 물을 올리는 모든 법당 수발은 3년 내내 나 혼자의 몫이었다. 상무대는 광주와 송정리의 중간 지점에 있었고, 두 지점을 잇는 철로가 부대 밖 서북 방향에 긴 밧줄처럼 놓여 있었다. 철길 안쪽으로 영산강의 지류인 '극락강'이 흐르는데, 이것이 광주의 서쪽과 송정리를 구분하는 경계선 역할을 한다.

절은 상무대가 내려다보이는 구릉 같은 작은 산의 중턱에 위치해 있어서 부대 아래에서 지르는 고함 소리도 언덕을 타고 쉽게 올라왔고, 광주역과 송정리역을 오가는 새벽 기차가 도량석을 나서

98

기 한참 이른 시간에도 정적을 가르며 베갯머리까지 와 닿았다.

막차는 좀처럼 오지 않았다…….

이때마다 나는 곽재구 시인의 '사평역에서'를 머릿속에 그렸다. 나에게 '막차'는 산으로 다시 들어가는 자유의 상징이기도 했다.

그렇게 고대하던 제대를 하고 송광사에 들어가 재삭발을 했다. 그때가 8월 중순을 넘기는 시점이라서 여름 안거가 끝나고 모두 만행을 떠나버린 산사는 더없이 적막했다. 게다가 내 또래의 스님이 없어 법당에서 하는 예불문 외에는 하루 종일 입을 열 일도 없을 정도였다.

하루는 저녁 공양도 놓치고 노스님들의 처소인 도성당 뒷마루에 망연히 앉아 있는데, 정말로 아무리 기다리고 기다려도 하루해가 저물지 않는 것처럼 느껴졌다. 처음에는 시간이 정지된 듯하다가 그것도 어느 한계를 넘어서자 나를 잡아먹기라도 하겠다는 듯, 괴물처럼 꿈틀거리며 살아나기 시작했다. 벽에 기댔던 몸을 일으켜 곧추세운 후 무릎 위에 턱을 괴고는 '평생, 이처럼 글도 말도 없는 절집의 시간을 과연 감당할 수 있을까' 하는 생각을 아주 진지하게 해보았다. 도리가 없었다. 살아남으려면, 시간을 이기기 위해서라면, 무엇이든 하지 않으면 안 되는 절박한 심정이었다.

'도를 닦자!'

그리고 생각해낸 심리적인 탈출구는 책이었다. 돌이켜보면, 아

직 어린 나이였으니까 들쑥날쑥한 감정들을 흡수해줄 뭔가가 반드
시 있어야만 했다.

　　고독은 돼지처럼 살쪄가고…….

《금각사》

　　미시마 유키오의 《금각사》가 내 독서 편력의 시작이었다. 고독
을 느낄 때마다 그가 이 책에서 했던 말처럼 정말로 나에게는 고독
의 살이 찌는 것 같았다. 그리고 독서를 운명처럼 여기게 된 계기
는 가와바타 야스나리의 소설들을 접하면서부터였다. 무엇보다
일본 문학은 문장의 호흡이 나와 맞았다. 지금도 송광사 탑전의
내 방에는 좌식 책상머리에 이 작가의 사진이 붙어 있다.
　　가와바타 야스나리는 부모를 일찍 여의고 할아버지와 10년을
살았다. 할아버지는 장님이었고, 열여섯에 홀로 됐다. 그의 소설에
장님이 자주 등장하는 것은 전부 할아버지에 대한 기억이 있어서
다. 얼마나 외로웠던지, 그는 초등학교 때 도서관의 책을 모조리
읽었다고 한다. 나는 그의 고독과, 그 고독에 날개를 달아준 독서
라는 한 마리 새가 내 영혼에도 살아 있기를 간절히 바랐다.
　　최근 《손바닥소설(掌篇小說)》이라는 독특한 그의 책을 보았다.
가장 짧은 것이 200자 원고지 2매, 긴 것은 30매 남짓하고, 10매
안팎이 대부분이다. 문학평론가들은 '가와바타 문학의 고향' 혹은
'가와바타 문학을 여는 열쇠'라는 표현으로 이 소설의 의의를 부

여했다. 또 작가 자신은 이 짧은 소설들을 '나의 표본실'이라 했고, 알려진 작품 수만 총 120여 편, 연구자에 따라 175편에 이른다고 하기도 한다. 그의 문학 세계를 알기 위해서는 이 짧은 소설들을 볼 필요가 있겠다.

나는 그의 '손바닥에 써질 정도로 짧은 이야기들의 모음집'에서 그동안 몰랐던 작가의 일면을 알게 되어 기쁘게 읽으며, 지난봄에는 오후 산책길에도 이 책을 들고 다녔다. 내게 이 책은 마치 가와바타가 다시 살아 돌아온 것처럼 기쁘고 반가운 선물이다.

첫머리의 작품은 〈양지〉이다. 나는 따뜻한 양지를 보면 할아버지가 그려진다는 다음의 내용을 읽고 또 읽었다.

그런데 그때 아가씨를 보지 않으려 내가 눈길을 준 바다의 모래사장은 가을 햇살에 물든 양지였다. 이 양지가 불현듯 묻혀 있던 옛 기억을 불러냈다.

부모님이 돌아가신 뒤 나는 할아버지와 단둘이 10년 남짓 시골집에서 살았다. 할아버지는 장님이었다. 할아버지는 몇 년씩이나 똑같은 방 똑같은 자리에서 화로를 마주하고 동쪽을 향해 앉아 계셨다. 그리고 이따금 고개를 움직여 남쪽을 향했다. 얼굴을 북쪽으로 향한 적은 결코 없었다. 한번은 할아버지의 이 버릇을 눈치 채고 나서, 고개를 한쪽으로만 움직인다는 사실이 몹시 신경 쓰였다. …[중략]… 할아버지는 5분마다 고개를 오른쪽으로 움직이는 전기 인형처럼 남쪽으로만 향하기에 나는 심심하기도 하고 기분도 언짢아졌다. 남향은 양지다. 남향만이 장님한테도 어렴풋이 환하게 느껴지나 보다. 나는 그렇게 생각했다.

아마 앞으로 그늘과 햇볕이 반짝하며 교차되는 장면을 본다면 이 부분을 떠올리며 상념에 잠길지도 모르겠다.

사람이 살아가는 데 있어 망각하고 있던 자신의 정체성을 돌아보게 되는 순간이 있다. 이 '예외'는 '상태', 곧 본모습을 비춘다고 한다. 요컨대 위급한 상황과 맞닥뜨리면 인간이든 사회든 자신의 본질을 드러내기 마련이다. 절체절명의 결단을 강요받을 때 어떤 '자세(stance)'를 취하느냐로 그 사람의 지식과 경험뿐 아니라 그보다 더 깊은, 사람 됨됨이며 삶의 바탕이 되는 신조와 가치를 알 수 있다. 나는 이제 세상의 어떤 '이념'이나 '도그마'에도 사로잡히지 않으면서 '리버럴(liberal)'한 삶을 살고 싶다. 물론 종교의 영역도 마찬가지다.

출가자로서 닦아야 할 수행이 나의 삶 자체이지만, 이런 가치를 풍부하게 길러주는 것은 아무래도 독서와 성찰이다. 1983년에 돌아가신 송광사의 구산 큰스님께서는 자주 말씀하셨다.

"할 것 다 하고 공부는 언제 하느냐!"

자신만의 삶을 살기 위해서는 철저하게 외로워야 한다. 이 외로움이라는 거울을 마주해야 나의 삶을 비춰볼 수 있다. 선가에서는 한 치의 틈도 허락지 않는다. 정신 못 차리면 고함이 쏟아지고 몽둥이가 정수리에 꽂힌다. 도망갈 데가 없는 막다른 골목에 서본 적이 있는가.

양나라 무제가 달마 대사를 만나 자신의 불사 공덕을 자랑하고자 했으나 "그것이 과연 공덕이 되겠는가"라는 말로 한 방 먹고 나서 '성스러운 가르침'에 대해 알고 싶어했다. 달마는 다시 '텅 비어 성스러울 것도 없다[廓然無聖]'며 몰아세웠다. 답답해진 황제가 물었다.
"(그렇게 거침없이 말하는) 내 앞의 당신은 도대체 어떤 사람입니까?"
달마가 말했다.
"나도 모르겠습니다[不識]."

황제는 그만 맥이 풀리고 말았을 것이다. 더는 의지하거나 숨을 곳이 없지 않은가. 언젠가 이 문답을 읽는데 문득 천외고도의 외로움을 느꼈다. 말이 통하지 않았으니 그럴 수밖에. 알고 모르고를 초월하여 이날의 만남을 파하는 말씀이 하필 '나도 모른다'는 것이다. 이 순간 우리의 들끓는 생각들은 꽃가루처럼 떨어져버린다. "잘하는 말은 흠이 없고 잘 가면 자취가 없다" 하지 않던가.

길을 가도 만나고 외딴길에서도 만나는 내 눈에 보이는 내가 있다. 나를 만나는 고독의 바람이 가슴에서 이는 사람은 자유로운 영혼의 소유자이다. 구름은 비를 모르고, 나무는 꽃을 모른다. 꽃과 열매가 같은 가지에서 나오지만, 서로 만났다는 말을 들어본 적이 있던가. 봄바람은 온갖 꽃을 피우고, 가을바람은 만물을 거두면서도 자신은 알지 못한다. 인디언들은 외딴곳에서 누굴 만나도 말을 하지 않는다고 들었다. 이들이 말을 하지 않는 것은 부족함을 느끼지 않기 때문이다.

기다려도 기다려도 하루해가 지지 않던 그 시절의 고독이 나의 '양지'였다.

'철목개화(鐵木開花)'일세!

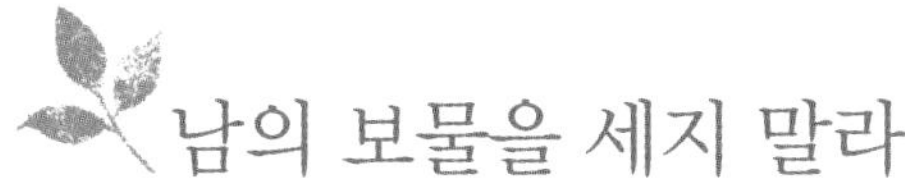

남의 보물을 세지 말라

옛날 일본의 어느 산사에 두부를 좋아하는 스님이 살고 있었다. 매일 동자승이 두부를 사왔는데 마을의 길목에는 심술궂은 사내가 살고 있었다. 그는 동자승이 내려올 때마다 장난을 걸었다.

"어이, 꼬마 스님, 어딜 가시나?"

두 팔을 벌려 길을 막고는 무슨 선사의 흉내라도 내듯 답을 못 하면 비켜주지 않고 애를 먹였다. 매일같이 계속되는 이 일에 진저리가 난 동자승은 큰스님께 이 사실을 알리고는 그 사내를 골탕 먹일 방법을 가르쳐달라 했다. 스님이 가르쳐준 답은 이랬다.

"이번에도 물으면 극락에 간다고 대답해라."

다음 날 동자승은 그 심술쟁이 아저씨의 코를 납작하게 해줄 생각에 신바람이 나서 절을 나섰다. 그 사내는 변함없이 두 팔을 벌려 가로 막으며 수작을 걸어왔다.

"어이, 꼬마 스님, 어딜 가시나?"

동자승은 어깨에 힘을 주며 말했다.

"오늘은 다른 날과 달라요. 서쪽으로 가요."

"뭐, 서쪽? 너 큰스님이 가르쳐준 대로 하는구나. 서쪽이라면 서쪽 어디인데?"

"극락!"

동자승은 큰 소리로 거침없이 말했다.

그러나 사내는 호락호락하지 않았다. 곤란하게도 그는 다시 물었다.

"무슨 일인데?"

동자승은 이 말에 갑자기 얼음동자라도 된 것처럼 얼어붙고 말았다. 전혀 예상치 못한 질문에 어찌할 바를 몰랐다.

사내가 다그쳤다.

"빨리 대답해라. 대답을 못 하면 30방을 내릴 것이다."

30방은 선사들의 선문답에서 언어를 초월하여 생각을 끊어버리는 강렬한 대화 방법인데, 사내는 이 흉내를 내며 동자승을 궁지로 몰아세웠다. 그러나 유감스럽게도 동자승은 다음 말이 떠오르지 않았다. 스스로 터득한 지혜가 아닌 큰스님이 일러준 방법으로는 예상치 못한 질문에 답할 도리가 없었다. 빌린 지혜는 빌린 지혜였다. 동자승이 할 수 없이 울먹이며 말했다.

"두부 사러 가요."

경전에서는 자신이 지은 공덕이나 지혜가 아닌 것은 남의 보물 창고의 보물을 세는 것과 마찬가지라는 말씀이 나온다. 남의 돈을 아무리 센다 해도 자신에게 돌아오는 것은 품삯에 지나지 않는다. 공부는 쉽게 하는 게 아니다. 쉬운 공부는 있을 수 없다. 쉬운 길로

만 가려 하고, 남의 흉내를 내는 것으로 자신의 양식을 삼으려 해서는 곤란하다. 미군들에게 내려오는 말 중에 이런 게 있다고 한다.

"걷기 좋은 길에는 항상 지뢰가 묻혀 있다(The easy way is always mined)."

이 말이 만들어지기까지 그 얼마나 많은 피와 희생이 따랐을 것인가.

"나는 방법이 없을 때마다 동지들에게 가서 묻고, 인민에게 묻는다. 전쟁도 그런 식으로 한다"고 모택동은 자주 말했다고 한다. 그래서 그가 좋아했던 말도 명나라 양계성의 다음 시구였다.

일을 만나면 허심탄회하게 하나로 관조하고
남들과 더불어 화기애애하며 뭇사람들의 말을 살핀다.
遇事虛懷觀一是
與人和氣察群彦

모택동은 이 시에서 '허회(虛懷)'가 어렵고 '찰(察)'이 어렵다 했다. 허심탄회하게 바라보고 관찰하기가 간단치 않다는 체험에서 나온 말이다. 그러나 허심탄회하게 바라보고 관찰해야만 다른 사람들의 말에서 나오는 지혜와 역량을 내 것으로 흡수할 수 있다는 것이 그의 생각이었다.

항상 마음을 비우고 가볍게 할 수 있으면 이런 능력이 길러진다. 마음을 비운다는 것은 뭐든 버리고 빈털터리가 되는 것이 아니라,

당장의 자신의 한계와 가능치를 알고 있다는 뜻이기도 하다.

어린 동자승의 고민이 읽힌다. 하지만 살아 있는 공부에 훈련을 쌓은 셈이니, 훗날 어느 산문의 큰 스승이 되지 않았을까 싶다. 갈수록 좋은 스승도 그립고 좋은 제자도 그리운 것은 비단 나만의 일일는지.

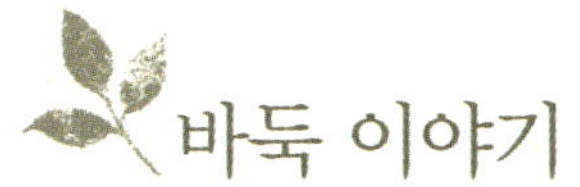

바둑 이야기

전에는 기분 전환을 하거나 일이 손에 잡히지 않을 때, 정신적인 긴장감을 일으키기 위해 가끔 인터넷 사이트에서 바둑을 두기도 했다. 나는 인터넷 실력으로 2단이다. 어른들에게 어려서부터 배워서 두었고, 군대에서 특히 많이 늘었다. 군대를 다녀온 사람들은 군인들이 바둑을 즐겨 둔다는 사실을 알 것이다. 바둑에는 다른 스포츠보다 치열한 수 싸움을 하는 정중동(靜中動)의 매력이 있어서 좋다.

바둑을 두는 기풍은 기사마다 다르다. 실리를 좋아하는 기사가 있고 전투를 좋아하는 기사도 있다. 그런데 사람뿐만 아니라 나라에 따라서도 기풍이 조금씩 다르다.

일본은 근대 바둑의 종주국이다. 자기 통제력이 있고 침착함이 있기에 그들의 바둑은 항상 정돈이 잘되어 있는 깔끔한 모양새를 보인다. 시비가 붙어도 확실한 계산이 설 때까지는 참으면서 모험의 유혹을 견뎌낸다. 바둑을 두어나가다 정 불리할 것 같으면 깨끗하게 패배를 인정하기도 한다. 이는 벚꽃이 피었다가 일시에 져 내리는 듯한 일본인의 승부 기질이라 하겠다. 패배에 있어서도 독특한 미학을 보여주는 것이다. 하지만 결정적인 시기다 싶으면 단칼에 피를 보는 결연함을 속에 숨기고 있다. 이것이 일본류의 바둑이다. 일본의 국민성과 차이가 없다.

반면에 우리 바둑은 대단히 공격적이고 직선적이다. 끝이 보이면 바로 추궁하며, 여유를 두지 않는다. 허점이 보인다 싶으면 바로 찔러 들어가는 신랄함이 장기이다. 투지와 기세가 거칠다면 거칠다. 초반의 포석 단계에서 신중함을 보이는 것이 일본이나 중국 스타일인데, 우리는 초반이든 중반이든 기회다 싶으면 바로 끝장을 보겠다고 덤벼드는 호쾌함이 있다. 일본 기사가 우리에게 약한 것은 고비를 만났을 때, 일본은 강경책보다는 온건책을 택하지만, 우리는 전선을 더 확대하는 경향을 보이기 때문이다. 그런 면에서 우리 바둑은 화려함도 없고, 대단히 전투적이며, 실전적이다. 전투에서 기술과 힘을 중요시하되, 그 이상의 것을 부여하지 않으려는 자세다. 어떤 의미에 있어 솔직 담대함이 우리의 미학이다.

그러면 중국 바둑은 어떤가? 중국 바둑은 단숨에 상대를 제압하려는 한국적 패기라든가 일본의 미학적인 멋은 없지만, 끊임없이 흥정하면서 조금씩 이익을 취하려는 유장함이 있다. 중국인이 인생을 먼 길을 가는 여정으로 보듯이, 중국 바둑은 길고 유연한 승부 호흡으로 끌고 가는 특성이 있다. 두어나가다 실수를 하면 화가 나기 마련인데, 중국 기사들은 그런 면이 드물다. 길고 긴 인생길, 비가 올 때도 있고 눈 내릴 때도 있다는 것을 아는 것이고, 내가 실수하면 상대도 실수할 수 있다는 것을 믿는 자세다. 그래서 그들은 판세가 불리해도 좀처럼 포기하지 않고 때를 기다린다. 결국 중국적 특성은 큰 스케일에 있는 것이 아니라, 청탁(淸濁)을 가리지 않는 현실적인 인생관에 있다. 그래서 중국인에게는 무엇이든 흥정이 될 수 있다.

요즘 우리나라의 대국 평균 시간은 각 서너 시간이 주어지고 각 기전에 따라 약간 차이가 있다. 그러니 두 기사가 시간을 다 소비한다면 일고여덟 시간은 족히 걸릴 수 있다. 보통의 시합이라면 지루하여 흥미를 잃겠지만 이상하게 바둑은 아무리 오랜 시간 방송으로 지켜봐도 시종 흥미진진하고, 돌을 놓기까지 몇십 분이 걸려도 해설을 곁들인 방송을 보다 보면 긴장감에 잠시도 눈을 뗄 수 없는 묘한 매력이 있다.

내가 바둑에 애정을 느끼는 이유가 또 있다. 1990년대 초, 우연한 기회에 가와바타 야스나리의 소설《명인》을 읽은 것이 그 계기가 됐다.《명인》은 마지막 본인방(本因坊, 혼인보)인 슈사이 명인이 생애 마지막 인퇴(引退) 바둑을 두기로 하고, 치열한 선발을 거쳐 상대자 기타니 미노루 7단을 뽑은 후 벌인 역사적인 대국의 관전기다. 바둑에 관심이 있던 야스나리가 신문에 이 대국의 관전기를 연재하면서 당시 대단한 호응을 불러 일으켰다.

지금도 소설 속의 문장 몇 줄이 기억난다.

'명인은 바둑판 앞에만 앉으면 평소보다 더 커 보이는 것이었다.'

'쥘 부채를 손에 든 모습은 마치 검을 든 사무라이처럼 결연해 보였다.'

'그때 패를 걸었어야 했는데…… 대국을 패한 명인은 몇 번이고 중얼거리며 괴로워했다.'

사람이 빵 없이 살 순 없지만, 빵만으로 살아지는 것 또한 아니다. 고된 일 뒤에는 휴식이 필요하다. 특히, 올바른 여가의 선용은 삶의 활력을 위해 소중하다. 또 가족과 함께 즐거운 시간을 보내는 것도 소홀히 할 수 없는 일이다. 그런데 이런 즐거움을 건전한 휴식이 아닌 마약이나 도박에서 찾는다는 것은 대단히 불행한 결말을 초래한다. 이 둘은 인간의 가장 나약하고 위험한 심리에 기초한다. 일확천금의 헛된 꿈은 건전한 생활을 영위하지 못하는 자의 망상이다. 마약은 어떤가. 점점 더 강렬한 쾌락을 갈구할 수밖에 없다.

채우는 즐거움이 비우는 즐거움을 넘지 못한다. 그러나 더 채우고 싶거든 역으로 비우는 법을 배워야 한다. 도박 중독자가 백만 명을 넘는다고 한다. 우리나라 성인들이 가장 즐겨하는 게임 중 하나가 바둑이라 해서 기억을 더듬어보았다.

지친 몸을 달래려 책을 보다

간밤에도 줄기차게 비가 내리더니 새벽 예불 시간에는 소강상태다. 그리고 다시 비……. 장마철이 되면 뒤뜰의 화단을 타고 빗물이 들어온다. 이 물이 계단 난간을 넘어 톡톡 떨어지기 때문에 물받이통을 받쳐놓아야 한다. 오전 내내 계단 돌아가는 코너에 놓인 물통 네 개의 시자(侍者)를 살았다.

오후에는 좀 한가해져 책을 봤다.

《중국이 만든 유럽의 근대》는 어제부터 보는 중이고, 한 출판사 주간이 일전에 내가 외출한 사이 놓고 간 《조선잡기》가 흥미로워 이의 연장선상에서 쌓아두었던 《동방견문록》과 《일본표해록》을 읽었다.

서양의 시대 구분은 기원전부터 4세기까지를 고대, 5~14세기까지를 중세, 15세기의 르네상스, 16세기의 종교개혁, 17~19세기를 근대, 그리고 20세기를 현대라고 한다. 각 시기의 특징을 짚어본다면, 고대에는 히브리적인 유일신 신앙과 그리스적인 다신교 사이의 이질적인 사상의 결합 시기이고, 중세는 기독교의 공인과 함께 신 중심의 시기, 르네상스와 종교개혁을 거치면서 인간 이성 중심의 근대를 거쳐 현대에 이른다. 흔히 '문예부흥'이라 일컫는 '르네상스'를 영국의 비평가 페이터는 이렇게 정의하고 있다.

"문예부흥은 12세기 말을 기준으로 그 분계선을 이룬다. 그것은 고전적 부흥 운동만을 가리키는 것이 아니라, 실은 서방 문화의 전반적 각성이다."

중세라는 근 천 년에 가까운 신 중심의 세상이었는데도 인간성의 향상이 없었다는 각성이다. 이것을 촉발한 계기는 중국으로부터 전래된 4대 발명품인데, 종이, 인쇄술, 나침판, 화약이 그것이다.

문예부흥이 인류의 지식 용량을 제고·확대시켰으며 여기에 가장 중요한 역할을 한 것이 종이다. 인쇄술과 제지술은 모두 문예부흥기 종교개혁 및 민중 교육의 기초가 됐다. 중세까지 일반인들은 성경을 알지 못했다. 오직 성직자들만 보았는데, 루터가 라틴어로 된 성경을 독일어로 번역하고 대량 인쇄되면서 지식이 폭발적으로 늘게 됐다.

화약이 문예부흥에 이바지한 공헌은 봉건사회의 보루를 소멸시켰다는 점이다. 성에 살던 귀족들의 단단한 성채를 화약으로 무너뜨릴 수 있었기 때문이다. 그리고 무엇보다 유럽의 신식 전쟁의 기초를 다지게 한 점을 간과할 수 없다. 그리고 나침판이 소개되면서 방향에 대한 확신을 갖게 되어 항해가 용이해져 대륙의 발견을 가져오게 했다.

다시 정리하자면 제지와 인쇄술은 교육개혁의 기초가 되었고,

화약은 봉건제도를 타파하고 민중자위군을 창립하는 기초가 되었으며, 나침판은 지리상의 대발견을 가능하게 했다. 이 발명품들은 몽고의 세계 정복 원정길에 묻어오기도 했고 아라비아의 상인들을 통해 유럽에 소개되기도 했다.

이런 일련의 과정을 거쳐 17세기의 과학혁명, 18세기의 시민혁명, 19세기의 산업혁명, 그리고 제국주의로 전개됐다. 다시 과학혁명은 합리주의, 시민혁명은 계몽주의와 민주주의, 산업혁명은 산업주의, 제국주의는 패권주의라는 특성이 있다. 이 모든 사상의 근저에는 인간의 사유 능력에 대한 신뢰와 자신감이 있으며, 중세까지의 신 중심의 창조주의에서 인간 중심의 이성주의로 나아가게 된다. 특히 칼뱅은 '신의 예정설'이라 하여 구원조차 예정된 소수만이 누릴 수 있는 것이고, 보통 사람들은 이 세상에서 잘살아가면 된다는 주장을 했다.

세상 사람들의 삶이 어디에서 나오는가. 노동이다. 자신이 가진 직업에서 이뤄지는 노동을 성스럽게 보는 정신이다. '직업 윤리'가 그것이다. 기독교는 중세 가톨릭의 성직자라는 필터를 통한 구원과 권위주의에서 벗어나 직접적인 구원, 일상에서 신실한 삶을 영위함으로써 신의 소명을 다한다는 논리이다. 출가 중심에서 재가 불교로의 확대 재생산이라는 불교의 대승불교운동처럼, 기독교는 성직자도 똑같이 직업을 가지고 노동하고 결혼하면서 더욱 낮아지도록 했다. 작금의 대형 교회 설립이 교단 자체의 비판을 받는 것도 이런 사상적 연원에 위배되는 일면이 있기 때문이다.

13세기 초 몽고인 발흥 시대부터 14~15세기 원 말, 명 초에 이르기까지 유럽에서도 특히 이탈리아의 선교사, 상인, 외교 사절, 여행가, 기술자들이 끊임없이 동양을 방문했다. 중국의 물질문명에 대해 서양에 소개하고, 13세기 세계를 개척한 위대한 역사책이라는 평가를 받기도 하는 마르코 폴로의 《동방견문록》이 세상에 알려지게 됐다. 이 책은 동양에 대한 지리적인 관심과 함께 미적 · 물질적 생활에 대한 열망을 불러일으켰다. 내가 관심을 가진 부분은 서양의 종교가 중국에 전래되고 토착화하고 다시 실패하는 과정에 대한 것이다.

천주교가 중국에 전해진 역사는 사비에르가 인도에서 일본을 거쳐 중국에 왔던 것으로부터 프랑스 견사회가 중국 교무를 접수해 처리할 때까지 크게 세 시기로 나눈다. 첫째는 1514년부터 1581년까지 선교 실패 시기이다. 이들은 광저우를 넘지 못할 정도였다. 둘째는 1581년부터 1723년까지 선교의 승리 시기이다. 셋째는 1723년부터 1785년에 이르는 선교의 쇠락 시기이다. 여기서 두 번째 시기가 자못 흥미롭다. 이 시기에 논란이 되었던 것은 '절례(節禮) 문제'이다. 마테오 리치가 중국에 천주교를 전파한 이래 중국의 의문절례(儀文節禮)와 천주교 교리가 상충하는 점이 많았다. 처음에 천주교는 중국의 전통과 관습에 너그러웠으나, 시간이 흐르고 여러 선교회가 들어오면서 논쟁이 붙기 시작했다. 논쟁의 주제는 조상을 공경하는 예〔敬祖之禮〕, 공자를 제사하는 예〔祭孔之禮〕, 하늘에 제사하는 예〔祭天之禮〕였다.

116

제사는 동아시아의 중요한 관습으로, 제일(祭日)이 되면 가축을 잡아 흠향하고 조상의 위패 앞에 절하고 술을 올리며 지전을 불태운다. 그리고 공자는 가장 숭배받는 위인이기 때문에 문묘를 세워 봄가을로 제사를 지낸다. 마지막으로 천지신명께 복을 빌고 제사를 올리는 행위가 있다.

논쟁의 초점은 선조의 위패에 대한 제사가 종교적 의식인가, 공자에 대한 제사가 단순한 공경의 차원인가, 이단이라는 종교적 의미까지 함유하는가, 상제(上帝)와 천(天)이라는 만물의 변화를 주재하는 개념이 그들의 유일신적인 존재와 합치하는가 등의 문제였다. 이를 두고 스페인의 도미니크회와 이탈리아의 예수회 사이에 시각차가 있었다. 여기에 예수회가 다시 두 파로 의견이 갈렸다. 마테오 리치 등이 온건한 입장이었다면, 롱고바르디 등은 이런 관습에 대해 이단이라는 강경한 입장이었다.

결국 교황과 강희제 간의 교서에서 입장 차이가 확연히 드러나게 됐다. 1645년 이노첸시오 10세 때부터 1742년 베네딕트 14세의 교령에 이르기까지 논쟁이 지속됐다. 교황청에서는 중국의 제례를 이단으로 못 박았고, 여기에 강희제와 건륭제에 이르러 선교에 박해를 가했다. 결국 이 논쟁을 거치면서 천주교의 활동이 절멸에 이르게 됐다.

전통의 관습을 긍정하는 측면에서 보자면, 동양의 바른 제사 문화를 살리고 공경의 미덕을 일깨우는 게 사회를 정화하는 좋은 길이다. 요즘 절에 제사를 지내러 오는 신도들을 보면 가족 중에도 종교가 다른 경우를 흔하게 볼 수 있다. 하루빨리 축원과 의식문을 한글화하고, 종단적으로 의식의 통일과 전체적인 실행을 하는 것이 무엇보다 중요하다. 종교는 의식이 생명이기 때문이다. 스스로 공경과 존엄을 갖지 못하면 설 곳이 없다.《동방견문록》을 읽으며 현재 우리 종교에 대해 잠시 생각해보았다.

그다음 읽은 책《일본표해록》은 해남 대흥사의 풍계 현정 스님의 기록이다. 1811년 대흥사의 대화재로 전각이 거의 소실되어 중창불사를 하면서 경주 불석산의 옥돌로 천불을 조성했다. 1817년 11월, 상선 두 척을 빌려 천불을 모셔오는 중에 갑자기 바람이 불어 작은 배는 뭍으로 피하여 무사히 돌아왔지만 큰 배는 일본 근해까지 떠밀려가고 말았다. 이에 이듬해 7월 해남에 다시 돌아오기까지 보게 된 일본에 대한 기록이다. 1893년 내한한 혼마 규스케가 조선 반도를 견문하고 정탐한 내용을 담은《조선잡기》와 비견할 만한 책이다.

《조선잡기》는 당시 일본인의 눈에 비친 조선과 조선 사람들에 대한 세세한 기록이다. 조선인을 이 책에서는 순진하면서도 불결하고 나태하며 궁리할 줄 모르는 모습으로 그렸다. 이 책이 갖는 사료적 가치라면 1890년대 전후의 세세한 기록이라는 점과 청일전쟁 발발과 함께 간행되어 일본인의 조선 이미지 형성에 적지 않은 영향을 끼쳤다는 점이라 하겠다. 뼈아픈 대목도 있다. 그가 사찰을 본 감상으로 "도대체 법문을 하지 않는다"고 기록한 부분이다. 그리고 선원이라고 하는 곳도 참선하는 사람은 없고, 그 절 어

118

른이 일상으로 혼자 쓰는 정도라는 대목을 읽을 때는 귀밑이 화끈거렸다.

참선 수행의 궁극은 깨달음에 있지 않다. 깨닫고 나서 중생을 교화하기 위한 대장정을 위해 귀환해야 한다. 종교성은 이 돌아옴에 가치가 있는 것이지 혼자서 도를 성취하는 데서 그치지 않는다. 중생이 있는 곳으로 돌아오지 않는 성인이 있던가. 여전히 누구도 알아듣지 못하는 선문답을 늘어놓으며 세상을 향해서는 조금의 희생과 봉사도 하지 않고 법문 한마디 일러주지 못하는 자비심은 불교를 위태롭게 하는 일이다.

매일 일정한 흐름으로 살기 어렵기 때문에 책을 몰아서 볼 때는 꿈쩍 않고 집중해서 보는 습관이 있는데, 오늘이 그런 날이다.

3 자연의 도

자연에서 해답을 찾는다

표표히 소요하고 싶다

이틀 연이어 내린 새벽 비로 나가지 못한 산책을 했다. 나는 토요일 산책 길이 가장 좋다. 도로에 차도 없고 사람도 적어서다. 절에서 나와 삼청동 도로를 따라 파출소와 총리 공간을 지나 삼청터널 쪽으로 곧장 올라가서 공원의 옆구리를 타고 숲길로 들어선다. 그곳을 돌아 감사원 쪽으로 빠져나와 청와대가 건너다보이는 맞은편 언덕을 타고 내려오다 정독도서관을 거쳐 돌아오는 코스다. 가끔은 감사원에서 가회동으로 좀 멀리 돌아오기도 한다. 대략 한 시간이 걸린다. 이 시간이 내겐 '사색의 시간'이다.

고대 그리스의 아리스토텔레스는 아테네의 시 외곽에 리케리온이라는 학원을 세워 항상 나무가 우거진 가로수 길을 산책하면서 강의했다고 한다. 그래서 붙여진 이름이 '소요학파'이다. 《장자》에도 〈소요〉 편이 있는 걸 보면 사유의 힘은 걷기에서 키워지는 것 같다. 부처님도 제자들에게 "그물에 걸리지 않는 바람처럼, 무소의 뿔처럼 홀로 가라"고 하셨다.

오늘 산책 길에서 그동안 눈에 안 띄던 꽃들이 여럿 들어왔다.

전봇대를 줄줄이 타고 오른 분홍빛 나팔꽃들은 마치 먼 길을 가는 동화 속 주인공이 길을 잃지 않기 위해 간간히 떼어 놓은 떡 조각 같다. 먼 길을 올라온 나팔꽃이 기특하기만 하다. 누군가의 집 앞 화분에는 통통하게 살이 오른 봉숭아 줄기들이 꽃을 피워 올리고 있다. 잠깐 피고 지는 꽃들과 달리 여름 꽃의 대표주자인 덩굴식물 능소화는 삼복더위 내내 줄기차게 주황색 꽃불을 밝혀주었다. 그런데 이 꽃은 왠지 플라스틱 같은 느낌이 든다. 너무 강해도 인간미가 없는 것과 같은 이치일는지.

토요일의 중요한 일과는 신문들의 신간 소개란에 실린 리뷰를 챙겨 보는 것이다. 나는 흔히 말하는 보수와 진보 신문을 각각 하나씩 두 가지 보고 있는데, 여기서 책 정보를 얻곤 한다. 내가 책을 선정하고 구입하는 방식은 이렇다. 신문에 소개되는 신간을 꾸준히 체크하며 고르는 것 하나, 다른 하나는 읽고 있는 책들과 연관하여 찾아가는 것이다. 물론 경전이나 내가 연구하는 선사상 분야는 제외하고서 말이다.

오늘 신문에서는 세 권의 책이 눈에 들어왔다. 《세계인의 밥》, 《음식, 도시의 운명을 가르다》, 그리고 문학 거장들의 작품에 등장하는 식사 풍경에 대한 《앨리스의 식탁》. 세 책을 모두 주문했다. 전에는 교보문고에 가기도 하고 인터넷에서 주문하기도 했지만, 이제는 우리 절의 서점에 주문하여 받아본다.

나는 머리가 탁하고 흐릴 때는 산책을 하거나 전혀 색다른 책을 읽음으로써 머리를 맑힌다. 그럴 때 좋은 책이 세계 여러 나라의 문화, 즉 생활과 관련한 것들이다. 특히 음식은 우리의 삶 자체이기 때문에, 내가 먹거나 마실 수 있는 여부와 무관하게 즐거움을 준다. 그리고 이런 책은 기회가 닿는 대로 구입해서 쌓아두면 한두 시간 내의 자투리 시간을 유용하게 보낼 수 있다. 독서의 한 방법으로 알아두는 것도 좋겠다 싶어 적어봤다.

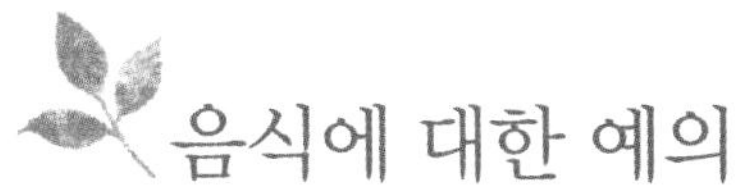# 음식에 대한 예의

점심으로 죽을 먹은 후 오후 시간을 학교에서 보냈다. 방학 중인 8월의 캠퍼스는 내가 사랑하는 공간이다. 방학 중이라서 사람이 별로 없다. 식당에 딸린 파리바게트에서 커피를 한 잔 사들고 저녁 먹을 시간까지 벤치에 앉아서 책을 봤다. 햇빛을 피해 세 번이나 자리를 옮겨도 다섯 개의 탁자가 딸린 벤치에는 사람이 오지 않았다. 얼마 전 주문했던 《음식, 도시의 운명을 가르다》와 《세계인의 밥》을 읽었다. 이달에 집중적으로 볼 예정인 《한국 근·현대사》에 몰입하기 전에 기분 전환으로.

요즘 삼복더위라 그런지 텔레비전에서 거의 종일 보양식 타령이다. 이제 음식은 1년 내내 방송의 주요 주제인 것 같다. 지난봄에는 KBS 다큐멘터리로 방영한 적이 있는 《누들 로드》와 인터넷에서 알아낸 《짜장면뎐》을 읽었다. 그때 얼마나 재미있었던지 면 요리를 더욱 사랑하게 되었고, 이번 책도 그런 흥미의 연장선상에서 읽는 것이다.

결론적으로 말하면, 음식을 대하는 우리의 자세를 바꾸지 않으면 큰 재앙이 되고 말겠다는 생각이다. 무엇보다 육식에 탐닉하는 습성을 들 수 있다. 누구나 관심 있는 이는 잘 알겠지만 고기를 얻기 위해 지불하는 비용이 막대한데, 소득이 증대할수록 육식에 대한 욕구도 폭발적으로 늘고 있다. UN은 2050년이 되면 전체 인구가 지금보다 30억 명이 늘어나고, 도시 인구는 80퍼센트에 이를 것이라 발표했다. 도시에서 소비되는 식량과 에너지 자원은 이미 75퍼센트를 넘었다.

식습관 현황에 대한 통계도 많다. 그중 하나를 보면 1962년 중국인 한 사람이 1년에 4킬로그램의 고기를 소비했는데, 2005년에는 60킬로그램으로 급증했다. 현재 세계 농작물의 3분의 1이 동물에게 공급되고 있다. 소 한 마리를 키우는 데 필요한 곡물의 양은 사람 한 명이 먹는 곡물의 열한 배이고, 쇠고기 1킬로그램을 생산하는 데 드는 물은 보리 1킬로그램을 생산하는 데 드는 양의 천 배에 이른다. 그러고는 지구에 식수가 부족하다고 아우성이다.

지금의 생활 패턴으로는 지구가 열 개는 더 필요하다고도 한다. 육식만 해도 그렇다. 식육을 위해 가축이 본격적으로 사육되기 전에는 불가피하게 먹게 되는 경우에만 고기를 얻었다. 그 가축은 인간에게 고기를 제공하고, 인간은 희생의 고마움을 생각했다. 작은 개체가 큰 개체에게 먹히는 것을 자연스러운 생의 순환으로 여겼기 때문에, 살생의 죄악으로부터 자유로울 수 있었다. 그런데 지금 사람들은 육고기건 물고기건 산에서 뜯어온 나물이건 밭에서 거둬온 과일이건 감사한 마음이라곤 없어 보인다.

126

불교에서 살생을 금하는 것은 자비심 때문이다. 가축의 살과 내 팔뚝의 살이 다르지 않다. 똑같이 베이면 아프고 잘라내면 고통스럽다. 음식은 사랑이다. 남을 고통스럽게 하여 얻어지는 음식이 어찌 달가울 수 있는가. 자비의 마음이 자랄수록 채식 위주로 흘러가게 된다.

밀에는 글루텐이라는 점성의 단백질 성분이 있어서 입맛을 돋운다. 지루한 입맛에 변화를 주는 면 요리는 언제 어디서건 쉽게 조리할 수 있고, 육수나 고명에 따라 다양하게 즐길 수 있는 데다가 목으로 넘어가는 식감이 좋아 많은 문화권에서 사랑받아왔다.

굳이 육식이 아니라도 얼마든지 행복한 식단을 만들 수 있다. 나는 군대 3년 동안 반찬이 입에 맞지 않아 취사반에서 라면 스프를 얻어 밥에 뿌려 먹으면서도 고기를 입에 대지 않았다. 모든 것이 한 생각 차이다.

부처님께서 기근이 심하던 때에 며칠 만에 말 먹이용 거친 보리쌀을 공양으로 드실 수밖에 없었다. 제자들은 몹시 죄스럽게 생각했다. 그때 부처님께서는 이들의 마음을 아시고 아난 존자를 불러 당신이 드시고 있던 음식을 먹어보라 하셨다. 아난이 부처님께서 드시던 보리쌀을 입에 넣었더니 향기와 부드러움이 가득했다. 예수께서도 물을 포도주로 바꾸는 기적을 보이셨다. 성스러운 사람이 마시는 물은 모두 향기로운 포도주가 된다. 사람이 달라지면 그가 받고 누리는 게 이미 달라진다.

《음식, 도시의 운명을 가르다》에서는 음식 문화의 발달과 여러 의미, 그리고 식량이 단순한 먹거리가 아닌 이윤과 국가적 전략 차원에서 다뤄지는 내용들을 소개했다. 실질적으로 세계의 식품을 움직이는 거대 공룡 기업은 정치 권력과의 결탁으로 인해 어느 누구도 제어하기 어렵게 됐다고 한다. 생산 단가에도 못 미치는 덤핑 가격으로 물건을 대는 과정에서 결국 근로자의 임금이 삭감되는 악순환이 작금의 세계 모든 도시에 식품을 공급하는 거대 기업에 의해 자행되고 있다. 누구나 즐겨 찾는 대형 마트에서의 탐욕 어린 사재기랄지 '원 플러스 원' 유혹을 이겨내지 못하면 우리 모두는 공범이 될 수도 있다.

식량 문제는 장차 국가 간의 큰 충돌을 일으킬 수 있는 중요한 논제이다. 선진국에서는 이미 식량 안보라는 개념에 골몰하고 있다. 우리나라는 과연 얼마나 이 같은 문제에 관심을 갖고 있는지 모르겠다.

그렇다면 이에 대한 불교적인 해답은 어떤 것이 있을까? 독일의 경제학자 슈마허가 1973년 그의 저서 《작은 것이 아름답다》에서 지구 자원의 유한함에 눈뜨지 못하고 규모 위주의 확대 방식으로는 큰 어려움에 직면할 거라고 경종을 울렸다. 그가 이런 작은 규모의 저소비경제학에 눈뜬 계기는 미얀마의 스님들이 탁발하면서 검소하게 살아가는 것을 본 후부터였다.

원래 음식 자체는 맛있지 않다. 우리가 맛있다고 느끼는 이유는 거의 양념 때문이다. 맛있을수록 인위적으로 꾸밈이 많다는 뜻이다. 이런 맛은 사실 건강에 별로 도움이 되지 않는다. 절에서 하는

128

행사에서도 반찬이 넘쳐나는 것을 종종 볼 수 있다. 여기엔 칭찬보다는 비난이 따를 수도 있다. 우리 절에서는 무슨 행사를 하더라도 반찬 여섯 가지를 넘지 못하게 한다. 띠집을 짓고 초근목피로 연명하며 도를 이룬 고승들의 수행까지는 아니더라도 반찬 가짓수를 줄여봄은 어떨까? 그리고 음식은 적당량만 조리하여 남기지 않는 것이다.

절집의 음식 문화가 세상을 밝히고 아름답게 하는 데 모범이 될 수 있다. 우리부터 긍지를 가지고 작은 것부터 실행하면 뭇 생명들이 다 행복해지는 순간이 오리라.

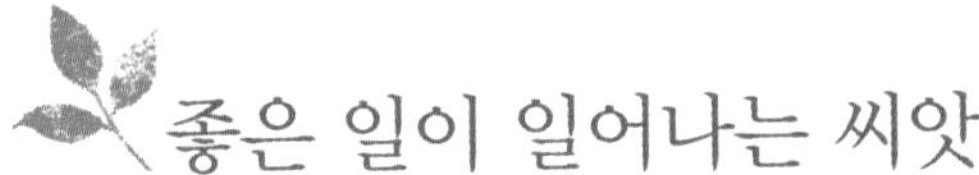

좋은 일이 일어나는 씨앗

잠을 설치고 기운이 없어 내내 어지럼증을 느낀 하루다. 우리 절 대중들에게 물었더니 다들 마찬가지라 한다. 오늘 칠석 법회를 보고 나서는, 정신을 못 차리고 방에 들어가 눕고 말았다. 이런 와중에 학교에서 새 학기의 학사 일정을 알리는 문자가 연달아 들어와 더욱 심란하다.

칠석기도는 민간신앙인데 불교에서 흡수하여 이날 불공을 드린다. 《주역》에서 "일음일양지위도(一陰一陽之謂道)"라 했다. 한 번의 양과 한 번의 음이 번갈아 작용하는 게 바로 도라는 말이다. 유일신의 종교 전통에서는 만물이 창조되었다. 그러나 중국 사상의 전통은 음과 양, 여기서 나아가 목·화·토·금·수의 순환과 상호 간섭으로 인하여 만물이 생장한다는 관점이다. 그래서 가장 큰 작동의 원리가 음과 양이다. 이 원리로 모든 것을 설명할 수 있다. 하늘과 땅, 남자와 여자, 낮과 밤, 솟는 힘과 가라앉는 힘, 강함과 부드러움 등 무궁무진하다. 전기도 음극과 양극의 신호를 보내고 받는다. 숫자는 짝수가 음이고 홀수가 양이다. 디지털이 무엇인가.

0과 1이라는 숫자의 조합이다. 아주 단순한 원리다. 휴대전화와 모든 첨단 전자 제품이 이 원리의 응용이다. 음과 양의 철학은 간단한 게 아니다. 사람의 운명도 음양오행으로 읽어내지 않던가.

민간신앙에서는 홀수가 겹치는 날은 양의 기운이 성하여서 좋다고 본다. 정초, 삼짓날, 단오, 칠석, 중구절 등이 바로 그날이다. 그리고 한 해로는 6월까지가 양, 7월부터는 음이다.

불교에서는 칠석에 치성광여래께 불공을 드린다. 좌·우 보처는 일광·월광 보살이다. '치성을 드린다'는 것은 불이 일도록 정성을 드린다는 의미이다. 빛은 에너지의 근원이다. 해와 달을 양쪽에 두었으니 밝고 양명한 기운이 가득한 거다. 이날 기도를 잘하면 어린아이들은 수명이 늘어나고 재물과 관직을 얻는다고 한다. 전래 설화를 보면 이날 사슴고기를 올리고 수명을 얻었다고 하는데, 사슴을 뜻하는 한자인 '녹(鹿)'과 봉록을 뜻하는 '녹(祿)'이 같은 음이다. 옛날에는 출세가 벼슬하는 것이고, 벼슬을 하면 나라에서 주는 봉급을 받았다.

북두칠성인 일곱 자리마다 관장하는 일이 있다.

탐람성군: 자손들 화복과 만덕 관장

거문성군: 업장 소멸

녹존성군: 장애 소멸

문곡성군: 소원 성취

염정성군: 손해 방지

무곡성군: 재물과 전택을 늘임

파군성군: 수명 연장

흥미롭다. 실제 별이 인간사와 무슨 상관이 있는지 알 수 없지만, 인간은 모든 것을 자신에게 유리하게 받아들여 의미를 부여한다. 이런 인간의 집념이 나는 더없이 경이롭기만 하다. 생각해보라. 부모가 자식을 낳았지만 부모 뜻대로 되는 것이 얼마나 되는가. 자식이 고집을 피우면 해볼 도리가 없다. 마찬가지로 신이 인간을 만들었다 가정한다면, 아무리 신이라도 이익을 향한 인간의 의지 앞에서는 두 손 두 발 들어야 한다. 나는 인간의 이 집념을 사랑한다. 세상과 사람이 어떻게 만들어졌는가가 중요한 게 아니라, 인간이 꾸려나가는 세상은 이미 인간의 것이기 때문이다. 이런 인간의 의지에 경의를 표하고, 이 삶을 사랑하라.

자신들의 교리와 다른 것을 거부하고 뜯어고치려고 거친 마찰도 불사하는 타 종교에 비해 우리 불교는 다른 종교의 고유한 관습과 전통을 아무 거부감 없이 불법의 세계에 끌어들여 융화시키는 힘을 보인다. 이것이다. 바로 이것이다. 전체적으로 받아들임과 전체적으로 거부하는 것. 진리의 길에는 이 극단의 두 길이 있다. 전혀 다른 힘인 듯하지만 사실 둘은 같은 원리이다. 범부의 생각을 넘어서기 위해서는 인간 사고의 한계를 벗어나야 한다. 이 정신의 초극을 위해서는 전체적인 거부 아니면 수용이 실로 큰 힘이라는 것을 이해해보자. 인간의 종교와 윤리에 대한 관념의 틀은 아주 미미하고 보잘것없는 것이다.

그렇지만 인간은 아무리 하찮고 무상한 것일지라도 붙들고 살아가야 하는 숙명이 있다. 이 인간의 간절한 소원 앞에 '미신'은 없다. 누가 누구의 삶을 예단할 수 있는가. 인간의 눈물과 환희를 이해한다면 미신은 없다. 무엇에건 잘 빌어보라. 반드시 이뤄진다. 무엇이 중요한 게 아니다. 철저히 잘, 그리고 처절히 빌다 보면 문득 삶이 쾌활해지는 순간을 맞을 것이다.

우리 절에서는 칠석날 무지개떡을 한 봉지씩 나눠드린다. 집에 가서 가족과 어린 자식, 손자들과 나눠 먹으면서 말하라 한다.

"이 떡은 우리 가족의 수명과 건강, 그리고 좋은 일이 일어나는 씨앗이다. 행복한 마음으로 먹으면 복이 된다."

오늘 마침 비가 내리는 걸 보니 견우와 직녀가 만나는가 보다. 기다림은 항상 설레면서도 슬픈 일이다. 신기하게도 이날은 어디에서건 비가 반드시 온다. 나가서 하늘을 보고 싶다.

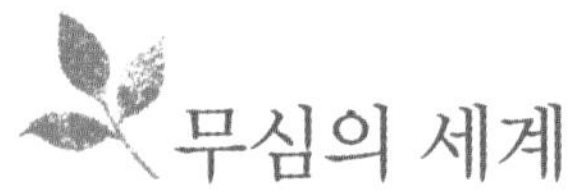

무심의 세계

'진리'가 종교적인 면에서 추구하는 우주의 근원에 대한 인식이
라면, 인간 세계의 근원으로는 유년의 기억이 살아 있는 고향이 그
것이다. 우리는 진리 그 자체를 드러내지 못한다. 다만 비유로써
헤아리고 느끼는 것인데, 그중 하나가 '천진무구'의 상징인 어린
아이의 '즉흥성'이다. 고향과 유년이 성인들에게도 무심과 연결되
어 나타나는 예를 읽어보면 삶이 참으로 유쾌해지는 것을 느낀다.

중국인은 출세하면 반드시 금의환향하는 것을 소중하게 생각한
다. 그러나 고향은 과거의 기억이 남아 있는 자리라서 어느 누구
도 그 기억을 뛰어넘기가 쉽지 않다. 《도마복음》에 이런 구절이
나온다.

예언자는 자신의 고향에서 환영받지 못한다.
의사는 자신을 아는 사람은 치료하지 못한다.

아는 사람이 무서운 법이다. 과거의 기억이 현재의 그를 밀어내

는 것이다. 이 말씀은 참으로 익살스럽고 인간미가 넘친다. 선가의 대선지식인 마조도일(馬祖道一) 선사도 비슷한 말씀을 하셨다.

스님이 큰 도인이 되어 고향에 간 적이 있었다. 마을 사람들은 큰 도인이 오셨다고 환영이 대단했다. 그런데 시냇가에서 빨래하던 이웃집 할머니가 스님을 알아보고는 한마디 했다.

"난 무슨 경사가 난 줄 알았네. 저 아이는 우물가 마 씨네 집의 작은 아들이 아닌가."

천하의 마조 선사도 고향에서는 코흘리개 아이일 뿐이었다. 이 일이 얼마나 흥미로웠는지 이런 시까지 남겼다.

그대들에게 권하노니 고향에는 가지 말라.

고향에 돌아가면 누구도 도인이 될 수 없나니,

시냇가의 할머니,

어릴 적 내 이름을 부르더라.

勸君莫還鄉

還鄉道不成

溪邊老婆子

喚兒久時名

고향에서는 선지자도 도인도 자연의 한 사람일 뿐이다. 인간 세계가 허물어지지 않는 근원에는 이런 끈끈한 정서가 자리하고 있다. 인간 감성의 심연으로 끌어당기는 힘이 속(俗)의 실질이다. 하늘도 조상도 누군가 찾고 매달리면 외면하지 못한다. 이것이 신을 위한 인간보다 인간을 위한 신이 존재하는 이유이다. 너무 초월적인 세계에 침잠할 필요까지는 없다. 세상은 나를 벗어나 있지 않다. 내가 우주의 중심이다.

고향이 공간의 회귀라면 유년은 시간의 회귀이다. 동아시아의 심리에서 이 둘은 때 묻지 않은 자연과 천진무구한 심성이다. 고향의 아이들은 옷이 없이 자란다. 그래도 부끄러움을 모른다. 이 천진무구함을 현인들은 진리적인 자세와 동일시한다. 아이들은 억지로 하지 않고, 그때그때 상황에 따르며, 내일은 생각하지 않는다. 그러니 무슨 걱정이 있겠는가. 이것이 도인의 마음이다. 작용하면서도 작용했다는 흔적이 없는 세계이다.

어쩌면 《논어》에서 다음의 이야기는 공자 사상의 절정인지도 모른다. 〈선진〉 편의 이야기이다. 이 대목은 유명하고 중요한 장이다. 여기에서는 공자의 '무위자연의 순수함'이 읽혀지기 때문이다.

자로·증석·염유·공손적이 공자를 모시고 앉아 있었다. 공자께서 말했다.

"내가 너희들보다 나이가 좀 많다 하여 그것 때문에 나를 어렵게 여기지 말라. 평소에 너희들은 '나를 이해해주는 사람이 없다'고 하는데, 만일 이해해주는 사람이 있다면 어떤 일을 하고 싶으냐?"

자로가 곧바로 말했다.

"천승의 제후국이 큰 나라 사이에서 속박을 받아 전란에 시달리고

이 때문에 기근까지 겹쳐도, 제가 다스린다면 3년 동안에 백성들을 용감하게 하고 또 도리를 분명히 알도록 하겠습니다."

공자가 빙그레 웃었다.

"염유야! 너는 어떠냐?"

염유가 대답하여 말했다.

"사방 60, 70리나 50, 60리쯤 되는 작은 나라를 제가 다스린다면 3년 후엔 백성들을 풍족하게 할 수 있습니다. 예악을 시행하는 데 있어서는 군자를 기다리겠습니다."

"공손적아! 너는 어떠냐?"

공손적이 대답하여 말했다.

"충분히 잘할 수 있다는 말이 아니오라 배우기를 원하는 것입니다. 종묘의 제사나 외국 손님을 접대하는 일에서 예복을 입고 예모를 쓰고 작은 집행자가 되기를 원합니다."

"증점아! 너는 어떠냐?"

증석은 막 악기를 연주하고 있다가 마무리하여 멈추더니 악기를 놓고 일어나서 대답했다.

"세 사람이 말한 것과는 다릅니다."

공자가 말했다.

"무슨 상관이 있느냐? 각기 자신의 뜻을 말하는 것이다"

증점이 말했다.

"늦은 봄날에 봄옷이 마련되면 청년 대여섯 명과 아이들 예닐곱 명과 함께 기수에서 목욕하거나 수영하고, 제단 아래에서 바람을 쏘이고서 노래를 부르며 돌아오겠습니다.”

공자가 크게 감탄하며 말했다.

“나는 증점과 함께하겠다.”

우리 절에는 미술관이 있어서 전시 안내물이 자주 날아온다. 최근에 인사동에서 서화전을 하는 한 스님의 도록이 배달되어 펼쳐보았다. 나는 붓글씨를 좋아하여 여러 해 전에 인사동의 서실에서 전서, 예서, 해서까지 4년을 배운 터라 유심히 보았는데, 경남의 한 민가를 고쳐 살고 있다는 이 스님의 글씨는 근래에 보기 드물게 마음을 끌었다. 그중 도연명의 ‘귀거래사’가 당시 붓글씨를 배울 때 세웠던 목표를 상기시켰다. 훗날 산중으로 돌아가 묻혀 살 때에 내 손으로 쓴 귀거래사를 병풍으로 만들어놓고 양지바른 창가에서 좌선하고, 책 보고, 차 마시고, 그도 지루하면 화초를 가꾸면서 살고 싶다는 막연하지만 간절한 목표. 이 글을 보자 그 꿈이 뭉게구름처럼 몽실몽실 피어올랐다.

인간에게 과거의 기억은 영혼에 향기를 주고, 미래의 소박한 꿈은 영혼을 맑게 한다. 그 무심과 천진의 세계가 우리 영혼의 고향이다. ‘평상심’과 ‘무심의 도’를 꿈꾸는 것은 살면서 누린 모든 것을 자연으로 회향하고 의연하게 삶을 마감하고 싶기 때문이다.

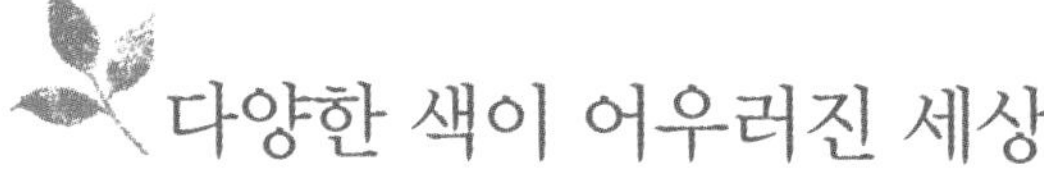

다양한 색이 어우러진 세상

나는 서울을 벗어나기 어렵기 때문에 계절이 바뀌는 산천의 모습을 보지 못한다. 대신 우리 절과 도로 하나를 사이에 두고 마주하는 경복궁에서 삼청동으로 이어지는 길에 살고 있는 나무를 보면서 계절의 변화를 알아간다.

11월로 들어선 지 오늘로 일주일, 하루가 다르게 낙엽이 짙게 물들어가고 있다. 최근에는 구파발에 사람을 보내 황국을 심어왔다. 절 입구 양쪽에 큰 화분을 하나씩 놓고 정문의 낮은 창틀에 작은 화분을 세 개씩 올려놓았더니 지나는 사람들이 사진을 찍기도 하며 좋아한다. 신도들은 이런 정서에 더욱 민감하여 "우리 스님이 꽃을 좋아한다"고 한마디씩 한다.

우리가 진리라고 하는 어떤 우주의 본질을 이해하기는 쉽지 않다. 흔히 진리를 절대적이고 좋은 무엇으로 생각하는데, 진리는 하나의 법칙을 말한다. 좋고 나쁨, 선과 악이 아니라 일이 그렇게 되어가는 이치이고, 그 이치가 존재하는 법칙으로 보는 것이 더 정확하다. 이 법칙을 이해하는 것도 여러 가지가 있다.

종교나 문화권의 차이는 차치하고, 중국에서 발달한 선종(禪宗)만 하더라도 여러 종파가 있어 선의 철학이 모두 다르다. 예를 들면 임제종은 활달하고 기개가 넘치며 운문종은 날카롭고, 법안종은 논리적이고 위앙종은 스승과 제자, 아버지와 아들의 사이처럼 온화하고 친절하며, 조동종은 치밀하다. 그래서 날카롭고 준엄하기로는 임제종과 운문종이 비슷하고 나머지 위앙종, 조동종, 법안종이 온화하고 논리적이라는 측면에서 또 비슷하다. 그런데 다른 종파는 후대에 소멸되었지만 임제종과 조동종이 흥성하여 오늘까지도 동아시아 선불교권의 명맥을 이어가고 있다.

그렇다면 왜 두 종파가 살아남았는가. 모든 선종이 문자나 이론에 의거하지 않아도 '마음을 바로 보아서 부처를 이룰 수 있다'는 간명함을 전제로 하고 있는데, 그중 임제종과 조동종이 더욱 철저하다.

임제종은 첨예하게 우리의 사고를 몰아가기 때문에 어떤 사량과 잔꾀를 허락하지 않고 단번에 묻고 답하면서 고함을 치고 몽둥이를 내려치기도 한다. 잠시라도 주저하면 용납이 되지 않는다. 극도의 부정을 통해 긍정을 드러내는 방법이다. 부정하고 부정하여 더 이상 부정할 아무것도 남아 있지 않는 자리가 드러난다면, 그곳은 대긍정의 해탈 삼매 세계가 된다. 따라서 임제종은 그 어떤 것도 설 수 없도록 몰아세운다. "부처도 죽이고 조사도 죽인다"는 선가의 유명한 말이 운문종과 임제종 같은 날카로운 종풍을 잘 말해준다.

그런가 하면 조동종은 우리가 보고 듣는 모든 것에 이미 부처의

140

성품은 드러났다고 본다. 일체의 장소와 시간에 부처를 보고 부처를 생각하는 치열함이 있다. 내가 이미 부처와 다르지 않다는 것을 확인하고 증험하는 길은 부처처럼 앉아 있기만 하면 된다. 이것을 '지관타좌(只觀打坐)'라 한다. 좌선이야말로 이 종파에서 신성시하는 지고지상의 경지이고 그 경지를 직접 체험하는 길이다. 일본에서는 800년 전의 도겐 선사가 이 종풍을 세웠다. 이번 학기의 수업 중에 하나가 도겐 선사의 《정법안장》이어서 좀 더 깊이 생각해볼 수 있는 계기가 됐다.

그런데 임제종과 조동종만이 지금까지 이어진다는 것은, 인류 역사에서 너무 복잡한 것은 살아남지 못한다는 또 하나의 실례이다. 나는 선불교가 오래도록 살아남으리라는 확신을 가지고 있다. 왜냐하면 이처럼 직관적이고 단호하며 단순한 논리를 가진 종교나 사상체계가 드물기 때문이다.

인간의 삶이 다양하듯이, 인간이 생각하는 신의 세계도 다양하고 진리를 드러내는 방법도 일정하지 않다. 신의 존재만 해도 유일신을 믿는 종교는 하나의 신만이 존재한다고 믿고, 다신교에서는 인간의 수보다 신의 숫자가 많다고 본다. 그리고 불교에서는 자신이 의지하는 신마저도 오히려 영혼의 자유를 방해하는 굴레가 될 수 있다고 말한다. 다양한 인간의 삶의 모습이야말로 우리 삶을 풍부하게 해주는 소중한 존재이다.

우주가 만약 한 가지 색뿐이라면 우리는 보지 못한다. 우주가 만약 한 가지 소리라면 우리는 듣지 못한다. 세상이 한 가지 종교뿐이라면 무슨 재미가 있겠는가. 나는 그런 세상에 살고 싶지 않다.

이 찬란한 빛과 색이 어우러진 세상에서 굳이 한 색으로 통일하여 무엇을 얻을 수 있겠는가. 컬러텔레비전만 해도 이제는 HD에서 다시 3D로 넘어가는 세상인데, 하나만 주장하는 사고는 흑백텔레비전으로 돌아가자고 외치는 것과 같다. 애초에 될 일이 아니다.

지난봄에 국회 출입기자들이 우리 절의 미술관에서 전시회를 했다. 마땅한 전시 제목을 찾지 못해 고민하는 그들에게 언뜻 제시한 제목이 '취만부동(吹滿不同)'이었다. 그들은 반색하며 내 붓글씨로 팸플릿의 제호를 만들었고, 전시회는 잘 마무리됐다.

'취만부동'은 바람이 불면 사물이 내는 소리가 같지 않다는 뜻이다. 바람은 하나지만 그 바람이 지날 때 대나무, 소나무, 갈대숲, 평지와 강에서의 소리가 모두 다르다. 사진기자들이니 보도사진을 찍을 때 이것을 염두에 두고 왜곡되지 않은 사실을 전해달라는 부탁을 했다. 그리고 시기적으로 이 정권 들어 불편한 소리를 듣기 싫어하는 분위기가 강하기 때문에, 다양한 계층의 소리가 여과 없이 표출되고 전달되는 열린사회로의 희망을 지키고 싶은 개인적인 열망이 있기도 했다.

올해는 무슨 이유인지 벌들의 수가 예전보다 70퍼센트가 줄어 꽃수정이 이루어지지 않아 과실 수확에 그만큼 지장을 받았다고 한다. 간혹 꽃에 앉아 부지런히 수술을 파헤치는 벌을 볼 때에도 대수롭지 않게 여겼는데, 그들의 존재가 이렇게 크게 작용하고 있었는가 싶어 새삼 자연의 광대무변함에 숙연해지기도 한다. 가을이 가기 전에 가능하다면 몇 번이고 향긋한 국화를 더 심으리라 생각하고 있다. 벌도 함께 보길 기대하면서.

덤덤하면 지치지 않고 오래 갈 수 있다

내가 텔레비전을 보는 시각은 아침 30분, 밤 30분 정도이다. 이때 채널을 돌려가며 방송들을 둘러보면서 세상 돌아가는 이야기를 알아본다. 특히 아침 프로그램 중 하나는 전국 곳곳의 현재 이야기들을 보여주기 때문에, 철따라 달라지는 삶의 이야기들이 여간 흥미로운 게 아니다.

오늘 아침에는 충북의 어느 깊은 산골, 마을에 집이래야 세 가구밖에 안 되는 오지의 이야기가 나왔다. 거기에 사는 여든이 가까워오는 한 노부부는 온갖 작물을 심어놓은 밭이 자신들의 '마트'라 했다. 시장은 너무 멀기 때문에 텃밭에서 모든 것을 구해 먹는 것이다. 화면에 비친 산골의 소박한 밥상. 문득 '저분들은 저렇게 천년을 산다 해도 지루한 줄 모르고 살아가겠다'는 생각이 들었다. 세상에 대한 어떤 동경도 미련도 없이 살아가는 것처럼 편하게 보였기 때문이다.

산중에 홀로 살아보지 않은 사람은 모른다. 무성한 꿈을 다 놓고 난 뒤라야 비로소 삶이 보이는 경지를 말이다. '산중무력일(山中無

曆日)'이라는 옛 시인의 말이 있다. '산중에는 날짜와 시간이 없다'는 뜻이다. 사람을 잊고 살아가려면 시간도 잊어야 한다. 누가, 몇이나 그럴 수 있겠는가.

중국 당대의 임제 선사는 "일 없는 사람이 가장 귀하다〔無事是貴人〕"고 하셨다. 마음에 일이 없다면 번뇌도 없다. 번뇌가 깊은 사람은 우선 마음에 일이 많다. 이런 이는 일로 인하여 화살 한 번, 다시 그에 따른 번민으로 다시 한 번 화살을 맞는다. 부처님이 "두 번째 화살까지는 맞지 말라"고 하신 까닭이 여기에 있다. 만약 이렇게 살 수 있다면, 그는 불속에 넣어도 뜨거움을 모르고 얼음 속에 넣어도 차갑지 않을 것이다. 진정 귀한 사람이다. 그는 진리의 사람이니까.

노자《도덕경》24장에는 이런 내용이 있다.

까치발로는 오래 서 있지 못하고, 큰 걸음으로는 오래 가지 못한다.

跂者不立 跨者不行

드러나지 않는 평범함, 지루함을 견디는 게 참으로 큰 힘이다. 삶의 특별함을 바라면 항상 원망이 따른다.

견디라.
일상의 끊임없는 반복을 경이롭게 보라.
다시 한 번 나는 나에게 말한다.

큰 눈으로 보자.

세상을 훌쩍 넘자.

스스로의 귀함을 잃지 말자.

내일 졸업식에 참석하라는 독촉이 온다. 별로 참석하고 싶은 마음이 없다. 사실 나는 무엇을 해도 별로 즐겁거나 기쁘지 않다. 잠시라도 그런 감정에 젖으면 그다음 길이 벅차기 때문이다. 덤덤하면 지치지 않고 오래갈 수 있다는 나름의 개똥철학이랄까? 모두 들떠 있는 일일수록 홀로 있고 싶은 변덕은 또 무엇인지.

홀로 오라

10세기경 바그다드에는 위대한 신비주의자 주나이드가 있었다. 그가 아직 진리를 찾는 나그네였을 때, 혼자서 스승을 만나러 간 적이 있다. 스승은 사원 안에 홀로 앉아 있었다. 주나이드가 들어가자 스승이 말했다.

"주나이드, 혼자서 들어오너라. 그렇게 많은 사람들을 데리고 들어오지 말라."

주나이드는 뒤를 돌아보았다. 아무도 없었다. 자신 말고도 뒤따라온 누가 있는가 돌아본 것인데, 거기에는 자신 말고는 아무도 없었다.

스승은 웃으며 말했다.

"뒤를 돌아보지 말고 그대 내면을 들여다보라."

주나이드는 눈을 감았다. 스승의 말이 틀리지 않았다. 그는 아내를 집에 두고 왔지만 마음은 아직도 그곳을 떠나지 못하고 있었다. 두고 온 아이들이 여전히 눈에 밟혔다. 친구들은 물론, 살던 집의 모든 것이 머릿속에서 완전히 사라진 것은 아니었다.

스승이 말했다.

"가거라, 그리고 홀로 돌아오너라. 이렇게 많은 사람들에게 내가 어떻게 이야기를 할 수 있겠는가.”

주나이드는 그 많은 상념들로부터 자유로워지기 위해 사원 밖에서 1년을 기다려야 했다. 1년이 지난 어느 날 스승이 주나이드를 불렀다. “주나이드여, 이제 혼자가 되었구나. 이제 그대는 홀로 서 있고 나 또한 그러하니 비로소 더불어 이야기를 할 수 있겠다.”

종교는 세상을 포기하는 것이 아니라, 세상 안에서 즐겁게 살아가는 길이다. 그 길에 너와 내가 존재한다. 나와 다른 남을 보기 위해서는 순간순간 홀로 존재할 줄 알아야 한다. 타인은 단지 거울처럼 나를 비추고 응하는 것이다.

사랑을 구걸하지 말라. 구원을 팔지 말라. 내 자신이 꽃이면 상대는 내 앞에 미소로 답한다.

성과 속을 구분하라. 속은 무리를 짓고 환호하고 절망하지만, 성은 홀로 간다. 속이 끌어당기는 힘이라면, 성은 모든 집착과 고뇌로부터 떠나는 힘이다. 이 힘을 성취한 자만이 돌아올 수 있다.
그는 이미 초인이다.

생존을 도모하는 풀처럼

오늘은 도랑에 웃자란 풀을 뽑았다.

'살기에는 밑바닥이 좋다'라는 말처럼 거듭된 장마로 힘을 얻은 풀들이 하루가 다르게 부쩍 자라 더는 두고 볼 수 없었다. 남도의 땅끝에서 태어난 나는 어른들에게 농사와 관련된 지혜의 말을 많이 듣고 자랐다. 예를 들어 "작물은 농부의 발소리를 듣고 자란다"라는 말이 있는데, 어떤 출판사 사장도 "책은 사장의 발소리를 듣고 자란다"라고 뜻밖에 같은 말을 했다. 세상의 이치가 다 그런 것 같다.

"짐승보다 더 무섭다."

여름 장마철에 마당을 파랗게 물들이며 밀고 들어오는 잡초를 보고 하신 노모의 탄식이다. 정말 한여름의 잡초가 보여주는 집요한 생명력은 '무섭다'는 표현 이상 가는 말이 없는 듯하다. 그들은 정말 무섭게 자란다. 아예 밑바닥에 살겠다고 작정하고 태어났으니 이겨볼 수가 없다.

우리 절은 현대식 건물이라 바닥에는 타일이 깔려 있어 흙이라고 해봐야 건물 외곽에 법정 규격만큼 조성된 화단에 올라앉은 것 정도이다. 그리고 뒤뜰 좁은 골목을 따라 서 있는 벽돌담과 직각으로 만나는 곳은 비바람으로 흙이 모이기 마련이어서 장마철만 되면 풀들이 울타리를 치듯 자라난다. 이것을 볼 때마다 길손들이 "저 절 주지는 뭐 하나"라고 할 것 같아 빨리 뽑아야지 하면서도 하루 이틀 미루다 보면 오늘 같은 지경에 이른다.

"주인이 일꾼 열 몫 한다"는 말은 공연히 생겨나지 않았을 것이다. 어떤 사안이든 우선 주인이 움직여야 한다. 다짜고짜 남자 직원 둘을 나오라 하여 같이 풀을 뽑았다.

자동차의 공기 압력이 2기압이라고 하는데, 식물의 세포 압력은 5~10기압이라니 대단한 힘이다. 이 압력으로 쉼 없이 밀고 올라오기 때문에 아스팔트는 말할 것도 없고 무엇이건 뚫을 수 있다. 식물은 줄기 끝에서 꽃이 핀다. 그래서 식물의 생장 방식을 꽃이 핌과 동시에 줄기가 자라나기를 멈춰버리는 유한 생장 방식과 꽃이 줄기 중간에서 핀 뒤로도 계속해서 줄기를 뻗어나가는 무한 생장 방식으로 구분한다. 번식에 있어서도, 그 수가 적더라도 크기가 큰 씨앗과, 크기는 작지만 많은 수를 가진 씨앗의 차이가 있고, 짝 없이도 씨앗을 남길 수 있는 자가수분이냐, 다양한 유전인자를 가진 자손을 남길 수 있는 타가수분이냐 같은 여러 분류 방식이 있다.

오늘 뽑힌 풀들은 한결같이 잔뿌리를 무성하게 달고 있었다. 30센티미터 이상 자란 것들도 마찬가지였다. 이들은 운 좋게도 벽돌담과 시멘트 바닥 사이의 미미한 흙을 만났고, 그 정도라도 행운이라 여기고 잔뿌리를 촘촘히 내려 줄기가 흔들리지 않도록 잡아주면서 영양과 수분을 끌어올려 살아남은 것이다. 풀들은 생존을 도모하고 나는 도량을 가꿔야 하고, 이 이기의 충돌 끝에 결국 풀이 뽑히고야 말았지만, 식물이 갖고 있는 정신만큼은 경이롭기 그지없다.

식물에 대해 잘 모르는 직원이 구절초 무리를 시원하게 뽑아버린 것을 제외하면, 이제 누구에게라도 뒤뜰에 나가보라는 말을 자랑스럽게 할 수 있을 것 같아서 기분이 좋다. 잠깐 동안 작업한 것인데도 풀을 한데 모아놓으니 한 아름이다. 이것을 큰 나무 아래 거름 삼아 곱게 펼쳐놓는 것으로 오늘 운력은 끝!

좀처럼 씻겨나가지 않는 손톱 끝에 밀려든 흙이 밉상이라 사흘 만에 다시 손톱을 깎고 나니, 책장 넘기는 바람에도 손톱 끝의 신경이 들고 일어날 지경이다. 이럴 땐, 내 성격, 나도 참 못마땅하다.

풀 먹이기 좋은 날

제주 해상 먼바다에서 태풍이 올라오고 있다는 소식이 일기 예보를 선점한다.

서울 하늘은 맑다. 햇살도 충분히 넘쳐나고 바람도 좋다. 이런 날은 귓속에 "햇살이 아깝다"는 말이 속살거린다. 옷에 직접 풀을 먹이고 살던 때의 기억이 있어서다.

승복은 두 종류가 있다. 풀을 먹이는 것과 그렇지 않은 것. 풀을 먹여야 하는 것으로는 무명과 광목, 여름철에 입는 삼베와 모시가 있다. 무명과 삼베는 거칠고 광목과 모시는 섬세하고 곱다. 거칠고 투박한 천은 풀 기운이 오래가고, 얇은 천은 쉽게 구겨지고 풀도 깊게 먹여지지 않는다. 옷 재질의 선택은 입는 이의 성품에 따라 다른데, 송광사 구산 큰스님과 법정 스님께서는 광목을 즐겨 입으신 걸로 기억한다.

산중에 살 때에는 여름 장마 중에 햇살이 반짝 드는 날이면 옷에 풀을 먹이기에 바빴다. 대중 생활 소임에는 '마두(麻頭)'라는 풀을 쑤는 일이 있다. 이 일을 맡은 스님은 한 철 동안 대중이 원하면 언

152

제든지 풀을 쒀줘야 한다. 그래서 이 소임은 싹싹하고 상냥한 이에게 맡긴다.

과정은 이렇다. 우선 옷을 세탁하여 바짝 말린 후에, 물을 섞어가며 풀의 농도를 조절하여 풀을 먹인 다음 다시 밖에 말린다. 오전에 널어 대략 오후 두세 시 정도 되어 완전히 마르기 전에 속을 뒤집어 봉제선의 옷 솔기를 펴고, 물을 가볍게 뿌려 천에 싸서 밟은 후에 다시 바람을 쏘이면 다림질이 훨씬 부드럽다. 게으른 이는 밟는 과정을 생략하는 경우가 많은데, 다림질할 때 그만큼 애를 먹게 된다. 이런 날은 햇살만큼이나 손도 바쁘다. 늑장을 부리다가는 당일 손질할 틈을 놓치게 되는데, 가끔 미처 손질 못 한 옷들이 다락에 마른 명태처럼 꼿꼿하게 몸을 뻗고 있는 경우가 있다.

나는 빨래를 구분하여 처리한다. 지금은 주지를 살기 때문에 겉옷과 풀 먹일 옷은 후원에서 맡아주고 있어서 편하긴 하다. 속옷은 내가 세탁기에 직접 돌려서 손질한다. 전에는 날씨를 봐서 세탁하고, 뒤뜰 빨랫줄에 널었다가 해 질 녘에는 잊지 않고 거둬들여야 하는 일이 너무 번거로웠다. 뒷길로 지나다니는 사람들 보기에도 좋지 않을 것 같아 염려스러웠다. 그런데 두 해 전에 한 신도의 말을 듣고 건조기를 들여놓았더니, 어느 때고 세탁을 하여 곧장 건조할 수 있어서 빨래 부담이 줄어들었다. 청소도 응접실은 후원 보살이 하지만, 안방은 내가 하고 있다. 포교당이라 주지 안방에 누가 드나드는 게 좋아 보이지 않다는 것을 안 이후로 그렇게 하고 있다.

합섬모직. 흔히 말하는 기지 옷은 풀을 먹일 필요가 없어서 편리

하다. 이런 옷은 꼭 여벌로 가지고 있어야 한다. 무명이나 광목 옷은 풀을 먹이지 않으면 아름답지 않다. 그래서 비가 올 때는 합섬으로 된 옷을 입어야 한다. 풀 먹인 옷은 비를 맞으면 금세 쉬고 마는데, 삶기 전에는 이 냄새가 가시지 않는다.

승복의 종류는 정강이까지 내려오는 두루마기, 무릎 근처에 닿는 동방, 그리고 절에서 일상복으로 입는 허리춤까지 오는 적삼이 있다.

내가 처음 승복을 맞춰 입었던 것은 1983년 여름이었다. 곧 수계를 해야 하는 우리들에게 화순 운주사에 주지를 살던 법진 비구니 스님과 연월심 보살이 한일합섬 모직을 구해 와서 장삼과 승복 두 벌을 세트로 맞춰주어 한동안 입고 지냈다. 점심 공양을 마치고 뒤뜰에 나가보니 햇살이 좋아 베개와 이불을 내다 널다가 문득, 옛 생각에 잠겨봤다.

매미가 목청을 돋우고, 햇살이 반짝거리는 반가운 오후다. 손에 든 책은 '일본인의 조선 정탐록'이라는 부제가 붙은 《조선잡기》이다. 일본 사람의 눈에 비친 당시의 우리 생활상이 퍽이나 이채롭다. 내가 쓰고 싶은 글도 훗날 이 시대의 승가의 생활상이니, 이 책을 좀 더 유심히 볼 생각이다.

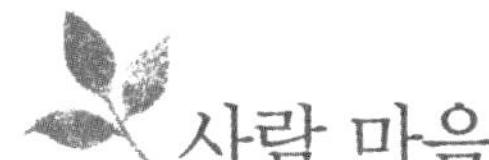

사람 마음이 똑같고, 생각이 똑같다

인도의 황제였던 악바르의 자서전인 《악바르 남마》에 의하면, 그의 궁전에는 히말라야에서 데려온 백조들을 위해 대리석으로 지은 연못이 있었다고 한다. 백조가 도착하기 전, 황제의 친구가 한 가지 건의를 했다.

"히말라야에서 온 귀한 백조를 위해 연못을 물이 아니라, 우유로 채우면 어떻겠습니까?"

이 백조들은 히말라야의 깊은 호수에 살고 있어서 우아하고 매우 귀한 새였다. 그러나 넓은 연못을 메울 우유를 구하기가 쉬운 일은 아니었다.

그가 다시 말했다.

"도시의 모든 사람이 우유를 한 동이씩만 가져오도록 하십시오. 성스러운 백조를 위하고 황제를 위한 일이니 아마 반대하는 이는 없을 것입니다."

그때, 같은 자리에 있던 한 현자가 말했다.

"내일 아침이 되면 폐하는 깜짝 놀랄 것입니다."

악바르가 놀라 물었다.

"그게 무슨 말이오? 내가 왜 놀란단 말이오?"

현자가 말했다.

"조금만 참으십시오. 내일 아침이면 알게 됩니다."

다음 날 황제는 몹시 놀랐다. 연못이 우유가 아닌 물로 가득 차 있었기 때문이다. 도시의 사람들은 한결같이 이렇게 생각했던 것이다.

'수만 양동이의 우유 속에 물 한 양동이쯤이야 무슨 상관이랴. 그리고 누가 물을 부었는지 알 수도 없지 않는가.'

그렇게 모두 어두운 새벽녘에 물을 한 양동이 가져가서는 붓고 왔던 것이다.

현자가 말했다.

"보십시오, 우유는 단 한 방울도 없습니다. 폐하는 인간의 마음에 대한 이해가 부족합니다."

'나 하나쯤은 괜찮겠지.'

이런 생각을 안 해본 사람은 없을 것이다.

지난봄이던가. 현 정권은 국정 후반기의 구호를 '공정한 사회'로 정했다. 이것을 보고 나는 집권자의 고민을 헤아릴 수 있을 것 같았다. 경제를 살리자는 절박함에 도덕성은 논외로 치부하지 않았던가. 그런데 나라의 일이란 것이 공명정대와 최소한의 윤리관이 없으면 기강이 서지 않음을 어찌하랴. 이제 사회가 정신을 좀 차릴까 싶었다.

하지만 대폭 개각을 하며 열린 청문회를 본 순간 국민들은 놀랐을 것이다. 편법으로 재산을 늘리고 원칙을 어기지 않은 인사가 하나도 없었다. 나는 절에 들어온 후에 군대에 다녀왔고 예비군 훈련도 빠짐없이 참석했다. 일반인은 민방위 훈련 하나만 빠져도 재차, 삼차 소집에 어찌나 피곤하게 구는지 정신이 없을 지경인데, 저들은 무슨 재주로 저리 잘 빠져나갔나 하는 생각이 들었다.

지난여름의 폭우로 도심에 물난리가 난 게 얼마나 지났다고 최근 광화문 현판이 갈라지는 부끄러운 일이 일어났다. 모든 것이 공기 단축에 열을 올리느라 원칙을 무시하고 서두른 과보이다.

정치가 중요한 것은 모든 사람의 본보기가 되기 때문이다. 위정자가 힘으로 처리하려 하면 백성들도 우격다짐으로 일을 해결하려 드는 법이다. 월맹군이 미군을 이기고 승리할 수 있었던 비결도 호치민이라는 지도자의 수도승 같은 검소한 생활 덕이라고 하지 않던가.

일을 억지로 하면 반드시 탈이 나는 법이다. 《맹자》에는 이런 이야기가 있다.

송나라 사람이 자신의 밭작물의 싹이 크지 않은 것을 슬프게 여겨 이삭을 조금씩 뽑아 올리고는 피로한 모습으로 돌아가서 집사람을 향해 말했다.

"내가 오늘 피곤하다. 내가 벼의 싹을 도와서 크게 했다."

이에 그 아들이 밭에 가서 보니 그 싹은 곧 말라 죽어 있었다.

싹이 빨리 자라지 않는다 하여 이삭을 뽑아 올리는 사람이 어디 있겠는가. 아무 이익이 없다고 버리는 사람은 싹을 기르지 않는 사람이요, 이를 도와서 크게 하는 사람은 억지로 싹을 뽑아 올리는 것이니, 비단 이익이 없을 뿐만 아니라 또 이를 해치는 사람이 되는 것이다.

〈공손축장구〉

이를 '조장(助長)'이라고 한다. 자라기를 돕는다는 뜻이다. 자연의 모든 것은 스스로의 내공이 쌓여 커나가는 게 중요하지 억지로 일을 도모했다가는 이런 일이 벌어지고 만다.

사람들의 생각은 똑같다. 내가 이익을 바라 듯, 남도 손해를 보고 있을 리 만무하다.

금세기의 위대한 신비주의자인 구제프는 말했다.

"모든 인간이 영혼을 갖는 것은 아니다."

나는 이른 새벽에 한 시간 걷는 것을 철칙으로 삼고 있다. 도심 포교당에서 건강을 유지하면서 정신적인 긴장을 놓지 않으려고, 비가 오지 않는 이상은 거의 빠뜨리지 않고 있다. 그런데 아무도 없는 새벽의 신호등이 바뀌기를 기다리는 차나 사람을 볼 때가 있다. 남을 의식하지 않고 원칙을 지키는 정신을 가진 이들이다. 범법을 일삼는 사람은 이런 숭고한 정신을 알 턱이 없다.

악바르는 황제의 자리에는 올랐을지라도 인간의 속성을 알지 못했다. 그러나 눈 밝은 사람은 안다. 군중은 함께 어리석기를 바라

158

고 함께 타락하기를 부추기지만, 이 유혹을 벗어나는 길은 홀로 있을 수 있는 영혼의 힘을 기르는 것이다.

홀로가라. 무소의 뿔처럼!

가을 기행

지난 10월 중순, 신도들과 가을 사찰 참배를 다녀왔다. 목적지는 의성 수정사와 영주 부석사. 나는 두 군데 다 가보지 못했다. 수정사는 절친한 도반 원담 스님이 주지로 있어서 진작부터 한번 다녀오리라 마음먹었던 곳이고, 부석사는 평소 참배하고 싶은 마음이 간절했던 곳이다.

두 대의 버스에 신도 일행과 나누어 타고 아침 7시에 출발했다. 예상 소요 시간은 대략 네 시간. 모처럼 서울을 벗어나 가을이 무르익어가는 들판과 산천이 기분을 가볍게 하여 지루하지 않았다. 여름의 폭우와 태풍에도 곡식들이 별로 넘어져 있지 않아 다행스러웠지만, 내륙 한가운데라 그런 것인지 아니면 피해가 적은 곳을 따라 움직이고 있는지 알기는 어려웠다.

신도들이 지루할까봐 지난 법문과 '차마고도'를 DVD로 보여주었다. 말과 야크로 차와 소금을 운반하는 마방들의 여정이 여행을 떠나는 우리 마음을 한껏 북돋아주는 듯했다. 간간히 원담 스님이 지금 어디인지, 언제쯤 도착할 것인지를 묻는 문자를 보내왔다. 시골 절이라 전날부터 신도들이 우리 공양을 준비하느라 분주하다는 이야기를 들은 터였다.

수정사 입구의 사하촌은 한적하기만 했다. 가을걷이로 한창 바쁠 법도 하건만, 마을은 정적에 싸여 있었다. 어쩌면 이것이 작금의 우리 농촌 실상을 잘 보여주는 것인지도 모른다는 생각에 착잡했다. 젊은이들의 이농이 심각하다 하지 않던가. 시골에 농사짓는 사람이래야 50세가 젊은 축이고 더 연로한 분들이 힘겹게 땅을 지키며 살아가고 있으니, 이제 시골의 정서랄 것도 없고 그런 타령이 오히려 사치스럽게 느껴지는 현실이 되고 말았다.

수정사는 생각보다 산중이었다. 산이 낮은데도 산길에 들어서자 좌우로 평지돌출하듯이 우뚝 솟은 봉우리들이 잇대어 있었고, 이런 풍광이 삽시간에 절집과 속세를 단절시키는 기분을 자아냈다.

원담 스님과 신도 몇 분이 주차장에 내려와 있었다. 반갑게 손을 맞잡고 법당으로 향했다. 절은 법당을 포함하여 대여섯 채는 되는 규모였으니 결코 작다고는 할 수 없다. 법당에 참배하고 앉은 사이에 원담 스님이 올라와 수정사 안내의 말씀을 곁들여 법문을 했다. 그 뒤 내가 원담 스님과의 인연, 그리고 나름대로 도량에서 느낀 바를 이야기했다.

부처님은 조그마했다. 앉은 자세로 1미터가 채 되지 않는 크기였다. 마당 한가운데에는 새로 건물을 짓고 있었다. 지붕의 기와까지 올라갔으니 공정의 실질은 끝난 거나 다름없다. 이 건물이 절집 마당의 호젓함을 가로막아 답답해 보여 마당에 짓게 된 이유를 물었더니, 옛터에 그대로 올려야 하기 때문이라 했다. 그놈의 문화재 보호법이 이 모양이다. 옛날 어려운 시절에는 좁은 공간에 둥지를 틀었지만, 시대가 달라졌으니 터를 넓게 활용할 수 있게 해주면 새로 자리를 잡아 지어 좋을 텐데, 그 자리에 그대로 복원해야 지원이 나오는 식이다.

마당 여기저기에는 어디서 구해왔는지 간이 테이블이 놓여 있고, 그 위에 비빔밥이 준비되었다. 이곳은 10년 만에 송이 풍년이라 했다. 산지에서 맛보는 음식이라 그런지 서울에서 먹던 향과 질감과는 비교가 되지 않았다. 국을 두 그릇이나 먹었다. 사진을 찍고 신도들과 함께 부석사로 향했다.

좀처럼 장거리 버스를 탈 일이 없는 나는 버스의 출렁거림에 머리가 약간 어지럽기도 하고 계속 졸음이 밀려왔다. 그러다가 모두의 탄성에 눈을 떠보니 창밖에는 사람 키밖에 안 되는 높이의 나무마다 붉은 사과가 가을의 햇살에 몸을 살찌우고 있었다. 조그만 나무에 저렇게 많은 열매가 달려도 되나 싶을 정도로 사과가 나무 가득 매달려 있었다.

부석사는 주차장에서 본당까지의 길이 짧아서인지 산중 대찰의 장엄함이 느껴지지는 않았다. 절에 들어서기까지의 가파른 길 양쪽으로 줄지어 선 은행나무는 쌀쌀한 날씨에도 잎은 한여름의 짙고 푸름을 지켜내고 있었다. 드디어 본당이 보이는 마당에 들어섰다. 사람들이 많았다. 답사기나 사진에서 기억하고 있는 누각에서

162

바라본 소백산 봉우리들이 보고 싶어 뒤를 돌아보지 않고 도량 맨 상단에 자리 잡고 있는 무량수전까지 뛰듯이 올라섰다.

누각을 두 개 지났을 것이다. 무량수전 바로 앞 누각이 안양루이다. '안양(安養)'은 안락함을 기르라는 뜻이다. 또 이 누각에 있으면 안락함을 기를 수 있다는 의미도 된다. 모든 사물의 이치와 그것을 나타내는 말과 글은 여러 의미로 읽어내는 심미안이 있어야 한다. 그래야 사물을 보는 즐거움이 생긴다.

불교에서는 극락세계를 '안락국'이라 한다. 지극히 안락한 세계는 편안하고 심신의 유혹이 없는 안정된 심리를 가진 세계이다. 흔히 생각하는 행복의 심리는 들뜬 흥분과 결기가 아니라 고요한 심리적 안정이다. 극락을 상징하는 '청정한 땅〔淨土〕'은 두 가지로 획득이 가능하다. 심리적인 측면에서는 마음이 편안하면 그 자체가 극락이다. 그리고 반드시 어떤 고유의 세계가 있어서 그곳에 가야만 안락이 얻어진다는 실질적인 세계로서의 의미도 있다. 전자가 자력적이라면 후자는 타력적이다.

불교는 모든 것을 마음의 작용으로 보기 때문에 외형의 물질적인 세계를 인정하지 않는 경향이 강하다. 그래서 정토도 마음의 상태를 중요시하는 '유심정토'의 전통이 있다. 하지만 정토에서도 타력의 아미타불에 의지하는 관점에서는, 극락이 구체적인 세계로 실존하는 것이다. 이처럼 종교의 다양한 관점을 이해한다면 섣부른 주장은 자신도 위험하고 남도 위험하게 하는 독이 된다는 것을 안다.

몸을 돌렸다, 뒤로. 아니 앞으로.

세상에 이럴 수는 없다.

그랬구나. 그래서…… 그렇게도 사람들이 이곳을 못 잊어하는구나.

안양루를 옆으로 비켜선 축대에서 바라본 소백산은 연봉이고 첩봉이었다. 그 산이 포개진 굽이굽이마다 운무가 솜을 깔아놓은 듯 경계를 만들어냈다. 나는 산에서 오래 살아본 터라 그 같은 풍광에 익숙하다 할 수 있고, 특히 지리산에서 바라본 장대했던 느낌과 대비된 소백산은 귀 기울여 듣는 남의 이야기처럼 아기자기해 더욱 친근한 느낌이었다. 조금 있다 다시 보자, 하고는 법당에 들어갔다.

부처님은 의외로 컸다. 2~3미터는 되는 듯했다. 좌불인데, 상호는 근래에 만들어진 부처님처럼 단정하고 잘생긴 얼굴이 아니라, 보는 이에 따라 모습이 달라지는, 어떤 미지의 것을 미리 설정하여 모셔진 부처님이었다. 부처님은 자신의 눈과 자신의 마음으로 보아야 한다. 부처님 앞에서 비는 소원이래야 한 생각 달리 먹으면 대수롭지 않은 풍진 세상사가 아니겠는가. 내 눈에 이 부처님은 "너는 뭐가 그렇게도 부족하냐"고 웃고 계셨다. 부족함이 없는 것을 '지족(知足)'이라고 하는데, 이 부처님이 그랬다.

참배를 하고 다시 밖으로 나왔다. 보통의 법당은 도량을 중심으로 하여 앉히고 부처님은 법당의 정면 중앙에 계신다. 그런데 이곳 무량수전의 부처님은 측면으로, 정면에서 보자면 왼쪽으로 7할쯤

치우쳐 있었다.

법당의 뜰에 서서 배흘림기둥을 쓸어보았다. 배가 볼록 나온 마음 좋은 사람처럼 법당 기둥에는 부처님의 자비가 흐르고 있었다. 어디 그뿐인가. 저 모진 세월을 기억하듯 나뭇결이 드러난 기둥은 깊은 주름처럼 그 속에도 바람이 이는 듯했다. 이제는 좀 더 떨어져서 보고 싶은 마음에 마당으로 내려와 안양루를 일직선으로 하여 쌓은 축대의 끝머리에 서서 무량수전을 찬찬히 바라보았다. 지붕은 튼튼한 기둥 위에 얹은 듯 날렵한 느낌이 들었다. 이 모든 것이 소백산의 연봉들과 잘도 어울렸다.

이제 산을 보자. 나는 다시 몸을 돌려 호방하게 툭 트인 경관에 시선을 두었다. 서양인은 불국사처럼 조형미가 뛰어난 절을 좋아하고, 일본인은 순천 선암사 같은 오밀조밀하게 꾸며진 절을 좋아하는데, 우리나라 사람은 이 부석사처럼 앞의 경관이 처연할 정도로 툭 트인 곳을 좋아한다고 들었다.

산이 많은 지형에 사는 민족은 마음에 한이 많다고도 하는데, 그래서일까. 초행임에도 불구하고 이 절이 좋았다. 그러면서 문득 겨울에 다시 와보고 싶은 생각이 들었다. 봄에도 여름에도 가을에도…… 눈 내리는 날이면 어떤 모습일까. 비 오는 날이나 바람이 부는 날이면 또 어떤 모습일지, 그때마다 와보고 싶은 마음이었다. 이날까지 내가 보고 알았던 사물이나 풍광에서 이런 기분에 젖어보기는 처음이었다. 그만큼 부석사는 묘한 매력을 지니고 있었다.

서울까지 가는 길을 따지자면 한없이 머물 수는 없었다. 일행을 채근하여 내려가는 길 양쪽에 사과를 파는 노점이 이어졌다. 한 신도가 조그만 바구니에 담긴 사과를 사서 맛보기를 권했다. 수건으로 쓱쓱 문질러 베어 물었더니 여간 싱싱한 게 아니었다. 걸어가면서 한 개, 버스에 도착하여 또 한 개를 얻어먹었다.

서울로 돌아오는 금요일 오후는 버스 전용차로라 해도 속도가 나지 않았다. 어느 사이 잠이 들었는지 문득 깨어보니 시간이 꽤 흘렀고, 밖은 충분히 어두워졌다. 나뿐만이 아니라 모두들 깊은 잠에 빠져 있었다.

지금 생각해보니 난생 처음 갔던 절은 땅끝의 '미황사'였다. 내가 다닌 초등학교에서는 봄가을 소풍을 근처 바닷가와 산을 번갈아서 가곤 했는데, 초등학교 2학년 가을 소풍은 미황사로 가게 됐다. 산길은 거리의 가늠이 쉽지 않다. 학교에서 보이는 앞산을 넘어 달마산을 뒤로 타고 들어가는 코스였던 것 같다. 지금은 동백나무 숲과 해진 문풍지 틈으로 들여다보았던 금강역사의 툭 튀어 나온 눈, 그리고 귀가를 서둘렀던 기억밖에 없다.

돌아가는 길이 워낙 멀어서 마을별로 모여 고학년이 저학년을 인솔하여 돌아가도록 하고는 선생님들은 어디론가 사라져버렸다. 세 살 위의 형은 자기를 잘 따라오라고 단단히 주의를 주었다. 그렇게 돌아오는 길이었는데, 어느 순간 어두워지자 사람들이 하나둘 시야에서 사라지는 기분이 들었다. 얼마나 형을 붙잡고 따라붙었는지 나중에는 형이 화를 낼 정도였다.

166

벌판을 가로질러 오는 길은 좀처럼 끝나지 않았다. 밤의 깊이를 알 수도 없고, 아무리 걷고 걸어도 마을이 나타나지 않았다. 어떻게 집에 도착했는지 아직도 모른다. 다만 집에 들어가 노모 품에 안겼을 때, 마치 어느 먼 행성에서 돌아온 듯한 아련한 기분이 되어 운 기억만이 생생하다.

그해의 소풍 이후로 달마산의 날카롭게 솟은 바위 봉우리를 바라볼 때마다 나는 그 봉우리 너머 자리 잡고 있을 미황사를 그려볼 수 있었다. 나의 출가와 미황사가 어떤 연관이 있는지는 알 수 없다. 쉰을 바라보는 나이가 되도록 미황사를 아직 다시 가보지 못했다. 오히려 그곳에서 주지를 살았거나 살고 있는 스님들을 더 자주 보았고, 그때마다 이렇게 안부를 물었다.

"미황사는 잘 있습니까?"

최근에 들은 바로는 내가 다니던 초등학교는 폐교가 됐다고 한다. 그 운동장과 공을 차고 놀다가 비가 쏟아지면 숨어들곤 했던 그 큰 플라타너스는 또 어찌 되었을지…….

어느 때 한번은 꼭 다시 가보고 싶은 땅.

아직 찾아뵙지 못한 노모 산소에 국화라도 한 아름 안겨드려야 한다는 밀린 숙제 같은 무거움이 무량수전에서 바라본 소백산의 연봉들만큼이나 첩첩이 쌓이도록 서울은 좀처럼 나타나지 않았다.

수피, 사막의 꽃

수피(Sufi)는 아랍어의 양모를 뜻하는 어근 수프(صوف ṣūf)에서 파생된 말이다. 수피즘의 초기 수도승들이 금욕과 청빈을 상징하는 하얀 양모로 짠 옷을 입었기 때문에 수피라 불렸다. 수피즘은 이슬람의 전통적인 율법은 존중하되, 일체의 형식은 배격한다. 내면적 각성과 코란의 신비주의적 해석을 강조하며, 금욕, 청빈, 명상 등을 중요하게 여긴다. 또한, 정신적인 깨달음을 얻기 위해서는 지성보다 체험을 중요하게 생각하며, 신과의 합일을 위해 진정한 자아를 찾는 것을 수행의 목표로 한다.

수피들은 예수를 특히 존중했는데, 예수를 사랑의 복음을 설교한 이상적인 수피로 보았다. 수행하는 방법은 숨을 깊이 그리고 리듬에 맞추어 쉬는 동안 정신력을 집중하는 것이다. 그들은 금식하고 철야하며 신의 여러 이름을 부르며 기도하고 찬양한다. 이 과정에서 수피들은 때때로 황홀경에 빠져들기도 한다.

이슬람 초기부터 존재하던 신비주의 경향은 수피들의 출현으로 하나의 분파를 이루었으며 9세기경 절정에 달했다. 수피즘의 교단

168

은 '타리카'라 부른다. 타리카는 원래 도(道)를 뜻하는 말이었으나 수피즘에서는 수행의 여정을 뜻하는 말로 사용했고, 나중에는 교단을 뜻하게 됐다. 아바스 왕조 시기인 12세기에 창설된 '카디리' 교단이 실질적인 최초의 수피즘 교단으로 알려져 있다. 카디리 교단은 개조(開祖) 알 카디르 알 질라니가 창립하여 그 자손이 교단의 지도자를 세습했으며, 15세기 경 이슬람 전역에 걸친 교단으로 성장했다. 13세기에 여러 타리카가 속속 등장했으며, 15~18세기에 성자숭배, 민간신앙의 도입 등으로 더욱 다양해졌다. 오늘날에도 수피즘은 전 세계에 퍼져 있으며 국제수피즘협회 등을 통해 교류하고 있다.

인류의 고귀한 영혼의 가르침이 척박한 사막에서 나왔다는 것은 기적이다. 아니다, 기적이 아니라 당연한 일이다. 영혼은 홀로 어둠 속에서 싹튼다. 사람들이 좋아하고 가고 싶어하는 길에는 도가 없다. 그것은 오직 달콤한 유혹뿐이다. 달콤함이 영혼을 좀먹으면 먹었지 길러주지는 않는다.

내가 가본 사막은 미국의 서부와 중국의 서역이다. 나는 사막을 거대한 이불처럼 여긴다. 이 모래바람은 고정되어 있지 않다. 아주 조금씩 모두가 잠든 시간에 홀로 움직인다. 잠에 깊이 빠져들었던 사람은 없던 산이 생겼다고 할 것이다. 아니면 있었던 모래언덕이 없어졌다고 할 것이다. 사막인들에게 모래는 움직이는 생명이다.

나는 《도마복음》에서 이 이야기를 좋아한다.

만일 두 사람이 한 집에서 평화롭게 지낸다면, 그들이 산에게 '다른 곳으로 옮겨가라'고 말하면 산이 옮겨갈 것이다.

이 이야기가 주는 감흥이 유쾌하기 그지없다. 사람은 본래 평화와는 거리가 먼 종자인지도 모르겠다. 만나면 다투고 더 많이 차지하기 위해 싸우고, 자신이 갖지 못하면 일에 훼방을 놓는다. 인간은 사랑보다 투쟁에 익숙한 존재일 수도 있다.

예수님도 두 사람이 한 집에서 평화롭게 거하는 것이 기적이라 하셨다. 하긴 지금 세계에서 가장 극명하게 적의가 드러난 곳이 바로 사랑과 자비를 알리기 위해 예수님이 오신 땅 예루살렘이다. 그들에게 자비와 관용은 찾아보기 어렵다. 매일같이 다투지 않는 집이 또 얼마나 될지 알 수 없다. 그러니 기적이다. 평화롭고 우애가 넘친다면 정상적인 게 아니라 기적인 것이다. 인간의 삶이란 게 고작 이 정도이니 부끄러워 견딜 수가 없다.

모하메드가 사람들에게 산을 옮기는 기적을 보이겠다고 하자 사람들이 모여들었다. 그는 세 번에 걸쳐 "산이여 이리로 오라"했지만 산이 움직이지 않자, 자신이 산을 향해 걸어갔다. 군중들은 이를 실패한 예언자의 기적이라 할지 모르지만, 일체의 모든 것이 도가 아님이 없다는 선가의 눈으로 보면, 이보다 활달한 기적이 다시 없다. 무슨 일이건 고집을 세우고 좀처럼 자신의 생각을 바꾸려 하지 않는 사람은 이 말을 이해하지 못할 것이다.

삶의 기적이 무엇인가. 상대가 응하지 않는다면 내가 하면 된다.

세상이 나를 배반한다 해도 나는 믿음으로써 보답하면 된다. 상대가 오기를, 행운이 오기를 기다리기만 하는 사람은 지혜롭지 못하다. 내가 가면 된다. 이렇게 함으로써 상대와 나, 행운과 불행 사이의 간극이 사라지는 것이다.

두 분의 말씀에 산이 비유로 나왔다. 처음에는 막연하게 생각하기를 기적이니까 움직이지 않는 산을 비유하여 말씀하신 것으로 여겼는데, 문득 다른 의미가 떠올랐다. 사막에서의 모래산은 부동의 것이 아니다. 아주 조금일지라도 움직인다. 그것도 눈에 보이지 않는 바람이 눈에 보이는 가장 큰 물체를 들어 올리고 있지 않은가. 그러니까 공동체의 화목과 나를 둘러싼 세상사 불만족스러운 간극 좁히기가 불가능한 것이 아니라, 본래 가능하다는 말씀이다. 그래서 공자도 "도는 가까이 있다" 하셨고, 장자는 "도는 있지 않는 곳이 없다"고 하셨던 것이다.

두 번의 실크로드 여행마다 사막에 서면 이상하게 이불이 떠올랐다. 여행 안내자가 힘주어 말하는 서역에서 벌어진 전쟁과 서역을 오고 갔던 구법승들, 그리고 낙타를 거느리고 교역에 나섰던 대상들이 바람이 움직이는 모래 언덕 속에 묻히기도 했다는 이야기가 실감 나서 그랬는지도 모른다.

여행자가 고단한 몸을 눕히는 사이 모래는 소란스럽지 않게 다가와 그들을 덮어주었을 것이다. 그들은 아직도 죽음을 모른 채, 단잠에 빠져 있는 것은 아닌지.

순간순간 직면하는 모래 이불과 사이좋게 살아갔던 수피의 영혼이 그나마 사막에 피어났던 꽃임을 안다면, 우린 좀 더 가벼워져야 할 것 같다. 가벼워지는 방법을 삼척동자도 안다. 버리고 놓아버리면 된다는 것을. 문제는 행하는 것이니!

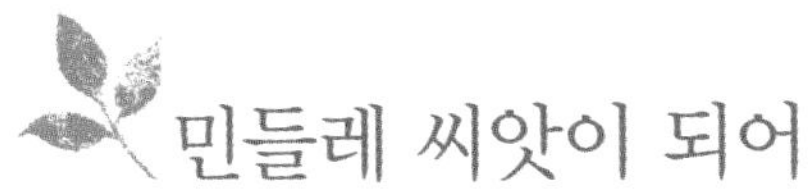

민들레 씨앗이 되어

날이 풀리기 무섭게 피어나던 꽃들이 하나둘 시들고 있다. 진달래나 목련, 벚꽃은 말할 것도 없고 도랑을 빙 둘러 불타오르던 철쭉이 지고 나니, 일단 한 호흡이 지난 것 같다.

이제부턴 무슨 꽃이 필까?

한 열흘은 됐을까? 난데없이 집무실 유리창 너머로 하루가 다르게 노란 꽃을 매단 줄기가 자꾸 자라났다. 유채꽃인가 싶었다. 꽃가루 알레르기가 있어 향기 맡기를 주저하는데, 하루는 햇살이 너무도 좋아 뒤뜰에 나섰다가 그 꽃이 궁금해 뜰 안으로 들어가보았다. 분명 갓이었다. 시골에서 자랐기 때문에 풀 종류는 대강 아는데, 갓이 유채와 꽃이 비슷한 줄은 처음 알았다.

그런가 하면 요즘 문을 열어놓은 유리창으로 꽃씨를 매단 솜털이 바람에 날아들어 여간 신경 쓰이지 않는다. 민들레 씨앗이다. 민들레는 국화과에 속하는 여러해살이풀이다. 발에 차일 정도로 땅에 낮게 몸을 붙이고 살아가는 식물이다. 이들은 꽃가루받이가 끝나면 공처럼 둥근 열매를 만들었다가 바람처럼 가벼운 솜털에 작은 씨앗을 실어 보낸다. 이즈음 날아다니는 솜털의 정체를 아셨으리라.

이들의 비행거리는 40킬로미터, 즉 백 리에 이른다. 뿌리 하나가 종족을 퍼트릴 수 있는 임계점인 셈이다. 그리고 땅속의 뿌리는 땅 위 줄기의 열다섯 배까지 뻗어 있다니 보이는 곳보다 보이지 않는 곳에서 더 치열함을 알 수 있다. 그만큼 생명력이 강하다는 것이다.

요즘은 서양 민들레가 많이 자리를 잡아서 토종이 자리를 뺏기고 있다. '굴러온 돌이 박힌 돌을 빼낸다' 했던가. 자세가 땅에 붙듯이 자라는 게 토종이라면, 서양 민들레는 꽃줄기가 훤칠하다. 외출했다 돌아오는 길에 공터에 자라는 민들레를 살펴봤더니 놀랍게도 모두 목이 길게 올라온 외래종이었다. 이것들은 억세고 힘이 좋아 1년 내내 시도 때도 없이 꽃을 피워 올린다.

민들레의 한방 명은 '포공영(蒲公英)'이다. 비타민 A와 칼륨이 풍부하게 함유된 민들레는 브로콜리나 시금치보다 영양가가 더 많다고 한다. 성질은 차며 비경, 위경에 작용하기 때문에 위장 계통, 천식, 간 기능, 염증 제거에 두루 쓰이는 약초이다.

옛 서당에서는 민들레를 담장 아래에 심어 정신을 본받고자 했다. 나쁜 환경을 이겨내는 인(忍), 뿌리가 잘려도 다시 돋아나는 강(剛), 한꺼번에 피지 않고 차례로 피어나는 예(禮), 다양한 용도로 쓰여서 용(用), 꽃이 많아 벌을 부르므로 덕(德), 줄기를 자르면 나오는 흰 액이 젖과 같아 자(慈), 흰 머리털을 검게 하므로 효(孝),

모든 종기의 염증을 치료하므로 인(仁), 바람을 타고 멀리까지 날아가서 종자를 퍼트리므로 용(勇)과 같은 이치로 삼았다.

이와 같이 여러 품성이 학동들에게 많은 교훈을 주기 때문에 훈장을 '포공(蒲公)'이라 하고, 민들레는 '포공영'이라 했으니 '민들레 학교'라고나 할까?

부처님 오신 날이 목전이다.

우리는 자비의 한 톨 민들레 씨앗이 되어야 한다.

날아가자.

중생이 있는 곳으로.

4 나 그리고 인연들

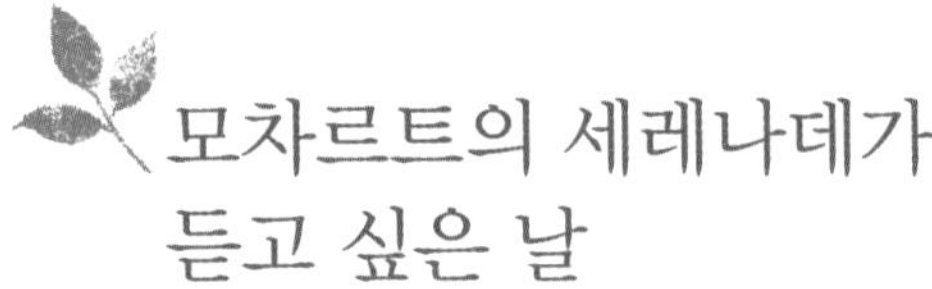

모차르트의 세레나데가
듣고 싶은 날

　오늘은 발치를 핑계로 하루 종일 방에서만 지냈다.

　모처럼 천둥 번개를 동반한 세찬 비가 내렸다. 발치 영향인지, 아니면 항생제, 그것도 아니면 날씨 탓인지 몰라도 몸이 계속 풀어져 내리는 기분이다. 발치나 항생제는 어느 정도 의학적인 상식으로도 그럴 수 있으리라는 생각이고, 날씨는 경험에 비춰서 하는 말이다.

　비가 오면 위산이 과다 분비되어 식욕이 돋는다는 말을 익히 들어봤을 것이다. 그런데 우리처럼 산중에서 생활해본 사람은 기후가 몸에 미치는 영향을 더 잘 안다. 비뿐이 아니다. 눈이 올 때도 마찬가지다. 몸이 아픈 듯도 하고, 따뜻한 데 누워 있고 싶은 생각이 간절해진다. 특히, 비나 눈이 오기도 전에 통증을 더 느끼고 평소보다 나른해지기도 한다. 예전에는 기상대에서 습도에 따라 늘어나고 줄어드는 모발의 특성을 기상 예측에 활용하기도 했다는 걸 보면, 사람의 몸이 참으로 신비롭다.

178

그런가 하면 동물도 날씨의 영향을 받는다. 고양이는 비가 오면 잠을 자는 습성이 있다. 고양이가 비를 아는지는 모르지만, 이 동물은 이런 날 유독 선정에 든 선승처럼 고요하다. 쥐를 몰아내기 위해 마을의 거의 모든 집에서 고양이를 키웠던 유년의 기억을 떠올려봐도 이 말이 틀리지 않다.

제목은 잊었지만 언젠가 본 영화에서 삶을 힘들게 꾸려가는 여인에게 꿈이 뭐냐고 물으니 이렇게 대답했다.

"좋은 호텔에서 룸서비스를 받으며 며칠이라도 쉬는 거요."

촘촘한 시간의 짜임 속에서 살아가는 나에겐 정말 이런 말이 절실하게 다가온다. 주지 소임 외에도 글을 쓰기 시작하면서 더욱 틈이 없다. 작년까지 '법보신문'에 칼럼을 격주로 40개월을 쓰고, 올해부터는 '불교신문'에 매주 《42장경》 연재, 부정기적인 청탁 원고, 그리고 지난해 9월부터 올여름까지 단행본 세 권을 내고 석사 논문까지 마치다 보니 여간 지치는 게 아니다. '부처님 일'에 대한 사명을 생각하면 한시도 쉴 수 없다는 마음과 '좀 쉬고 싶다'는 열망이 항상 줄다리기를 하는 셈이다.

세끼 공양을 방으로 달라하여 잠옷 바람으로 보낸 하루다. 스님들에겐 잠옷이 따로 있는 것이 아니고 승복 바지와 윗저고리를 벗으면 잠옷이 된다. 엄격한 곳에서는 양말도 벗지 못하게 한다. 긴장의 끈을 놓지 말라는 뜻이다. 서양의 종교 전통에서 인간의 감정을 인정하지 않았던 것만 봐도 안락에 대한 경계가 종교에서 얼마나 심각한 주제인지 미루어 짐작해볼 수 있으리라.

창문을 겹으로 닫고 있어 밖의 정황은 알 수 없으나, 몰려오는 정적으로 보아 비도 그친 것 같다. 이제 그만 정신을 차려야겠다 싶어 집무실에 나와 앉아, 모차르트의 '세레나데'를 켰다. 모차르트는 언제 들어도 즐겁고 행복하다. 흐린 정신을 일깨우는 데도 그만이지만 오직 모차르트만이 글을 읽거나 쓸 때에도 방해되지 않아 좋다. 노을이 드리운 저녁 무렵이었다면 '호른'이나 '오보에' 협주곡을 들었을 것이다.

좋은 음악은 삶의 훌륭한 벗임을 다시 한 번 생각하게 되는 하루다.

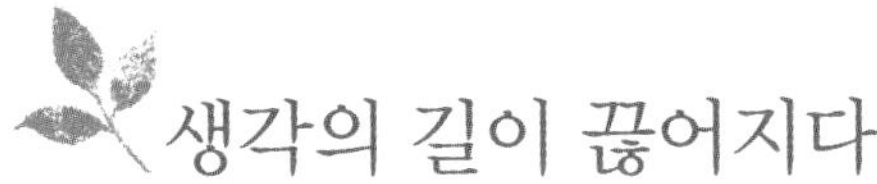

생각의 길이 끊어지다

답은 질문 속에 있고 질문은 답 속에 있다.

答在問處 問在答處

여성들은 흔히 낮에 친구를 만나 하루 종일 같이 있었는데도 집에 와서 다시 전화통을 붙들고 장시간 이야기를 나눈다는 말을 들었다. 물론 모든 여성이 그렇지는 않을 것이지만, 여러 조사 결과를 보아도 여성이 남성보다 말을 많이 하는 것은 맞는 듯하다. 그런데 그렇게 장시간 얘기꽃을 피울 수 있는 것은 선문답의 경우처럼 질문 속에 답이 있고, 그 답이 또 다른 질문이기 때문이 아닐까.

중국 당대(唐代)의 향엄 선사에 대한 다음의 법문을 읽으면 어떻게 답해야 좋을지 모를 난관에 부딪치게 된다. 선사들의 이 같은 법문은 사람의 생각의 길을 봉쇄하여 깨달음을 촉발시키기 위한 간절한 가르침이다. 어떻게 생각하면 가장 친절한 교습법이라고 할 수 있겠다.

선사는 이렇게 대중에게 물었다.

"어떤 사람이 천 길 벼랑에서 입으로 나뭇가지를 물고 매달려 발로 아무것도 밟지 않고 손으로 잡은 것도 없이 있는데, 어떤 사람이 와서 조사(祖師)가 서쪽에서 오신 뜻이 무엇인가를 물었다고 하자. 만약 입을 열어 대답하면 몸과 목숨을 잃게 될 것이고, 대답하지 않으면 묻는 사람의 뜻을 어기는 것이니 이럴 때에는 어떻게 해야 하겠는가?"

선가의 이런 질문은 사람의 생각을 보다 강하게 격발시켜 생각의 실마리를 끌어내는 전형적인 방식이다. 새로운 생각은 과거로부터 이어진 습관적인 생각과의 단절에서 나온다.

'조사'는 부처님을 이어서 불법의 등불을 비밀스럽게 전해오신 큰 선지식을 일컫는 말이다. 부처님의 상수 제자인 가섭 존자와 모든 경문을 암기하여 불멸 후 경전 결집에 중요한 역할을 한 아난 존자를 위시하여 달마 대사까지 인도의 28대 조사가 있고, 중국으로 달마 대사가 법을 전해온 이래 법의 맥을 이은 대스승들이 여기에 모두 포함된다. 엄밀하게 말하면 당나라와 송나라 때의 참선 수행을 하여 도를 깨달은 선사들이다.

조사들이 오셨다는 것은 불법을 가져왔다는 말이고, 그 불법에는 근본 뜻이 있을 것이다. 즉, 불법의 근본 뜻이 무엇인지 아느냐는 질문이다. 그런데 질문을 받는 상황이 천 길 벼랑에서 손과 발은 아무것도 잡거나 딛지 않고 입으로만 나뭇가지를 물고 있다. 뭔가 대답하려고 입을 벌리면 절벽에서 떨어져 몸이 산산조각 나고 만다. 그렇다고 대답을 못 하면 공부가 없는 사람이니 그 또한 쓸모없는 몸이다. 자 어떻게 해야 할까? 말할 수도 말하지 않을 수도 없다.

만약 간절히 원하는 것이 있는 사람에게 같은 상황에서 산신령이 나타나 너의 소원을 들어줄 테니 빨리 말하라고 다그쳤다고 상상해보라. 소원을 말하면 그것이 이뤄지지만 말하지 못하면 말짱 헛것이다. 그런데 말을 했다가는 낭떠러지에서 죽고 만다.

이렇듯이 이 법문은 간단한 게 아니다. 살거나 죽거나 둘 중 하나로 결판이 나버리니 말이다.

이 법문을 가만 들여다보면 우리가 지금까지 한 번이라도 이런 절박한 심정으로 살아본 적이 있는가 하는 생각이 든다. 쉬운 길로만 가려는 무리 틈에서 과연 한 번이라도 진정 자신만의 삶을 살아본 적이 있을까.

향엄 선사의 회상(會上)에서 있었던 이야기를 하나 더 해본다.

당시 당나라 11대 왕인 헌종은 두 왕자를 두고 있었다. 맏이는 목종이고 둘째는 선종이다. 후에 선종이 된 둘째 왕자 대중이 열 살 남짓 되었을 때였다. 대중은 형 목종이 신하들을 모아놓고 용상에 앉아 조회를 하며 국사를 논할 때 옆에서 지켜보고 있다가 모두 퇴청하고 나면, 궁중에 있는 아이들을 불러 모아 좌우로 시립케 하고 용상에 올라 앉아 형이 정사를 보던 모습을 흉내냈다. 신하들은 이를 보고 경계할 일이라 했지만 목종은 개의치 않았다. 그러나 목종이 죽고 그의 세 아들이 차례로 왕위를 계승하다 셋째 무종이 등극하자, 숙부인 대중을 죽이려 했다. 이유인즉, 부왕이 나라를 다스릴 때 용상에 올라가 희롱했기 때문이었다. 간신히 목숨을 구한 대중은 깊은 산속으로 피신하여 신분을 감추고 향엄 선사 회상을 찾아들어 사미승이 됐다.

그 후 대중은 다시 염관 선사 회상으로 옮겨 시절 인연의 도래를 기다리고 있었다. 그때 그 사찰의 총지휘 책임을 맡은 유나(維那)로 유명한 황벽 선사가 계셨는데, 하루는 대중이 예불을 올리고 있는 황벽 선사에게 여쭈었다.

"경에 이르기를 부처님에게도 집착해서 구하지 말 것이며, 부처님의 진리의 법에도 집착해서 구하지 말 것이며, 불법을 수행하는 스님에게도 의지해서 구하지 말라는 법문이 있는데, 스님께서는 예불을 올리는 뜻이 어디에 있습니까?"

그러자 황벽 선사가 이렇게 답했다.

"나는 부처님께 집착해서 구하는 바 없이 부처님께 예배를 올리고, 불법에 집착해서 구함이 없이 부처님 진리의 법에 예배를 올리고, 불법을 수행하는 스님들에게 집착함이 없이 스님들께 예배하노라."

"그러하시면 예배드릴 필요가 없지 않습니까?"

대중이 이렇게 반문하자 황벽 선사가 느닷없이 대중의 빰을 한 대 올려붙였다.

"대단히 거친 스님이시군요."

"부처님의 진리 가운데 어찌 거칠고 세밀함이 있을 수 있느냐?"고 대갈일성하며 선사는 연거푸 대중의 뺨을 두 대 더 때렸다.

대중은 뺨을 세게 맞고 보니 억울하고 분한 마음 없지 않았지만 참을 수밖에 없었다.

세월이 지나 왕실에서 대중을 선종 임금으로 추대하게 됐다. 대중이 임금이 되고 보니 과거 어렵게 수행하던 시절, 황벽 선사에게 곡절 모르고 뺨 석 대 맞은 일이 더욱 새롭게 생각나 그에게 '추행사문'이라는 호를 내리려고 했다. 그때 그 유명한 배휴 정승이 간언하기를 "황상 폐하께서는 그 말씀을 거두십시오. 황벽 도인께서 폐하의 뺨을 세 번 때리신 그 인연으로 폐하의 삼생업이 다 소멸되어 오늘날 왕위에 오르시게 된 것입니다"라고 했다.

선종이 생각해보니 배 정승의 말이 옳으므로 추행사문이라는 호를 거두고 새로이 단제 선사라는 호를 내렸다. 삼생의 업을 다 끊어주신 위대한 선사라는 뜻으로 보은의 호를 내렸던 것이다.

'생각을 끊는다'는 것은 지금까지 알지 못했던 전혀 새로운 생각으로의 도약이다. 발을 떼지 않으면 걸음을 옮기지 못하는 이치와 같다. 가르침이 혹독할수록 큰 도약이 이뤄진다. 사람의 운명이 바뀌는 것도 이런 결정적인 계기를 만나야 가능하다. 황제에게는 이런 전기가 있었으니 그의 복이다.

요즘은 학교에서도 체벌을 금하기 때문에 이 같은 선가의 교수법이 생경할 수 있겠다. 그러나 목숨을 바쳐 도를 구하는 선승들에겐 이렇게 일갈하고 때리는 행위는 봄바람처럼 부드럽고 친절한 스승의 마음으로 받아들여진다.

이즈음에서 일본 선승의 일화를 하나 더 해보자.

이큐 선사가 숲길을 가는데 숲에서 훤칠한 키의 수행승이 튀어나와 단도직입적으로 물었다.

"불법은 어디에 있는가?"

이큐 선사가 가슴을 펴며 말했다.

"가슴속에 있다"

이 수행승이 단도를 뽑아 선사의 가슴에 들이대며 말했다.

"그렇다면 이것으로 네 가슴을 열어 진짜 불법이 있는지 확인해봐야겠다."

이큐 선사는 조금도 당황하지 않고 그 자리에서 시를 한 수 지어 보였다.

때가 되면 해마다 피는 산벚꽃
벚나무를 쪼개보라, 거기 벚꽃이 있는가.

참으로 대담하고 멋들어진 답이다. 틀린 말이 없다. 벚꽃이 벚나무에서 피어나지만 나무를 쪼갠다 해도 꽃은 없다. 그러나 나무 속에는 꽃이 없지만 봄이 되면 꽃을 피워 올린다. 이것이 선승의 경계이고 공부의 깊이다. 만약 조금이라도 꾸밈이 있거나 속이려 들었다가는 혼비백산하여 도망가거나 아니면 무릎을 꿇고 빌기 바빴

186

을 것이다.

향엄 선사의 절박한 질문과 선종의 생각을 끊게 했던 황벽 선사의 세찬 뺨 석 대, 그리고 도끼를 든 시험 앞에서도 태연하게 답했던 이큐 선사는 생각의 길을 알고 있었으리라. 그 비결이란 생각을 과거로부터 단절시킴으로써 비약을 이루는 것이다. 이는 선문답의 공식이기도하다. 빙빙 에두를 것 없다. 바로 보고 바로 말하고 바로 느껴보라. 이것이 선이다.

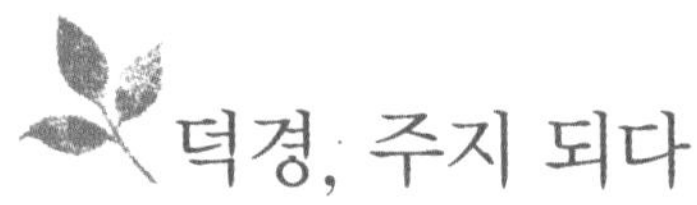

덕경, 주지 되다

하백이 어느 날 북해약에게 물었다.

"무엇을 천연(天然)이라 하고, 무엇을 인위(人爲)라고 합니까?"

북해약이 대답했다.

"소나 말의 발이 네 개가 있는 것을 천연이라 하고, 말 머리에 굴레를 씌우거나 발바닥에 발굽을 박고 소코뚜레를 뚫는 것을 인위라고 부른다. 그러므로 '인위적인 일로 천연의 성품을 훼손시키지 말고, 의도적인 것으로 성명(性命)을 없애지 말며, 명성으로 인해 덕성을 잃지 말라'고 하는 것이다. 이 세 가지를 조심해서 잃지 않는 것을 '반박귀진(反樸歸眞: 무위자연의 근원인 소박함과 천진함으로 돌아가는 것)'이라고 한다."

《장자》〈추수〉편

사람에 따라 가고 싶은 곳이 다르고, 먹고 입는 것도 다르다. 몸을 의탁하는 바도 각각 다르다. 물고기는 물속에 있으면 몸을 잊고, 새는 하늘을 날면 편안한 것과 같은 이치다. 생물 중 어떤 것은

188

땅속의 어둠이 좋고, 또 어떤 것은 나무속에 집을 짓기도 하며, 세균 같은 미세한 종류는 인간이나 동물의 몸속에 들어가 세포를 자기 몸으로 변신시켜 확장을 시도한다. 우리가 무서워하는 암 세포의 특성이 무목적성, 무방향성에 있다 한다. 아무 생각 없이 자신의 뜻대로 행동하는 사람을 무모하다고 하듯이, 어떤 체계에 일정함 없이 번식하기 때문에 암이 무서운 것이다.

스님들같이 단조로운 삶을 사는 이들도 각자에겐 꿈이 있다. 특히 선방의 좌복에 앉아 망상을 피우다 보면 도무지 생각의 끝이 없다.

아마 1984년 봄이었을 것이다.

송광사 강원에서 공부하던 대중은 약 20여 명, 봄 소풍을 고흥의 금산이라는 섬에 있는 송광암으로 가게 됐다. 하룻밤을 지내고 와야 하기 때문에 대중이 다 갈 수는 없어서 법당과 큰방 소임을 빼고 나니, 10여 명 정도 되지 않았나 싶다. 아침에 김밥을 준비하여 벌교를 거쳐 녹동에 도착하자 어느새 점심에 이르렀다.

산중에만 있다 바다를 마주하니 가슴이 더없이 상쾌해졌다. 선착장 위를 선회하는 갈매기를 보면서 나는 언제 저렇게 자유롭게 날아보나, 하는 생각을 그 잠깐 동안 수없이 했다. 난생 처음으로 배에 오르게 됐다. 몇십 명 타는 조그만 통통배지만 시동을 걸고 물 위를 유유히 미끄러져나가는 모습이 여간 늠름한 게 아니었다.

소록도를 지나고, 녹동을 떠난 지 30여 분, 금산에 도착했다. 섬사람들이라 그런지 한 번에 여러 스님을 보는 것이 처음이라도 되는 양 신기해하며 절로 가는 길을 알려주었다. 그렇게 몇 번을 물

어 산길에 접어들었다. 지금도 마치 영화 속 한 장면처럼 산비탈을
따라 양쪽으로 끝없이 이어져 있던 돌담 풍경이 선하다. 산 능선을
돌아 조금 들어가자 송광암이 나타났다. 전각이 법당 포함해 두어
채. 잠을 법당에서 잔 것 같기도 한데 지금은 기억이 희미하다. 절
에서는 바다가 보이지 않았고, 산 위로 조금 올라가서야 양식용 말
뚝이 심어진 갯벌이 눈에 들어왔다.

나는 가끔 그 섬을 꿈꾸면서도 그 후로 가보지 못했다. 어느 때
건 아무 일 없이 나무 해가며 살고 싶은 생각을 할 때마다 그 무대
는 송광암이었다. 그러던 어느 날, 송광암이 비게 되었으니 가능하
다면 자신이 가고 싶다고 사제(師弟)인 덕경 스님이 전화를 주었
다. 그러잖아도 조그만 절 하나 해주고 싶었던 터였는데, 바라던
대로 덕경 스님이 주지로 결정됐다.

덕경 스님은 송광암으로 떠나던 날, 점심 공양을 하던 자리에서
우리 대중들의 축하를 받으며 쑥스러워했다. 그날 나는 지금까지
보던 중 가장 행복해하는 덕경 스님의 미소를 보았다.

도중선위(途中善爲)!

중국의 설봉 선사는 먼 길을 떠나는 제자들에게 꼭 이 말을 했다
한다. 길 위에서 잘되었으면 좋겠다, 즉 뜻하는 대로 잘 가라는
'굿바이' 인사인 셈이다. 덕경을 보내는 내 심정이 그랬다. 성품이
솔직 담백한 그이기에 불보살님의 가피가 있으리라 믿는다. 그가
그곳에서 오래오래 행복했으면 좋겠다.

숙熟, 무르익어야 결실이 생긴다

산 아래 밭에 보리가 익었느냐 말았느냐!

山前麥熟也未

옛 선가의 어록에 나오는 말이다. 보리는 여러 의미로 나눠진다. 사업하는 사람에게는 일이, 주부에게는 가정 살림이, 운동선수에게는 운동이, 수행자에게는 수행이 잘되고 있는지, 솜씨가 무르익고 있는지 스스로 대답해보아야 한다.

어떤가. 무르익었다면 고민할 일이 없다. 설익으면 떫고 거칠다. 하는 일마다 힘이 들어가고 시비가 따르는 사람은 아직 영혼의 열매가 익지 않은 것이다. 무슨 일이든 집중하여 처리하는 습관을 들이는 게 좋다. 집중하면 번민이 사라지고 하는 일에 즐거움이 생긴다.

《사기》에 이런 말이 있다.

"하늘은 두 번 기회를 주지 않고, 좋은 시기는 오래 머물지 않는다."

일의 성공 여부는 적당한 시기를 맞춤에 있고, 때가 이르지 않으면 억지로 일어나게 할 수 없음을 시사하는 말이다.

'숙(熟)'이라는 한자는 시간과 관련이 있다. 자연의 모든 것이 생명의 탄생이라는 과정을 거친다. 묵묵히 시간을 견디지 못하면 생겨날 수가 없다. 일도 마찬가지여서 때가 무르익지 않으면 억지로 성사시킬 수 없다. 불교에서는 모든 일에 공덕을 쌓아야 한다고 말한다. 공덕은 행복한 삶을 일구는 첩경이다. 부처님은 "이 일이 궁극적으로 나에게 이롭겠는가를 생각하라"고 하셨다. 이익이 될 수 있어야 공덕이 된다. 그런데 이 공덕은 오랜 시간을 두고 갈고 닦고 쌓아야 하는 것이다.

과거 정부에서 요직을 맡았던 신도가 있는데 선거철인데 자신에게 출마 제의가 전혀 없다며 섭섭해했다. 그런 그에게 이렇게 말했다.

"공덕을 지으세요. 사람들이 하고 싶은 말을 해주세요. 정치인은 대중들이 원하는 말을 할 때에야 공덕이 생깁니다."

각자의 처한 상황에 따라 공덕을 지을 일이 달라진다.

공덕은 결국 사랑의 마음이다. 사랑과 자비의 마음이 있어야 세상이 달라진다. 사랑의 마음을 일깨우도록 하라. 만물을 움직일 수 있는 마음은 오직 사랑의 마음뿐이다. 생명은 사랑에 감응하고 움직인다. 아이가 엄마의 사랑을 느끼지 않으면 젖을 물지 않는다. 반대로 엄마는 아이를 사랑하는 마음이 없으면 젖을 물리지 않는다.

가끔 TV에서 세상의 기이한 것을 볼 수 있다. 얼마 전엔 닭을 강아지처럼 데리고 다니는 장면을 보았다. 그 주인공은 이미 사랑받을 수 있는 사람이다. 사람과 자연, 사람과 동물은 형태가 달라도 사랑의 느낌에서는 하나가 된다. 동질의 존재라 해도 다툼이 서로를 갈라놓고, 상이한 존재라 해도 사랑이 다름을 극복한다. 인간세는 착한 마음, 좋은 동기가 큰 공덕의 원천이다.

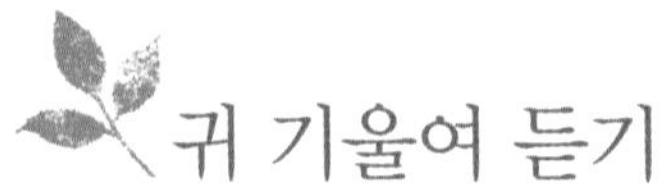

귀 기울여 듣기

이슬람의 신비주의자인 수피들에게 전해지는 이야기가 하나
있다.

부지런한 양치기가 있었다. 그는 귀머거리였지만 양을 기르는 데는
문제가 없었다. 하루는 양을 몰고 나가 일하고 있는데, 점심때면 음
식을 날라다주던 아내가 오지 않았다. 그는 무슨 일이라도 생겼나
싶어 걱정이 되었지만 양 때문에 움직일 수가 없었다. 그때 마침 언
덕에서 풀을 베고 있는 사람이 눈에 띄어 부탁했다.
"여보시오, 내가 잠깐 집에 다녀올 테니 내 양들 좀 지켜봐주시오."
그런데 이 사람도 귀머거리였다. 그는 양치기가 무슨 말을 하는지
알 수 없었다. 그래서 대충 짐작으로 대답했다.
"지금 나는 집에 있는 가축들에게 줄 풀을 베고 있소. 많은 가축들을
먹이기에는 아직 부족하오. 그런데 풀을 나눠달라니 어처구니가 없
구려."
이 사람이 몸을 흔들며 비웃었지만 양치기는 그 말을 알아듣지 못하

고, 허락하는 걸로 짐작하고는 말했다.

"정말 고맙소. 그럼 안심하고 다녀오리다."

양치기는 서둘러 마을로 내려갔다. 집에 와보니 아내는 병이 났는지 이웃 아주머니의 간호를 받고 있었다. 그는 음식을 챙겨 먹고는 몸조리 잘하라는 말을 남기고 양 떼를 향해 다시 산으로 올라갔다. 양의 숫자를 세어보니 모두 그대로 있어 기분이 좋았다. 양을 맡아준 사람에게 고마운 마음이 들어 그는 보답으로 양들 중에 다리를 저는 어린 양 한 마리를 선물로 주고자 했다

양치기는 어린 절름발이 양을 어깨에 둘러메고 풀 베는 사람에게 다가갔다.

"여보시오. 내가 자리를 비운 동안 양을 돌봐준 보답으로 이놈을 드리겠소. 이걸 가지고 가서 가족들과 함께 드시기 바랍니다. 나는 이 양 한 마리 없어도 어렵지 않으니까요."

풀 베는 사람은 양치기의 말을 알아듣지 못했다. 그는 화를 내며 말했다.

"이 나쁜 양치기 녀석아! 네놈이 없는 동안 무슨 일이 벌어졌는지 모른다. 그런데 왜 내게 와서 절름발이 양을 책임지라고 하느냐. 나는 할 일이 많으니 빨리 꺼져라."

양치기는 그 사람이 왜 화를 내는지 이해가 안 됐다. 그때 마침 도둑하나가 말을 타고 지나가고 있었다. 양치기는 그에게 도움을 청했다.

"여보시오. 저기 풀 베는 사람이 왜 화를 내는지 설명해주시오. 나는 귀머거리라서 말을 듣지 못한다오. 왜 양을 주는데도 저이가 거

절하는지 알 수가 없구려."

그런데 딱하게도 이 도둑마저 귀머거리였다. 그는 양치기가 무슨 말을 하는지 알아듣지 못했다. 말을 훔쳐 도망치던 그는 지금까지 길을 잃고 헤매다가 이제 겨우 이들을 만나 숲을 빠져나갈 길을 물으려던 참이었다. 그는 두 사람의 굳은 표정을 보고는 자기 짐작대로 말했다.

"그래요, 이 말은 훔친 겁니다. 용서해주세요. 이 말이 당신네 것인지 정말 몰랐어요. 잠깐의 유혹에 빠져 일을 저지르고 말았습니다."

풀을 베던 사람이 외쳤다.

"나는 정말 이 양이 다리를 저는 일과 무관하단 말이오. 내 책임이 아니오."

그러자 이번에는 양치기가 소리쳤다.

"저 사람이 도대체 왜 내 양을 선물로 받지 않겠다는 겁니까? 내 호의를 왜 무시하는데요?"

말 도둑은 몸 둘 바를 몰랐다.

"인정합니다. 내가 저 말을 훔쳤습니다. 하지만 이게 누구 것인지 모릅니다. 왜냐하면 나는 귀머거리여서 알아듣지 못합니다."

세 사람이 이렇게 엉뚱한 얘기로 옥신각신하는 사이에 수도승이 지나가고 있었다. 풀 베던 사람이 수도승에게 달려가 사정했다.

"수도승이시여, 전 귀머거리인데 저 두 사람이 하는 이야기를 알아들을 수 없습니다. 당신의 지혜로 무슨 문제인지 분별을 해주세요."

그러나 문제는 여기서 그치지 않았다. 그 수도승은 벙어리여서 말을

196

할 수 없었다. 그는 침묵하듯 입을 다물고 세 귀머거리들의 얼굴을 천천히 뜯어보았다. 수도승이 한 사람 한 사람 꼼꼼히 보자, 세 사람은 갑자기 기분이 상했다.

그들을 뚫어지게 보던 수도승이 문제의 실마리를 잡은 듯이 보였다. 그러자 셋은 저마다 자신에게 책임이 떨어질까봐 두려운 마음이었다. 혹시나 어떤 주술을 걸고 있는지도 모를 일이었다. 그때 갑자기 말 도둑이 말에 올라타서는 쏜살같이 내달리기 시작했다. 이번에는 양치기가 양 떼를 몰아 언덕 아래로 달아났다. 이를 본 풀 베던 사람도 서둘러 풀을 짊어지고는 집으로 내달렸다.

이야기는 여기서 그치지만 덧붙인다면 그 벙어리 수도승은 본래 아무 문제도 없었음을 말해주고 싶었을지도 모른다.

'비단과 며느리는 밝은 곳에서 고르라'는 말이 있다. 지혜는 광명에 비유된다. 밝음은 어둠과 대비되는데, 이 어둠은 어리석음과 그 어리석음에서 벌어지는 괴로움까지도 포함된다. 모든 종교와 철학에서 밝음을 그토록 강조하는 이유가 여기에 있다. 어리석은 자는 진리를 모르니까.

《숫타니파타》〈작은 강〉의 '어떠한 도덕을 가질까'에는 '사람들이 바르게 살고 최상의 진리에 도달하기 위해서는 어떠한 도덕을 지키고, 어떠한 행동을 하며, 어떠한 행위를 부지런히 할 것인가'에 대하여 이렇게 설한다.

진리를 즐기고

진리를 기뻐하며

진리에 머무르고

진리의 길을 알며

진리를 비방하는 말을 입에 담지 말라.

훌륭하게 설해진 진리에 따라 생활하라.

지금 정부는 '소통'을 구호로 외치는데도 좀처럼 갑갑증이 가시지 않는다. '소통'을 말하는 당사자가 말이 통하지 않는다고 답답해한다면, 그는 애초에 남의 말을 듣고 싶어하지 않았을지도 모른다. 소통은 민주사회의 핵심이고 열린사회로 나아가는 전제 조건이다. 자신이 하고 싶은 말을 할 수 있는 사회가 좋은 사회이다. 이것은 조건이나 선택의 문제가 아니라 당위의 문제이다. 그간 잘 일궈온 민주사회에서 다시 귀 막고 눈 가리고 살라고 강권해서는 안 될 일이다. 나는 그런 갑갑한 사회라면 침묵으로 살지 않으려 한다.

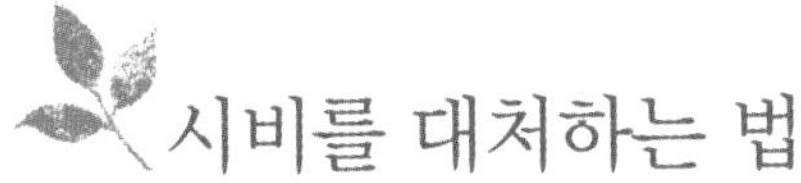

시비를 대처하는 법

인간사에는 항상 시비가 따른다. 옳고 그름은 보는 입장에 따라 일정하지 않기 때문에 처신에 어려움이 있다. 가장 당혹스러운 것은 사실과 다르게 이야기가 퍼져나가는 경우이다. 일일이 찾아다니며 해명할 수도 없고, 그렇다고 가만히 있으면 인정하는 셈이 된다. 같이 맞서면 싸움이 전혀 엉뚱한 곳으로 번지니 난처하다. 긁어 부스럼이다. 참는 것이 상책이지만, 이것도 누구나 할 수 있는 게 아니다.

승단에서는 계율을 어겼을 때 참회하는 여러 방법이 있다. 그중 하나가 사실대로 고백하는 것이고, 또 하나는 남이 지적하여 고치는 것이다. 어떤 것은 승단에서 추방당할 일이 되기도 하고, 또 어떤 것은 마른 풀로 덮듯이 조용히 해결하기도 한다.

《잡아함》〈거죄경〉에는 이런 이야기가 나온다.

"부처님, 만약 비구로서 남의 허물을 들추려 한다면 어떻게 해야 합니까?"

"우선 다섯 가지를 갖춰야 한다. 첫째는 반드시 사실이어야 하고, 둘째는 말할 때를 알아야 하고, 셋째는 이치에 합당해야 하고, 넷째는 부드럽게 말해야 하며, 다섯째는 자비심으로 말해야 한다."

"진실하게 말했는데도 성을 내는 사람이 있습니다. 그런 경우에는 어떻게 해야 합니까?"

"그에게 그것이 사실이며 자비로운 마음에서 말한 것임을 깨닫도록 해야 한다."

"만약 어떤 사람이 사실이 아닌 것을 사실인 양 말하면 어떻게 해야 합니까?"

"사리풋다여, 만약 어떤 강도가 와서 그대를 묶고 그대에게 해를 입히고자 한다면, 그때 강도에게 나쁜 마음으로 욕하고 반항하면 어떻게 되겠는가. 강도는 더욱 그대를 괴롭힐 것이다. 그러므로 그때는 나쁜 마음을 일으키지 말고, 나쁜 말을 하지 않는 것이 이익이다. 누가 사실이 아닌 것을 사실처럼 말할지라도 그에게 나쁜 마음을 일으키지 말라. 도리어 연민의 마음을 일으키라."

"그러나 진실한 말을 해도 화를 내는 사람이 있습니다. 이때는 어떻게 해야 합니까?"

"만일 그가 아첨을 좋아하고 거짓되며, 속이고 믿지 않으며, 안팎으로 부끄러움을 모르며, 게으르고 계율을 존중하지 않으며, 열반을 구하지 않고 먹고사는 일에만 관심이 많다면, 그와는 함께하지 않는 것이 좋으리라."

시비가 생기는 원인 가운데 '말'이 차지하는 비중이 높다. 함부로 내뱉는 말, 남을 헐뜯는 말, 쓸데없이 흘리는 말, 악의적인 거짓말 등 이 모두가 문제다. 말을 함부로 한다는 것은 그 말이 미칠 파장을 헤아리지 않는다는 뜻이기도 하다. 특히 나라를 다스리는 큰일부터 조그만 공동체를 경영하는 일까지 잘못된 말이나 거짓된 말은 조직의 기강을 흩트리고 안녕을 무너뜨리기 때문에 각별히 주의하지 않으면 안 된다.

공자께서도 《논어》〈계씨〉 편에서 군자를 모실 때 세 가지 잘못된 일이 있을 수 있는 경우를 이렇게 말했다.

말할 차례가 되지 않았을 때 말하는 것을 조급하다고 한다.
말해야 할 것을 말하지 않는 것을 숨긴다고 한다.
안색을 살피지 않고 말하는 것을 눈치가 없다고 한다.

부하가 상사를 대하고, 후배가 선배를 대하고, 신하가 왕을 대하고, 자식이 부모를 대하고, 제자가 스승을 대하는 것이 모두 '군자를 모시는 일'과 다르지 않다는 것을 기억한다면 시비가 없을 것이다.

나이가 들어가면서 사람 사이의 시비가 싫어지는 것은 비단 나만의 일은 아닐 것이다. 저녁노을 같은 고요함 속에 머물고 싶다.

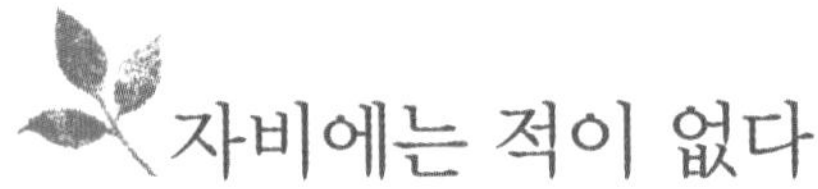

자비에는 적이 없다

큰스님들의 서화전이 종종 열린다. 이때는 아무래도 흠모하는 스님들의 작품을 소장하려는 마음과 행사에 도움을 주려는 마음이 함께 작용하기 마련이어서 성황을 이룬다. 여러 해 전에 무슨 기금 마련 전시회에 한 큰스님의 '자비무적(慈悲無敵)' 붓글씨 한 점이 출품됐다. 사람들이 그 말을 무척이나 좋아했다. 내용이 쉬워서인지, 아니면 말에서 느껴지는 힘 때문인지 당시 전시회에서 가장 인기가 있었던 걸로 기억한다.

사람 관계에서 일어나는 좋고 나쁜 감정을 이겨내는 길은, 더 큰 사랑으로 감싸는 것밖에 없다. 탁한 물을 맑히기 위해서는 맑은 물을 더 넣는 길밖에 없듯이, 감정도 사건 자체에만 골몰해서는 극복하기 어렵다. 맑고 향기로운 생각으로 전향하고 사랑과 자비의 마음을 더욱 크게 일으키면 오히려 상대가 나의 연민 속에 들어오게 된다.

사랑과 자비에는 적이 존재하지 않는다.

일본 선승들의 일화를 읽어보면, 사물을 세밀하게 보고 생각의 한 올 한 올을 분별해나가는 특이점이 눈에 띈다. 화가 날 수 있는 일을 전혀 다른 방법으로 해결했던 한 이야기를 들어보라.

료칸 선사가 하루는 배를 타고 강을 건너게 됐다. 뱃사공은 곤조라는 성질이 고약한 이였다. 그는 료칸 선사가 한 번도 화낸 적이 없음을 알고 골려주려 마음먹었다. 그래서 강 한가운데 이르렀을 때 실수를 가장하여 노로 물을 튀겨 선사의 옷을 적시고는 동태를 살폈다. 선사가 조금도 개의치 않고 덤덤히 앉아 있자, 약이 오른 곤조는 배를 다시 좌우로 흔들어 선사를 강물에 빠뜨려버렸다. 헤엄을 칠 줄 모르는 선사는 물을 잔뜩 먹고 익사할 지경에 이르렀다. 곤조는 이제 그만 됐다 싶어 물에 뛰어들어 선사를 구해주었다. 선사는 이런 속셈을 아는지 모르는지 거듭 고맙다는 인사를 했다.
이윽고 배가 선착장에 닿았을 때도 선사는 다시 한 번 감사의 마음을 전했다.
"덕분에 생명을 구했습니다. 정말 감사하오."
선사와 헤어진 후 곤조는 깊이 후회하고 반성했다. 그래서 며칠이 지나 약주를 들고 초암으로 선사를 찾아가 자신의 무례를 용서해달라고 빌었다. 곤조는 이후 착하고 성실하게 살겠다고 선사와 약속했고, 그 약속대로 살아갔다.

곤조 이야기를 하다 보니 생각나는 게 하나 더 있다. 1980년대 후반에 지리산 칠불암 선방에 살 때 지대방에서 들은 이야기인데,

사실 여부와는 상관없이 한번 들으면 잊히지 않을 것이다.

산중에 참선 수행하는 스님들이 여럿 살았다. 그중에 한 스님을 유난히 미워하는 이가 있었다. 그는 미워하는 스님을 혼내주고 싶었다. 하루는 산책을 같이 가자 하여 가파른 절벽으로 그 스님을 유인했다. 어느 지점에 이르렀을 때 그가 실수하는 척하면서 따라오던 스님을 지팡이로 건드렸다. 그 즉시 스님은 맥없이 절벽 아래로 떨어지고 말았다. 그는 순간 쾌재를 불렀지만 두려운 생각이 밀려들어 꼼짝할 수가 없었다. 다리에 힘이 빠져 자리에 주저앉아 자신의 행동을 후회했다. 그런데 갑자기 가파른 절벽 위로 그 스님이 안간힘을 쓰며 올라오는 것이었다. 그는 사색이 됐다. 어찌할 바를 몰라 떨고 있다가 스님이 앉으며 뭐라 한마디 내뱉자마자 아무 말도 못 하고 울고 말았다.
"스님은 무슨 장난을 그렇게 심하게 하오!"

이 이야기를 들었을 때 그런 마음으로 살겠다는 다짐을 했는데 그게 잘되지 않는다.
나무 곤조 보살 마하살!

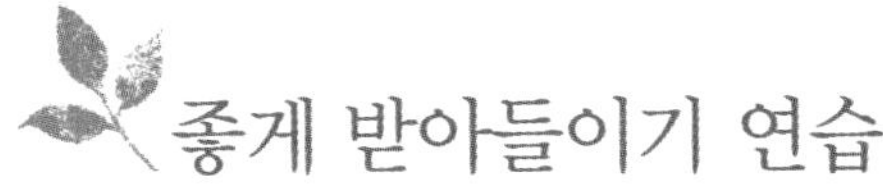

좋게 받아들이기 연습

창 방충망을 타고 올라가는 풀벌레의 움직임이 느릿느릿한 걸 보면서 계절이 바뀌고 있음을 실감한다. 어제가 입추, 오늘은 말복, 이 햇볕도 다만 한때의 일에 지나지 않는다. 햇살이 쨍하면 스님들은 본능적으로 '풀 먹이기 좋은 날이다' 하는데, 폭우 뒤여서인지 날이 더없이 청명하다.

이번 주 일요 법회는 '종교적인 삶은 자신과 자신이 사는 세상을 바로 보는 자세에서 시작된다'는 주제로 이야기를 해봤다.

일본 사람들은 산에 오를 때 "육근청정(六根淸淨)"이라 외친다고 한다. 육근은 불교에서 감각의 원리를 설명할 때 쓰는 용어다. 안·이·비·설·신·의가 그것이다. 우리는 눈·귀·코·혀·몸, 이 다섯 가지를 통해서 사물에 대한 정보를 받아들인다. 눈은 보고 귀는 듣고 코는 냄새 맡고 혀는 맛보고 몸은 감촉을 느낀다. 이것을 의식에 해당하는 여섯 번째 감각이 종합하면 칠식(七識)에서 좋고 나쁘다는 모든 판단을 하는데, 팔식(八識)에 모든 업식(業識)이

저장되고 거울 같은 역할을 하여 인식하도록 돕는다.

따라서 좋게 보고, 좋게 말하고, 좋게 향기 맡고, 좋게 맛보고, 좋게 터치하고, 좋게 받아들임으로써 우리 삶을 정화할 수 있다. 나에게 영향을 미치는 밖의 세계는 사실 나와 무관하다. 다만 스스로 어떤 관점으로 세상을 보는 힘을 기르느냐 하는 것이 문제이다. 이 힘을 기르지 않으면 강해지지 않는다. 세상은 어떤 관점도 가지지 않는다. 본인에게 달려 있다. 그래서 가난해도 부자보다 행복할 수 있고, 초야에 묻혀 살아도 고관대작보다 유유자적할 수 있다. 왕궁에 살아도 항상 불안한 황제가 있는가 하면, 움막에서도 부족함 없는 현자가 있다.

좋게 말하라. 좋게 들으라. 향기를 탐하지 말라. 좋은 약은 입에 쓰니 입맛을 잘 다스리라. 각설탕이 음료수 한 캔에 여덟 개, 아이스크림 하나에 열두 개가 들어간다고 하지 않던가. 이렇게 달콤한 것들 대부분은 당연히 건강에 도움이 되지 않는다. 사랑하는 가족과 따뜻하게 자주 껴안으라. 이 감촉이 행복한 감성을 기른다. 좋게 받아들이라. 이것은 철저하게 단련된 정신에서 가능하다. 그래서 어떤 상황이라도 좋게 받아들일 수 있는 사람은 큰 영혼의 소유자이다.

고민하지 말고 세상을 초극하라. 아이는 욕망을 모르기 때문에 고민이 없으며, 노인은 덧없음을 알기 때문에 더 이상 헛된 희망을 품지 않는다. 어린아이와 노인은 모든 것이 삶의 노래로 승화된다. 그들은 놀거나 힘든 노동에서 오히려 노래를 부른다. 진실로 춤과 노래를 아는 단계는 어린아이와 노인의 세대이다.

부처님은 항상 공덕을 말씀하신다. 공덕은 '이익'이다. 바른 삶은 나에게 실질적인 이익이 되므로 공덕을 지어야 한다. 이 이생의 삶은 다음 생까지 끌고 간다. 그래서 좋은 삶의 자세는 이생에서도 행복하고 내생에서도 행복할 수 있는 힘이다. 헛된 욕망과 어리석음을 이겨내야 한다. 그 무엇보다 화내는 것을 잘 참아야 한다. 어렵게 지은 공덕일지라도 화내는 순간 모두 소멸되고 만다. 이 탐내고 어리석고 성내는 마음을 부처님은 세 가지 독이라 했다. 독은 결코 이롭지 않다. 한 생각 돌리면 세상은 충분히 아름답다. 그런 세상을 아름답게 보라.

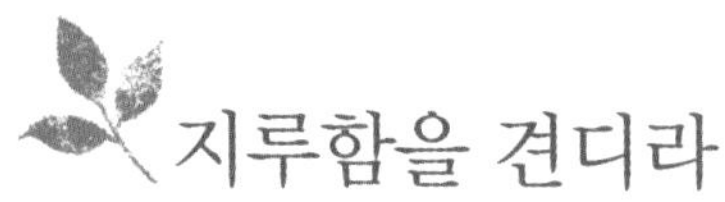

지루함을 견디라

폭염 속에서 지루하게 계속되는 장마……. 급기야 국지성 폭우에 수도 한복판이 배수 문제로 물바다가 되고 말았다. 우리 절은 도로 하나만 건너면 광화문에 닿는 경복궁 동문 맞은편에 있다. 이날도 나는, 감히 밖에 나갈 엄두를 내지 못하고 장엄한 빗줄기만 실컷 바라보며 하루를 보내다가 방송을 보고서야 지척에서 벌어진 물사태를 알게 됐다.

도시가 이뤄지기 위해서는 예부터 두 가지의 중요한 기능을 갖춰야 했다. 바로 식수와 하수처리다. 세계 4대 문명 발상지가 모두 거대한 강을 끼고 발달했다. 바로 식수 때문이다. 그리고 절대 빠질 수 없는 것이 생활하수의 처리다. 도시를 청결하게 유지하지 못하면 도시에 전염병이 창궐하기 때문에 이는 대단히 중요한 기능이다. 그런데 수도 한복판에 물난리가 났다는 것은 효과적으로 배수가 되지 않았다는 말이기도 하다. 겉모양만 중요시하고 기본에 충실하지 않은 우리 사회의 부끄러운 모습이 고스란히 드러났다.

운동선수의 경우를 보더라도 기본기를 닦는 길은 단순하고 지루하지만, 기초 체력 단련에 충실해야 긴 시즌 동안 부상 없이 경기를 치를 수 있다. 공부도 오래 앉아 있는 사람이 잘하는 법이다. 앉기가 되지 않는데 어떻게 사전을 들추고 단어를 외우고 문제를 풀수 있겠는가. 도를 닦는 것은 더하다. 평생 동안 마음의 기복 없이 평상심을 유지하는 길은 참으로 녹록하지 않다.

지루함을 견디는 훈련은 개인의 삶에서뿐만 아니라 사회적으로도 필요하다. 대중의 합의를 따라 점진적인 향상을 추구하지 않으면 항상 시행착오가 있게 마련이다. 급하게 이룬 일 치고 다시 손이 가지 않는 일이 없다.

지루함은 특별한 자극 없이 반복되는 일상에서 일어난다. 그런데 피로함을 모르고 변함없이 반복되는 것일수록 영원에 가깝게 존재하는 것을 아는가. 해와 달 같은 천체의 운행, 물과 바람, 나무와 흙 같은 자연을 보면 이해할 수 있을 것이다. 시간을 망각할 정도로 지루함을 견디는 것이 삶을 풍부하게 하는 비밀이다.

지루함이 우리를 어떻게 변화시키는지에 대한 이야기 하나가 있다.

한 왕국의 성탑에 원숭이가 한 마리 갇혀 있었다. 원숭이의 유일한 즐거움은 창밖 세상을 구경하는 것이었다. 원숭이는 한동안 그 즐거움에 빠져 있다가, 왜 자신이 그곳에 있는지 궁금해졌다. 그 생각을 하자, 이내 우울하고 심각해졌다. 할 일도 없고 누구와 얘기할 수도 없는 처지를 생각하니 더욱 괴로웠다. 순간 원숭이는 자신이 지옥에 있는 것이라고 생각했다. 걱정이 분노가 되고 분노가 스스로를 고문했다. 그때부터 자신을 괴롭히는 마귀들이 보였다. 원숭이는 실제로 지옥에 있는 듯했다. 지옥에 있는 자신이 몹시 원망스러웠다. 원숭이는 자신을 학대했고, 상태는 더욱 심각해졌다. 희망이라고는 가질 수 없었다.

그렇게 얼마나 많은 시간이 흘렀는지 모를 정도가 된 어느 날 원숭이는 조금씩 기분이 나아지기 시작했다. 괴로운 와중에 창문을 발견한 것이 기분을 바꾸는 중요한 계기가 됐다. 원숭이는 바깥을 구경했다. 그리고 이 창문이 처음부터 있던 거라는 걸 모르는 듯 행동했다. 기분이 전환되자 어느덧 마귀들이 사라졌다. 마음도 차분해지고 아주 낙관적이 됐다.

이제 원숭이는 천국으로 갔다. 왜냐하면 자신이 천국에 있다는 생각이 들었기 때문이다. 이런 상상이 자신을 행복하게 만들었다. 마귀가 있던 자리에는 천사가 대신 자리를 잡았다. 원숭이는 몹시 만족하며 복이 많다고 생각했다.

또 시간이 흘렀다. 원숭이는 다시 지루해지기 시작했다. 원숭이에게는 다시 다음의 일이 기다리고 있었다.

여기서 '원숭이'는 바로 '마음'을 얘기한다. 성의 탑에 갇힌 원숭이는 우리의 머릿속에 갇힌 마음이다. 마음은 기쁨으로 넘치다가도 두려움으로 위축된다. 분노와 슬픔이 항상 교차한다. 희망과 절망이 순간순간 들끓는다. 마음은 항상 하나의 세계를 만들어낸다. 지옥과 천당도 마찬가지다. 천국이다 싶으면 어느덧 지루해한다. 그러고는 지옥으로 기꺼이 들어간다. 아무리 좋은 성의 탑일지라도 구속은 구속이다.

마음을 답답한 성의 옥탑 방으로 끌고 들어가서는 안 된다. 자유를 얻어야 한다. 그러면 두 번 다시 천국과 지옥을 왕래하지 않을 것이다.

위대한 사랑은 명상과 같다. 명상하는 사람은 마음을 가라앉히기 위해 정신을 집중하지, 고요하게 해달라고 어디에도 구걸하지 않는다. 대상이 사라져야 진정한 명상이 된다. 사랑도 그렇다. 대상이 있는 사랑은 의존적인 관계가 된다. 연탄불 옆에 있는 사람은 덥고 차가움을 알지만, 연탄 자체는 그냥 불로 존재할 뿐이지 덥고 차가움을 모른다. 위대한 사랑은 무엇을 바라지 않는다. 그 사랑은 더 높은 곳으로 나아가기를 꿈꿀 뿐이다. 궁극의 사랑은 어떤 축복과 성스러움 속에 존재한다.

한편, 궁극의 경지는 홀로 있을 때 가능하다. 그래서 부처님은 수행자에게 말씀하셨다.

"무소의 뿔처럼 홀로 가라."

그런 자만이 속진 세성에 결코 물들지 않고 세상으로 흘러 들어간다. 그리고 자비를 실천한다. 어리석은 군중만이 컴컴한 동굴에서 나올 줄 모르고 그것을 행복이라 여기며 살아간다.

반면에, 진리의 사람은 항상 사랑과 자비를 실천하는 승리의 깃

발을 들었기 때문에, 피비린내 나는 탐욕의 땅일지라도 그가 걸음
을 내딛는 곳은 언제나 발끝마다 연꽃이 피어나는 불국정토이다.

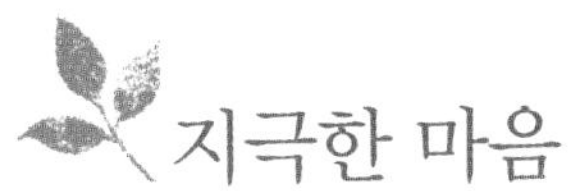

지극한 마음

《논어》〈선진〉 편에 이런 이야기가 있다.

공자께서 천하를 주유할 때에 광 땅에서 포위를 당했다가 어렵게 벗어났다. 뒤늦게 뒤처졌다가 도착한 상수 제자 안회를 보고 안도의 한숨을 쉬며 말했다.
"나는 네가 죽는 줄 알았다."
안회가 말했다.
"선생님께서 살아 계시는데 제가 어떻게 감히 죽을 수 있겠습니까?"

우리는 여기서 말의 아름다움이 아니라 충성스러운 태도와 극진하고 고결한 마음을 본다.

공자께서는 안회를 무척 사랑했는데, 안회가 앞서 죽게 되자 "하늘이 나를 버리는구나" 하며 심하게 울었다. 제자가 스승을 찾는다는 말은 맞지 않다. 제자는 눈이 없는데 스승을 어찌 알 수 있겠는가. 진리의 사람이면 스승이 찾아온다. 그는 우주와 연결되어 있어서 스승이 알고 기다리다 때가 되면 찾아온다.

　지극한 마음이면 무엇을 못 이루겠는가. 무엇이든 이 극진한 마음으로 임하라. 공부도 그렇고 사업도 그렇고 직무도 마찬가지다. 큰 부자는 하늘이 낳지만 작은 부자는 노력하면 될 수 있다고 했다. 공자와 안회의 대화를 기억하라. 이들의 마음이면 세상이 내게로 온다. 내가 세상을 향해 찾아 나서지 않아도 세상이 나에게 온다. 내가 이미 우주의 중심이기 때문이다.

콩은 나눠 먹으라고 갈라진다

걸어서 제나라 동문을 나가 멀리 탕음리를 바라보니
마을 가운데 세 무덤이 있는데 나란히 겹쳐 서로 꼭 같다.
이것이 뉘 집 무덤이냐고 물었더니 전강과 고야자라고 한다.
힘은 능히 남산을 밀어내고 문은 능히 지기를 끊는다.
하루아침에 음모를 만나 복숭아 두 개로 세 장사를 죽였다.
누가 능히 이 짓을 했는가. 상국인 제나라 안자였다.
步出齊東門 遙望蕩陰里
里中有三墳 累累正相以
問是誰家塚 田彊古冶子
力能排南山 文能絶地紀
一朝被陰謀 二桃殺三士
誰能爲此者 相國齊晏子

이 시는 ‘복숭아 둘로 셋을 죽이다〔二桃殺三士〕’ 고사의 주인공
무덤이 있는 탕음리를 지나던 제갈량이 지은 〈양보음(梁甫吟)〉이

다. 어떻게 복숭아 두 개로 장수 셋을 죽일 수 있단 말인가. 벌써 음
모가 느껴진다. 물론 음모 때문에 셋이 죽은 사건이다. 이 이야기
는 안영이 지은 《안자춘추》에 실려 있다. 이야기의 전모는 이렇다.

제나라에 공손접, 전개강, 고야자라는 이름난 세 용사가 있었다. 이
들은 모두 경공을 모시고 있었다. 하루는 재상인 안영이 입궐하면서
이 세 사람 곁을 지나게 되었는데 인사가 없었다. 이를 무례하게 여
긴 안영은 경공을 뵌 자리에서 이를 심각하게 우려하는 말을 올렸다.
"현명한 군주는 평소에 용사를 양성하여 위로는 군주와 신하의 의
리를 밝히고, 아래로는 관리를 통솔하여 기강과 질서를 바로잡으며,
안으로는 폭력을 막고, 밖으로는 적의 위협을 방어하는 데 이용합니
다. 용사를 길러두면 왕은 나라를 다스리는 데 이용할 수 있고, 아랫
사람들은 용기에 복종하기 때문에 질서가 잡힙니다. 이것이 용사들
에게 봉급을 주는 까닭입니다. 지금 나라에서는 용사를 기르긴 해도
위로는 군주와 신하의 의리도 없고, 아래로는 관리를 통솔하는 기강
과 질서도 없으며, 안으로는 폭력을 막지도 못하고, 밖으로는 적의
위협을 방어하지도 못하고 있습니다. 제 구실을 못하는 용사는 도리
어 나라에 해가 됩니다. 차라리 없애는 게 낫겠습니다."
경공은 난처했다. 세 장수를 없애려 해도 용감무쌍한 그들을 상대하
기가 쉽지 않았다. 이를 눈치 챈 안영이 다시 말했다.
"힘으로는 아무도 이들을 당해낼 수 없으니, 계략을 써야 합니다."
안영은 경공에게 복숭아 두 알을 달라하여 세 사람 앞에 가져가서

말했다.

"세 분은 모두 용감한 분들이오. 왕께서 복숭아를 하사했는데 사람은 셋이나 복숭아는 두 알에 불과하오. 셋이서 공을 따져 우위를 점한 분이 드시도록 하시오."

먼저 공손접이 나섰다.

"선생은 지혜가 많은 분이다. 스스로 공을 따져보게 했으니 복숭아를 먹지 못하는 사람은 눈 밖에 나고 말 것이다. 나는 한때 멧돼지나 호랑이를 맨손으로 때려잡은 적이 있소. 힘으로야 나를 당해낼 수 있겠는가."

그러고는 복숭아를 하나 집어 들었다. 그러자 전개강이 나서며 말했다.

"나는 병사를 이끌고 적을 물리친 적이 두 번이나 있소. 이 정도 공이면 복숭아를 먹을 만하지 않은가."

그러고는 역시 복숭아를 집어 들었다. 이에 고야자가 말했다.

"내가 이전에 왕을 모시고 황하를 건넌 적이 있는데, 강 한가운데 이르렀을 때 갑자기 자라가 나타나 수레의 왼쪽 말을 물고 물속으로 끌고 들어갔소. 나는 헤엄을 전혀 칠 줄 몰랐지만 물속으로 따라 들어가 백 걸음이나 물길을 거슬러 올라갔다가 다시 물길을 따라 9리나 가서 자라를 잡아 죽인 다음에 말을 잡고 빠져나왔소. 사람들은 그 자라가 용왕이라고도 하더군. 이만하면 복숭아는 내가 먹어야 하지 않겠는가?"

이 말을 들은 두 사람은 복숭아를 내놓으며 말했다.

"우리의 용기는 당신만 못하오. 그러면서도 복숭아를 탐냈으니 수
치스러운 일이오."

그러고는 두 사람 모두 칼을 뽑아 자결하고 말았다.

고자야가 순식간에 눈앞에서 벌어진 일을 보고 말했다.

"두 사람은 죽었는데 나 혼자 살아남는 것은 어질지 못하다. 남이 부
끄럽게 여길 말을 하고 큰 소리로 공을 떠벌렸으니 의롭지 못한 일
이다. 내가 아무리 공이 많다 해도 하나만 먹고 남은 하나를 다른 사
람이 먹게 했으면 되었을 일이다."

말을 마친 고자야도 역시 스스로 목숨을 끊고 말았다.

이를 지켜본 사자가 보고했다.

"다들 죽었습니다."

경공은 이들에게 상복을 갖추어 염을 하고, 선비의 예에 맞춰 장례
를 치러주었다.

이익을 앞에 두고 있으면 반드시 불화가 일어나기 마련이다. 안
영은 이를 간파하고 있었으니 보통 인물이 아니다. 누굴 탓하겠는
가. 걸려든 사람이 문제일 뿐이다. 좁은 길을 가려고 다투다 보면
항상 이런 함정에 빠지게 마련이다.

돌아보면 누구나 인생에 몇 번은 저질렀을 미혹함을 이 이야기
가 상징적으로 보여주고 있다. 이 같은 함정에 빠지지 않으려면 평
소에 독점욕을 다스려야 한다. 어릴 적 노모께서 콩을 반쪽으로 갈
라 보이시며 "콩은 나눠먹으라고 이렇게 공평하게 반으로 갈라지

게 만들어졌다"고 하신 말씀이 떠오른다.

기품 있게 행동하는 현명한 사람은 만용을 부리지도 않고 자신만이 공을 독점하려 들지도 않는다. 그런 그가 안락하지 않을 이유가 없다.

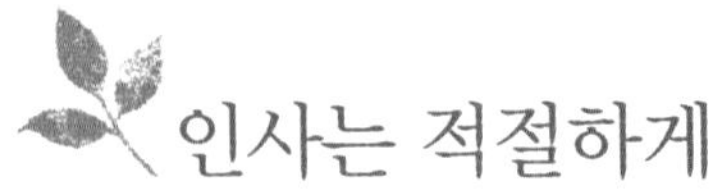

인사는 적절하게

일에 있어 당연히 능력이 우선이지만 상황에 따라서는 관계를 원활하게 하기 위한 노력을 아끼지 말아야 한다. 그런데 개인의 일이건 나라의 일이건 일을 이루기 위한 인사의 적절함을 맞추기는 쉽지 않다. 일보다 인사가 크면 상대는 부담을 느낀다. 반대로 일의 크기에 걸맞지 않은 인사는 가만있느니만 못한 결과를 가져올 수 있다. 상대는 자신을 무시했다고 생각할 테니까. 예부터 인사를 차리기에 고민스러운 것이 범부만은 아니었나 보다. 《논어》〈양화〉편에 좋은 예가 있다.

양화가 공자를 뵙고자 했으나 공자를 만날 수 없어, 공자에게 삶은 돼지고기를 보냈다. 공자는 고민하다가 그가 없는 틈을 타서 답례를 하러 갔다. 그런데 길에서 그를 만나고 말았다. 양화가 공자에게 "오시오. 내 말하고 싶은 게 있소이다" 하고는 말하기를, "재능이 있으면서도 나라가 어지럽게 놓아두는 것을 어질다고 할 수 있습니까?" 했다.

공자가 말했다.

"그렇지 않소."

"일을 하고자 하면서도 여러 차례 기회를 잃는 것을 지혜롭다고 할 수 있습니까?"

공자가 말했다.

"그렇지 않소."

"날짜는 하루하루 지나가고 세월은 사람을 기다려주지 않지요."

공자가 말했다.

"그렇소. 나는 장차 벼슬을 할 것이오."

양화는 계씨 가문의 실권을 가진 사람이었다. 공자께서 그를 만나지 않는 것은 사실 피하고 싶었기 때문이다. 《맹자》〈등공문〉 하편에 이에 대한 설명이 있다. 당시에는 '대부가 관리에게 선물을 내릴 때 집에서 손수 받지 못하면 그 집에 가서 답례해야' 했다. 양화는 이 예를 이용하여 공자가 집에 없는 틈을 타서 돼지를 보냈고, 공자도 양화가 집에 없는 틈을 노려 그 집에 가서 답례를 한 것인데, 공교롭게도 돌아오는 길에서 마주치고 말았으니 이만저만 낭패스럽지 않다. 왜 모르겠는가. 양화는 공자가 자신을 피하는 것을 알고도 남았을 것이다.

길에서 양화를 만난 공자가 다소 조롱기 어린 말에 참을성 있게 대답하는 상황이다. 마지막 "장차 벼슬을 할 것이오"라는 공자의 말은 다만 인사에 지나지 않는다. 그냥 상대에게 맞춰주는 셈인데,

이 부분을 놓고 후대에 과연 공자의 태도가 옳았는지에 대한 논란이 없지 않다. 사실대로 말하는 게 옳은지, 아니면 어차피 서로 뜻을 아니 그 정도 말을 받아주는 것은 흠이 되지 않는지는 각자 판단해볼 일이다. 어쨌든 잘 헤아려서 처신하지 않으면 화가 미칠 수도 있다는 것은 분명해 보인다.

공자는 '성인지미(成人之美)'라 하여 '남을 이뤄주는 것이 아름다운 일'이라고 말했다. 관계를 이루는 갖가지 일 속에서 나도 이롭고 남도 이로우면 좋은 일이다. 인사에는 나의 의사 표현과 함께 남의 입장을 헤아리는 지혜가 반드시 담겨야 하겠다.

너의 마음은 믿을 수 있는 게 아니다

《금강경》 18장에는 부처님의 다섯 가지 눈이 나온다.

육안(肉眼): 육신의 눈이다. 눈을 통해 볼 수 있는 범위이다.

천안(天眼): 육안의 한계를 넘어 볼 수 있는 눈이다.

혜안(慧眼): 지혜로써 보는 눈이다.

법안(法眼): 세상의 이치를 보는 눈이다.

불안(佛眼): 오직 부처의 경지에 오른 자만이 가지는 눈이다.

동·서양의 종교와 철학에서 '보는 것'과 '아는 것'에는 같다는 의미 부호를 쓸 수 있다. 세상은 잘 보면 이롭고 잘못 보면 이롭지 않다. 어떻게 보느냐에 따라 복과 화가 생긴다. 같은 일도 좋게 보는 능력이 복을 키운다. 천안은 육신의 한계를 벗어나서도 아는 눈이다. 방송과 언론, 인터넷 등으로 세계 곳곳의 일을 아는 것도 이런 눈이다. 세상 돌아가는 정세를 잘 살피는 노력을 하면 그는 남보다 더 잘살 수 있다.

지리산에 폭우가 쏟아진다면 가지 말아야 한다. 정보를 알고 대처하는 공덕이 '천안'이다. 사람의 얼굴을 보고 길흉을 아는 능력도 이와 같다. '혜안'은 판단하는 능력이다. 티베트 불교에서는 이를 이마 중앙의 제3의 눈으로 표현한다. 지혜를 기르면 없는 눈이 생기는 것이다. '법안'은 이치를 아는 눈이다. 유일신을 믿는 종교에서 '신의 섭리'라고 하듯이, 만물의 이치를 꿰뚫어보는 눈이다. 불교에서는 '법(法)', 유교에서는 '이(理)', 도교에서는 '도(道)'라고 한다. 그런데 불교에서의 '법'은 '다르마(Dharma)'라 하여 의미가 광범위하다. 다른 종교와 철학에서는 이치에 맞는 쪽으로만 설명된다. 그러나 불교에서 말하는 법은 그렇지 않다.

예를 들어보자. 쌀로 밥을 하면 밥이 되지만, 모래로 밥을 하면 밥이 되지 않는다. 되는 법이 있으니 쌀은 밥이 되고, 되는 법이 없으니 모래로는 밥이 되지 않는다. 세상은 이치에 맞는 법과 맞지 않는 법이 있다. 사람이 잘살고 못 사는 문제도 따지고 보면 어떻게 살아왔고 어떤 자세로 살고 있느냐에 따라 누리는 복이 달라진다. 이것을 분간하는 게 법의 눈이다. 마지막의 '불안'은 부처님만이 가지고 아는 눈이다. 그래서 부처님은 일체를 보고 안다고 하셨다.

중생들의 마음은 어둡다. 무엇을 알겠는가. 그래서 부처님은 "너의 마음을 믿지 말라"고 하셨다. 믿을 수 있는 게 아니라는 말씀이다. 중생들은 이성에 대한 쾌락, 재물에 대한 탐욕, 그리고 명예를 갈구하는 마음으로 항상 쫓기고 그 유혹에 빠져든다. 마음을 잘 다스리는 게 세상을 행복하게 사는 지름길이다.

공자는 《논어》〈계씨〉 편에서 말씀하셨다.

군자는 세 가지 경계해야 할 일이 있다. 젊어서는 혈기가 안정되어 있지 않으니 무절제한 이성에 대한 탐닉을, 장년에는 혈기가 강성하니 지나친 경쟁심을, 노년이 되면 혈기가 쇠잔해지니 노욕을 부림이다.

나이에 따른 경계〔戒〕를 색(色), 투(鬪), 득(得)으로 구분했다. 노욕은 그 나이가 되어보지 않으면 이해하기 쉽지 않을 것 같다. 물려줄 때 물려주고 뒷사람을 위해 비켜줘야 하는데 그게 어렵다. 공자의 '인생삼계(人生三戒)'는 오늘을 사는 우리에게 참으로 깊은 경각심을 준다. 부처님도 스스로의 뜻을 믿을 수 있으려면 다시는 탐욕에 물들지 않는 경지에 올라서야 한다고 하셨다.

지나치면 탈이 붙는 것은 예부터 인간 세계의 진리이다. 이를 위해서는 평소에 말과 행동을 주의 깊게 하는 습관을 길러야 한다. 부처님은 입이 모든 '재앙의 문'이라 하셨다. 그래서 기도를 할 때 제일 먼저 나오는 내용이 '정구업진언(淨口業眞言)'이다. 입을 정화하지 않으면 기도의 공덕이 생기지 않는다. 그래서 '입을 맑히는 진언'이다. '진언'을 외워야 차원의 변화가 일어난다. 좋은 말, 좋은 행동이 행복한 삶을 이루는 크나큰 비결임을 잊지 말라.

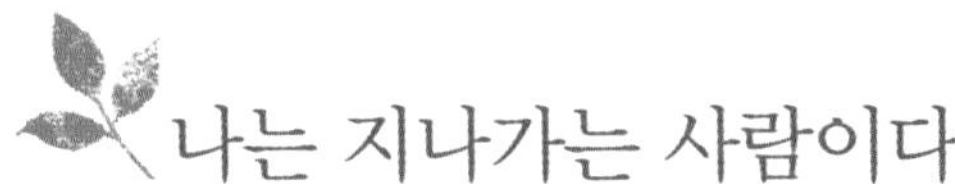

나는 지나가는 사람이다

나그네는 길이 집이다.

그는 머물 수는 있어도 멈출 수는 없다.

멈추면 목숨이 없다.

오직 길만이 생명이다.

태양을 볼 수 있는 사람에게

태양을 믿는 이유를 말하는 것은 어리석은 질문이다.

이미 눈으로 보는 사람은 말할 필요를 느끼지 못한다.

오직 태양을 보지 못하는 눈먼 사람만이 태양을 숭배할 것이다.

세상의 온갖 이유를 잊고 이유로부터 자유로운 길로 순례를 떠

나라.

모든 살아 있는 것들에게 폭력을 쓰지 말고

살아 있는 그 어느 것도 괴롭히지 말며

묶여 있지 않은 사슴이 자유롭게 먹이를 찾듯

지혜의 사람은 홀로 간다.

대양에 모이는 세상의 모든 물은 본래 목적이 없다.
땅의 굴곡이 그들을 바다로 인도했다.
고요하고 평화로운 삶에 눈을 두고
사람을 사랑하라.

세상은 하나의 여관과 같다.
여관은 집이 아니다.
여관은 기도처가 아니다.
세상의 축복은 지나가는 사람의 것이다.

그는,
나는,
홀로 간다.

나는 지나가는 사람이니까!

5 고통, 그 뒤에

이제는 엉킨 실이 풀리는 일만 남았다

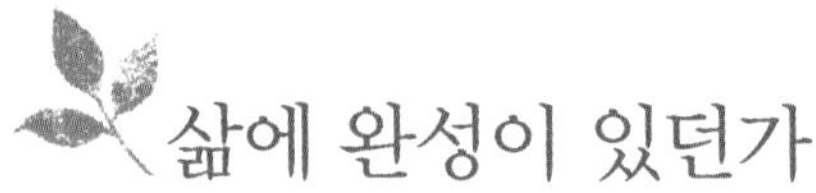# 삶에 완성이 있던가

　새벽에 비가 와서 산책을 못 하는 날엔 하루 종일 뭔가 빠뜨린 것처럼 허전하다. 오늘이 그렇다. 새벽 예불을 나오면서 현관 너머로 인도가 젖어 있는가를 살피는 것으로 하루를 시작한다. 벌써 8년째 습관처럼 해오는 일이다.

　오늘은 지장재일 법회가 있는 날이다. 이날은 영가 천도재를 겸한 법회여서 아무래도 연로하신 분들이 많이 나오신다. 절집에서는 생자와 망자를 똑같이 생각하기 때문에 살아 있는 사람이 편하려면 보이지 않는 세계부터 잘 다스려야 한다는 믿음이 있다. 이것은 농경 사회였던 동아시아의 일반적인 정서이기도 하다. 나이가 들면 누구나 사후 세계를 생각하기 마련이다. 그래서 지장재일 법회에는 주로 이와 연관된 법문을 하고 있다. '삶에 완성이 있던가?' 삶의 목적이란 것도 인간의 욕심이고 보면 자주자주 자신이 살아가는 현주소를 돌이켜보는 것이 삶의 의미를 더할 수 있는 길이리라.

　오늘은 일본 정토진종의 스님인 신란의 이야기를 했다.

일본은 가마쿠라 시대(1192~1333)가 시작되면서 귀족계급이 쇠
퇴하고, 정치적 지배권을 차지하기 위해 귀족계급과 무사계급이
치열하게 다투어 격심한 혼란과 고통이 뒤따랐다. 사람들은 염세
적인 역사관, 즉 부처님 열반 후 세월이 흐르면 세상은 점점 타락
하고 부처님의 가르침도 쇠퇴한다는 생각을 받아들이기 시작했다.
그래서 "누구든 아미타불을 염불하기만 하면 틀림없이 구원받는
다"는 정토 신앙이 주목받았다. 종교사에서 혼란의 시기에는 이런
구원에 의지하는 의타적인 신앙이 성행하게 된다.

신란 스님에게 제자인 유원방이 물었다.

"서둘러 정토에 가고 싶은 생각이 없는 것은 어찌하여 그렇습
니까?"

서방정토 극락세계는 이 세상보다 좋은 세상이 분명한데도 왜
가고 싶은 마음이 들지 않느냐는 솔직한 질문이다. 이에 정토신앙
의 성인으로 추앙받던 신란이 답했다.

"유원방, 그건 나도 마찬가지이네."

이런 문답을 보면 우선 기분부터 유쾌해진다. 진솔한 스승과 제
자의 문답이다. 종교적인 문답은 아는 만큼 솔직하게 이뤄져야 한
다. 신란 같은 성인도 보통 사람과 똑같은 심경임을 알 수 있다. 이
것은 눈에 보이지 않는 저 너머의 일보다 당장의 생에 대한 집착일
것이다.

그런데 성인의 풍모가 다른 점은, 신란이 덧붙여 했던 다음의 말에서 드러난다.

"비록 아쉬움이 남을지라도 사바세계의 연이 다했을 때는 그곳으로 가게 될 것이다."

이와 같은 분명한 믿음이 범부와 성인의 차이라면 차이일 것이다.

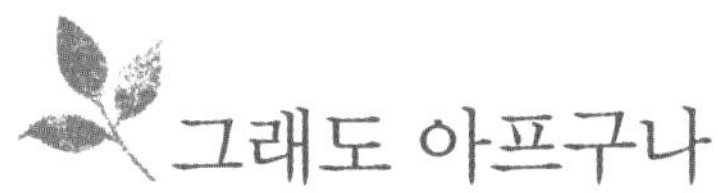

그래도 아프구나

며칠 전부터 부어오르기 시작한 왼쪽 위 어금니에 통증이 심해지고 있다. 그래도 법문을 쉴 수 없다.

오늘 법문은 《아함경》에 나오는 '좋은 친구와 나쁜 친구'를 주제로 했다.

나쁜 친구는 처음에는 보름달처럼 밝고 환하다가 점점 줄어들어 조그맣게 된다. 이런 사람은 남을 이롭게 하기보다는 자신의 이익을 위해 남을 이용하려는 생각뿐이어서 언젠가는 본색이 드러나고 만다. 반대로 좋은 친구는 초승달과 같다. 그러다 점점 커져서 보름달처럼 환해지는데, 남을 이용하려는 마음이 없어서 담담하지만 사귈수록 도움이 되는 사람이다. 두 부류의 차이는 믿음과 보시와 계율과 지혜를 어떻게 실천하고 있느냐에 달려 있다.

믿음은 바른 삶에 대한 희망을 잃지 않는 것, 보시는 물질과 마음의 베풂에 그치지 않고 자신의 어리석거나 탐내는 마음까지 밖으로 버리는 포괄적인 의미가 있다. 계율은 자신에게 맞는 삶의 질서이고, 지혜는 어리석지 않은 마음이다. 불교에서는 특히 지혜를 중요시하는데, 잘못된 믿음은 오히려 자신을 그릇된 길에서 벗어나지 못하게 하는 결과를 초래하기 때문이다. 잘 믿기 위해서는 바로 알아야 하고, 바로 앎으로써 잘 믿을 수 있다. 이 같은 삶은 이생에서도 즐겁고, 내생에서도 좋은 세상에 태어나는 원인이 된다는 부처님 말씀이다.

법문 끝에, 스스로 이미 좋은 사람이면 나쁜 사람도 좋게 교화할 수 있다는 말을 했다.

통증이 점점 심해져 법회 들어가기 전에 집무실에 들러 '진통제' 한 알을 먹었는데, 입천장에 사탕을 붙이고 있는 것처럼 어색하고 신경이 쓰여 법문을 평소보다 짧게 마쳤다.

병원은 싫다. 주사도 무섭고 분위기도 마음에 안 든다. 하지만 지금의 통증으로는 더 이상 버틸 수가 없다. 이 일대만 해도 치과가 여럿 있다. 좀 쉴 요량으로 방에 들어가 베개에 얼굴을 묻고 골몰한 것은, 가장 아프지 않으면서 잘 치료하는 곳을 찾는 문제였다. 그러다 깜박 잠이 들었는데 정신을 차려보니 오후 4시. 점심 후 진통제 하나를 더 먹어서인지 머리는 여전히 어지러웠다. 의사와 간호사에게 선물할 책도 사인해서 두 권 넣어 절을 나섰다.

찾아간 곳은 조계사 인근의 종단 지정 치료 기관인 '연우치과'. 엑스레이 촬영 결과 문제의 어금니는 신경을 가라앉힌 다음, 이틀 후 발치를 하고 그 치아를 이용해 인공으로 뼈를 만들어 그 자리에 이식하고 나서, 임플란트를 할 거라 했다. 비용은 얼마간 깎아서 180만 원, 기간은 6개월 정도 걸릴 거란다.

심란한 저녁이다. 창밖이 일찍 어두워져 밤이 빨리 오나 싶었는데, 어둠보다 먼저 소나기가 왔다.

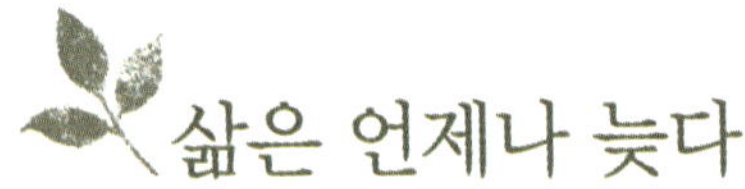

삶은 언제나 늦다

규방에만 있던 어린 새색시 근심일랑 모르다가

봄날에 몸단장 예쁘게 하고 누대에 올라보았네.

문득 저기 밭이랑 시작되는 곳에 물오른 수양버들 보더니

낭군님 부디 높은 벼슬해 오시라 떠나보낸 일을 뉘우치네.

閨中少婦不知愁

春日凝粧上翠樓

忽見陌頭楊柳色

悔敎夫婿覓封侯

당대 시인 왕창령의 시다.

때는 화창한 어느 봄날, 혼인한 지 얼마 지나지 않은 어린 신부가 봄 흥취에 못 이겨 꽃단장을 하고 누대에 올라 풍광을 감상하고 있다. 먼 들판의 물오른 풀밭이며 나무들을 더없이 싱그러운 기분에 젖어 바라보는데, 불현듯 벼슬하라 서울(장안)로 떠나보낸 낭군이 떠오른다. 바보다, 바보다. 출세라는 것이 기약 없는 일이고 보

236

면, 당장 눈앞에 없는 낭군이 무슨 소용이란 말인가. 이른 봄날에 그 모든 것이 허망하게 느껴지는 어린 신부가 눈뜨는 때늦은 깨달음이 퍽이나 익살스럽다.

예부터 버드나무를 떠나는 사람에게 꺾어주었다. 이는 나무의 강한 생명력만큼이나 장도(壯途)에 무탈하기를 바라는 마음 한편, '류(柳)'가 '머무르다'는 의미의 '류(留)'와 음이 같기도 하고, 부드러운 가지로 묶어두고 싶은 마음의 상징이다. 인간은 하나의 상징을 통해서 정서의 심연을 들여다보는 습성이 있다. 그리고 그 심리 일반을 통하여 삶을 이해하고자 하는 것이다.

불교에서는 '무유정법(無有定法)'이라 하여 '본래 정해진 법이 없다'는 관점을 보인다. 정해진 것이 없다는 말은 고정된 법이 없어 사물도 사람의 관점도 끊임없이 변한다는 것이다. 불교 사상을 이해하는 데 필요한 중요한 하나는 일체 모든 것을 하나의 흐름으로 보는 지혜이다. 그러면 무엇에도 집착할 이유가 없다는 논리가 서게 된다. 무상하고 덧없다 하여 기피하려 말고, 이 의미를 잘 살펴서 자신의 일상에 대입하는 습관을 들인다면, 보다 유연한 자세를 가질 수 있을 것이다.

지난겨울, 나에게는 문중의 어른이신 법정 스님이 가셨다. 생전에 자주 뵙지 못한 아쉬움이 적지 않았는데, 추모의 열기 못지않게 그 무렵 봉은사를 둘러싼 잡음이 더욱 스님을 생각나게 했다.

나는 인간 세계를 이해하는 단초의 하나로 《논어》〈팔일〉 편의 다음 이야기를 좋아한다.

노나라 군주인 애공이 공자의 제자 재아에게 사직의 위패로 쓰이는 나무에 대해 물었다.

재아가 이에 대해 "하(夏)나라는 소나무로 했고, 은(殷)나라는 잣나무로 했으며, 주(周)나라는 밤나무로 했는데, 이는 백성들로 하여금 두려워 떨게 하기 위해서이다"라고 했다.

이를 듣고 공자가 말했다.

"오래전의 일이라 다시 말할 필요가 없으며, 이미 실행된 일이라 만회할 수 없으며, 이미 지나간 일이라 더 이상 추궁할 필요가 없다."

어차피 잊어야 할 건 잊고, 포기할 건 포기해야 하며, 이미 바뀐 상황이라면 좀 더 명확히 이해하는 것이 낫다는 말씀이다. 그래서 때늦은 회한일지라도 다시 일어서서 다음을 기약하며 살아가야 하는 정신, 이 유장한 삶의 호흡이 동아시아권의 심리 일반이다.

내가 유학(留學)하여 학교를 다닌 광주(光州)의 원각사 포교당은 송광사를 들고 나는 스님들의 정거장과 같아서 구산 큰스님부터 많은 스님들을 가까이서 뵙고 지낼 수 있었다. 특히, 나는 법정 스님을 출가하기 전부터 강연회와 책을 통해 흠모하기도 했기 때문에, 입산 후에 한 산중에서 스님을 모시고 살아간다는 것이 참 뿌듯했었다.

당시 행자실에는 우리가 배우는 《초발심자경문》과 《사미율의》, 그리고 경전과 선어록들이 있었다. 후원 소임을 봐야 하는 행자들에게는 한가하게 책을 들여다볼 시간이 나지 않았다. 편하게 읽을

238

만한 책들은 찾아볼 수 없었지만, 법정 스님의 수상집들이 유일하게 행자실에 있었다. 보통 때는 시간도 없거니와 위 행자들의 눈치에 책을 손에 들기가 쉽지 않았다. 그러던 하루, 아마 비가 왔을까. 《무소유》를 들고 얼마나 빠져들었던지 누군가 옆에서 "행자님은 법정 스님처럼 되고 싶은가 보다" 했다. 그 말이 지금도 무슨 계시처럼 마음에 살아 있다.

스님의 49재, 그중 2재를 모시고 난 직후의 어느 새벽에 나는 스님을 뵈었다. 1990년대 중반 이후에는 큰절을 떠나계셨기 때문에 자주 뵙기가 어려웠는데, 생시보다 뚜렷하게 우리에게 강의를 하셨다. 꿈에서도 '와, 스님이 많이 좋아지셨다' 하다가 깨었다. 명료한 의식이 눈물로 흘러내려 어느 사이 베갯잇을 적시고 있었다. 이렇게 쉬운 이별인 것을……. 일찍 깨닫지 못했던 어리석음이 한없이 자책됐다.

그런데 한편에서는 버릇처럼 일의 '잘잘못'을 따지는 종단의 소란이 가슴 아팠고, 남도 아닌 한 몸, 한 공동체에서 벌어지는 작금의 일들이 마치 스님께 저지른 큰 불경처럼 느껴져서 더욱 그랬다.

스님은 당신의 오두막 한쪽 벽에 다음과 같은 《숫타니파타》의 경구를 붙여놓으셨다 했다.

홀로 행하고 게으르지 말며

비난과 칭찬에도 흔들리지 말라.

소리에 놀라지 않는 바람처럼

진흙에 더럽히지 않는 연꽃처럼

무소의 뿔처럼 혼자서 가라.

스님은 이 경구를 외울 때마다 등 뒤에서 누군가 당신을 지켜보는 것 같다고 하셨다. 스님에 대한 그리움과 아픔에 사무쳐 미뤄뒀던 원고 하나를 단시간에 쓰고 나서도 이상하게 스님만 생각하면 가슴이 저려왔다. 일반 대중들에게 쉽고 아름다운 글로써 불교를 알리는 일에 스님만큼 능력과 열정을 보인 분이 다시 있을까. 스님은 그 많은 당신의 글과 말을 아낌없이 우주의 '공(空)'의 세계로 넘기셨다.

무소유! 우리가 삶을 소유할 수 있으랴.

스님은 "무소의 뿔처럼 홀로 가라"고 말씀하셨다. 인간 세계는 모여들면 권력 관계를 형성하는 숙명을 스님은 알고 계셨던 것이다. 장미나 풀꽃의 아름다움은 그들 자신에 있다. 자신이 가장 잘 갈 수 있는 길을 가는 것, 이것은 우주적으로 큰 공덕의 길이다.

누구든 고독하게 자신의 길을 열심히 가면 갈수록, 등 뒤에서 응원하는 스님을 만날 것이다.

240

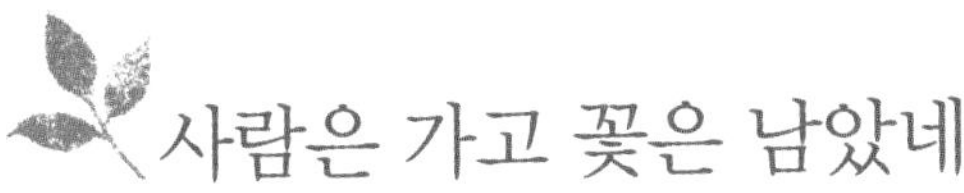

사람은 가고 꽃은 남았네

정확하게 9월 20일이었다. 수덕사 방장 설정 스님과 함께 중국 선종 사찰 순례 일정을 잡아놓고 계시던 어른 스님께서 급히 큰절(송광사)에 내려가셨다. 탑전의 보경화 노보살이 일체 먹지도 마시지도 않고 입을 열지도 않으신다는 전갈이 올라왔기 때문이다. 스님은 내려가시면서 임종의 시기 여하에 따라 여행 계획이 변경될 수 있음을 상기시켰다. 그리고 이틀인가 지나서 노보살 연대기 정리한 것을 찾아 보내라 하셨다.

나는 기억을 더듬어보았다. 두어 해 전에 노보살의 임종에 대비하여 연보를 정리해두라는 분부에 따라 한번 써본 적이 있는 듯했지만, 그 원고가 어디 있는지는 생각나지 않았다. 다행히 지금까지 써놓은 원고들을 중심으로 훑어보다 찾아낼 수 있었다. 내용은 '탑전 정인(淨人) 청신녀 정보경화 연대기'라는 제목 아래 들어 있었다. 원고를 보고 있자니 마치 까만 파리똥이 켜켜이 내려앉은 액자 속에 담긴, 한 번도 뵌 적 없는 조부모의 빛바랜 사진을 보는 듯한 기분과 함께, 노보살이 아련히 떠올랐다.

언젠가 탑전에서 노보살과 같이 살 때의 일이다. 그때는 그분의 옷시중을 받고 있었다. 하루는 손바느질을 하다가 문득 이런 말씀을 하셨다.

"우리 스님은 마음이 착한 사람이라!"

대구 분이라서 그쪽 사투리를 쓰셨다. 나는 그렇게 말씀하는 까닭을 물었다. 그랬더니 바느질에 대한 노보살의 지론이 나왔다. 말씀인즉, 옷을 손질해보면 그 사람을 알 수 있다고 한다. 고약한 사람은 옷이 타지거나 해지는 경우에도 손질하기가 여간 사나운 게 아니란다. 세탁을 해도 때가 잘 지지 않는 것은 차라리 애교에 속한다고 한다. 그러나 순하고 착한 사람은 그런 경우에도 손을 보기가 쉽고, 옷을 깨끗이 입는다면서 혼잣말처럼 말씀하셨다. 나는 법회 때 이 이야기를 여러 번 했던 것 같다.

1990년대 중반 언젠가 노보살이 나를 보자 하더니 어디서 가늘고 고운 삼베가 여러 필 나왔다고, 당신 손으로 어른 스님 수의를 만들어놓고 싶으니 사달라고 하신 적이 있었다. 그때 시세로도 백만 원이 넘는 금액이었다. 나는 노보살의 청에 따랐다. 그렇게 해서 어른 스님의 수의가 만들어졌고, 노보살 방의 여러 옷장 중에서도 하얀 금속장 속에 보관됐다.

지난여름 노보살은 그 수의에 대한 일로 나를 급하게 찾았다. 나는 바쁜 일정을 미루고 다녀왔다. 노보살은 당신이 이제 어떻게 될지 모르니 나에게 넘기고 싶다 하셨다. 나는 빨간 보자기에 싸인 수의를 확인하고는, 당신이 가시면 내가 잘 챙길 터이니 가실 때까지는 가지고 계시라고 말씀드렸다.

내년이 꼭 채운 백수(百壽)가 되는데, 2010년 10월 1일(음력 8월 24일) 오후 6시 35분에 풀꽃이 지듯 생을 마감하셨다. 99세에 가시면 백수라는 말이 아쉽게 마련이다. 이때는 '흰 백(白)'의 '백수(白壽)를 쓴다. '百'에서 위의 'ㅡ'이 부족하면 '白'이 되는데, 말로라도 백수를 채워드리는 것이다.

운명하셨다는 전갈을 받고 KTX 막차를 타고 광주역에 내린 시각이 근 11시. 가을의 초입에 내리는 비 치고 믿기지 않을 정도로 세차게 계속 내렸다. 차를 빌려 타고 탑전에 도착한 시간이 12시 반. 마당에는 파초가 여전히 내리붓는 빗속에 넓은 잎을 아무 저항 없이 맡겨놓고 있었고, 영가를 위한 염불이 녹음기에서 흘러 나오는 것을 제외하면 빈소에는 아무런 기척도 없었다. 댓돌에는 신발들이 얽혀 있었다. 외부에서 친지들이 와 있는 모양이었다. 하지만 평소 기거하시던 방에 차려진 빈소의 영정 앞에 놓인 온기 없는 향로가 한참 동안 사람이 없었음을 말해주고 있었다.

노보살은 말씀이 없었다.
시간이 흐를수록 빗소리는 더욱 크게 들렸다.
이 편한 느낌.
간 사람이 편하면 남은 사람도 편안한 것인지……

눈을 감은 채, 천천히 망자를 추모해보지만 노보살이 쉽게 떠오르지 않았다. 그러다 퍼뜩 수의에 생각이 미쳤다. 마치 약속 시간에 늦기라도 한 것처럼 바로 자리에서 일어나 옷장을 열어보았다. 자물쇠를 대신하여 손잡이가 가는 주황색 드라이버로 가로질러 닫아놓은 옷장에는 수의가 보자기에 곱게 싸여 있었다. 어쩌면 이 한 보자기의 부피와 질량감이 나와 노보살을 아직까지 이어주고 있는 마지막 인연의 끈일지도 모르겠다는 생각이 들었다. 무엇보다 산 사람의 체온처럼 보자기를 감싸고 흐르는 온기가 더욱 그런 느낌을 들게 했다.

영결식을 준비하는 아침까지도 비가 추적추적 내리다가 행사를 견딜 만하게 줄기가 가늘어지는가 싶더니, 식이 시작되는 9시가 되자 신통하게도 뚝 그쳤다. 마치 물고기도 천 년이면 용이 되어 하늘을 날듯이, 온전히 한 세기를 살다 가신 노보살이 자유자재로 보여주는 신통력 같기만 했다.

외부에서 온 문중 스님들은 많지 않았다. 상여는 사하촌의 남자들이 어깨에 둘러멨다. 조그만 체구에 마른 몸이라 관의 무게라고 해봐야 장정들의 어깨에 묻혀 느껴지지 않았고, 다비장에 도착하여 장작을 쌓고 불을 붙였을 때도 육신이 꽃가루처럼 떨어지는가 싶었다. 큰 덩치를 그리며 하늘로 오르는 검은 연기를 따라서, 차갑기가 한겨울 얼음장보다 냉랭한 절집에서 반세기를 보낸 노보살의 혼백이 산화되고 있었다.

누구의 뺨에도 눈물은 흐르지 않았다.

244

우리는 죽음을 모른다. 그러나 경전에서 들어 이해한 바로는, 더 이상 살라 해도 살고 싶지 않을 만큼 육신이 지치기 시작했을 때가 죽기에도 좋은 시절이리라. 어쩌면 노보살은 우리가 생각하는 것보다 훨씬 더 홀가분하게 생을 마감했는지도 모를 일이다.

《논어》〈향당〉 편에는 다음의 이야기가 실려 있다.

새가 놀라서 날아올라 한 바퀴 돈 다음에 내려앉았다.
공자가 말했다. "이 산기슭의 암꿩이 참으로 때를 얻었구나, 참으로 때를 얻었구나!"
자로가 그것을 잡으려 하자 여러 차례 놀라서 날아가 버렸다.

이 이야기에 대한 구체적 설명이 《논어》에는 없다. 그래서 만족할 만한 해석이 없다고 하는 말이 나오는 부분이기도 하다. 나는 암꿩이 새끼를 가질 때가 되었음을 알아본 공자께서 즐겁게 하신 말씀이 아닌가 짐작해본다.

때에 적절하여 맞는 것을 고래로 '시중(時中)'이라 한다. 맹자가 공자를 일러 말하기를, "벼슬할 만하면 벼슬하고, 그만둘 만하면 그만두고, 오래할 만하면 오래하고, 빨리할 만하면 빨리했으니, 성인으로서 때에 맞게 한 분이다"라고 했다. 공자의 언행이 모두 맞아서 그런 것이니, 때가 맞으면 사람은 번민을 잊는다.

마찬가지로 노보살이 출가자들의 수행처에 보금자리를 틀고 살다 가신 세월도 그러했을까? 그 사람 속에 들어가보지 못하니 속

마음이야 알 길이 없지만, 부디 보살께도 당신의 삶이 그렇게 적절했고, 남겨진 사람들의 기억 속에서도 모든 것이 적절했다면 더 무엇을 바랄 것인가.

생각해보면 노보살은 당신이 머무는 곳마다 접시꽃밭을 만드셨다. 이제 당신은 가셨어도 당신의 왕국에는 여전히 투박한 줄기를 따라 방긋방긋 접시꽃들이 노보살을 그립게 할 것이다. 사람은 가고 꽃은 남았네!

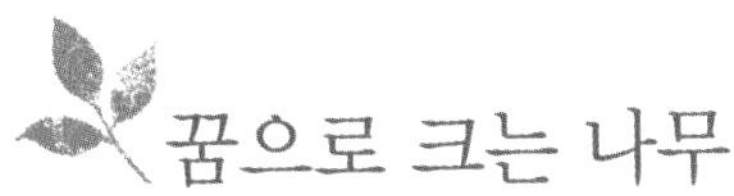

꿈으로 크는 나무

한 노인이 정원에 과실나무를 심고 있었다. 노인은 백발이었고 기력은 쇠약해 보였다.

지나가던 한 나그네가 물었다.

"노인께서는 언제쯤 그 나무에 열매가 열릴 거라 생각하십니까?"

"몇십 년은 걸리겠지요."

나그네가 다시 물었다.

"그런데 그때까지 살아계실 수 있겠습니까?"

노인이 웃으며 말했다.

"그럴 수 없겠지요. 그러나 생각해보오. 내가 태어났을 때 우리 집에는 갖가지 과일 나무들이 열매를 맺고 있었소. 그 나무는 내 부친께서 심었던 것이지요. 나도 훗날의 자손을 위해 나무를 심는 것이오."

나는 가끔 출가한 이래 살아온 날들을 돌이켜보곤 한다. 요즘에는 구산 큰스님께서 보여주신 후학에 대한 애정이 자꾸 가슴을 적셔온다.

1980년대 초반 스님께서는 서울의 법련사 법회를 비롯하여 미국의 고려사를 중심으로 외국인을 위한 전법(傳法)에 마지막 열정을 보이셨다. 노스님의 원력이 있어 출가 당시의 송광사는 20여 명에 가까운 외국인 스님들이 정진하고 있었다.

1983년은 노스님께서 열반하신 해지만, 그해 여름이 지나 찬바람이 불기 전까지만 해도 거동에 불편이 없으셨다. 초파일이 지난 어느 때였을까. 노스님께서 직접 행자실에 내려오셔서 〈정혜결사문〉 강의를 해주셨다. 지금은 큰스님들이 행자실에 오셔서 강의를 하신다면 주변에서 반대하고 나설 것이다. 체면부터 생각해서다. 그런데 당시만 해도 그런 일은 당연한 것으로 받아들이는 분위기였다. 누군가는 어린 행자들을 가르쳐야 하니까.

안타깝게도 강의는 그리 오래 지속되지 못했다. 노스님께서 미질(微疾)을 보이셨기 때문이다. 그때 부쩍 문중 스님들이 자주 들어오기 시작했고, 큰스님께서 예언하신 열반에 드실 날이 가까워온다는 알 듯 말 듯한 소리들이 후원의 행자실까지 들려왔다.

근자에는 내게도 더러 법회 청이 들어와 밖으로 다니기도 한다. 이달에는 서대문에 있는 경찰청 불자회 법문을 한 달 동안 맡고 있다. 큰스님들의 가르침을 받던 내가 어느덧 법회를 다니게 되어 많은 부족함을 느끼는 한편, 어린 출가자들과 신도들을 위해 보여주신 노스님의 뜻을 이제 좀 헤아릴 수 있을 것 같다.

말하지 않아도 아는 사람은 안다.

"당신은 한 그루의 소중한 부처님 나무입니다!"

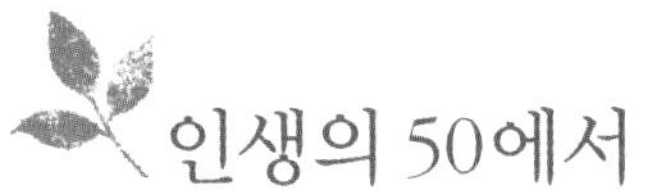

인생의 50에서

이번 학기 내가 수업을 듣는 한 교수 스님 탁자의 유리 밑에는 '사슴을 쫓는 자, 토끼를 돌아보지 않는다〔逐鹿者不顧兎〕'는 말이 끼워져 있다. 들리는 말로는 10년도 넘게 그 자리에 있었던 것 같은데, 새 학기의 수업마다 그 뜻을 새겨보라는 질문을 하신다. 일생을 올곧게 학문에 전념했다는 자긍심의 표현일 것이다.

선학과의 박사 과정은 과목마다 거의 열 명을 넘지 않기 때문에 교수님의 연구실에서 수업이 이뤄진다. 첫 학기기라 나는 탐색전을 겸하여 적응해나가고 있는 중이다. 당연히 교수님은 어느 날 한 학생에게 이 글을 새겨보라고 하셨다.

수업 시간에 망연히 이 글을 바라보곤 하는데, 지난날의 회한이 마음을 적신다. 송광사의 구산 스님의 사리탑을 모신 곳에 세워진 탑전에는 내 방이 하나 있다. 서울에 올라오기 전까지의 살림살이가 아직도 그곳에 고이 자리하고 있다. 30대까지 책상 앞에 붙여 놓았던 글이 '달리는 말은 뒤를 돌아보지 않는다'였다. 그게 당시 나의 삶의 자세였다. 그리고 옆에는 가와바타 야스나리의 사진이 나란히 붙어 있다.

그 시절에 흥미를 끌었던 작가로는 미시마 유키오, 가와바타 야스나리, 아쿠타가와 류노스케, 그 외의 일본 작가들과 마르케스, 장 그르니에, 카뮈 등이었다. 특히 미시마 유키오와 가와바타 야스나리는 문장의 호흡이 나와 맞아서 유심히 보던 때이기도 하다. 나는 가와바타 야스나리의 고독과 슬픔이 좋았다. 어려서 부모를 모두 잃고 앞을 보지 못하는 할아버지와 소년 시절을 보낸 그는, 초등학교 때 학교 도서관의 책을 모두 봤다고 한다. 나는 그의 외로움을 속속들이 알 것 같았다.

내가 시골에서 자란 것에 비해 독서를 많이 할 수 있었던 것은, 읍내에서 연례적으로 개최되는 고전 읽기 경시대회에 학교 대표로 몇 해 나가게 되었던 까닭이다. 그때 나는 심한 안질로 고생하면서도 미친 듯이 책을 읽었다. 내가 가와바타 야스나리의 사진을 붙여놓은 것은, 글을 쓰고 싶은 마음보다는 책을 사랑하고 평생 책을 가까이 하겠다는 서원에 다름 아니었다.

40대가 되면서 '달리는 말은……' 글을 떼어서 태워버렸다. 무엇에 자극받았는지는 몰라도 무작정 달려나가기보다는 뒤도 돌아보며 살아야 할 것 같은 생각이 들었기 때문이다.

인생의 단계마다 내가 실천하고 싶었던 것은 공자가 말씀하신 나이마다 갖춰야 할 덕이었다. 《논어》〈위정〉 편에 나오는 다음 말은 천고의 명언으로 지금까지도 쓰이고 있다.

250

나는 15세에 공부에 뜻을 두었고, 30세에 자아를 세웠고, 40세에 다시는 미혹되지 않았고, 50세에 내 운명을 알았고, 60세 들어서 수용했고, 70세에 마음에 생각되는 대로 행동해도 도리에 어긋나는 게 없었다.

30대에는 '40세가 되어서는 미혹되지 않는 삶을 살아보자'는 마음으로 노력했다. 지금의 목표는 50이 되면 내가 할 일과 하지 못할 일을 구분하여 안정되게 살고 싶다는 것이다. 위의 말씀대로라면 운명을 아는 '지천명(知天命)'보다, 거슬리는 어떤 말을 들어도 마음이 끓지 않는 '이순(耳順)'을 더 높은 경지로 두었다는 사실을 간과해서는 안 된다. 그리고 어떻게 살아도 도를 떠나지 않는 경지라면 인생을 걸고 한번 실천해볼 덕목이 될 법도 하다.

누구나 나이에 따른 심경의 변화를 맞게 된다.

젊은 청춘들은 이성에 대한 자극을 슬기롭게 극복하는 것이 중요하다. 텔레비전을 볼 틈도 없지만 어쩌다 채널을 돌리다 보면 어린 10대의 가수들이 선정적인 춤을 추는 것을 어렵지 않게 볼 수 있다. 이런 것이 다양한 연령층의 정서 순화에 도움이 될지 확신이 서지 않는다.

중년의 싸움과 다툼은 경쟁에서 비롯된 시기와 질투의 감정이 가장 문제이다. 평화는 다툼이 없는 상태이다. 그 평화는 평평한 바닥과 같아서 비교할 그 어떤 대상도 없다. 상대와 비교하는 마음이 사라지면 마음이 평화로워지는 법이다. 그런데 중년에는 자신과 자식들 문제까지 모든 것을 남과 비교하기 때문에 삶이 고달플 수밖에 없다. 이 마음을 잘 다스려야 중년이 편하다. 시기와 질투도 투쟁의 마음이기 때문이다.

노년에는 절대적으로 마음을 비워야 한다. 물려줄 것은 물려주고 포기할 것은 포기하는 것이다. 끝까지 움켜쥐겠다는 마음이 '노탐'이다. 이는 전혀 아름답지 않다. 마음을 비우는 것이 쉽지 않을 것이다. 평소에 현인들의 삶의 자세를 거울 삼아 끊임없이 마음에 경계를 놓지 않아야 조금이라도 실천할 수 있다. 호자의 다음 이야기가 좋은 예가 되겠다.

어느 무더운 여름 날, 길을 가던 호자가 내리쬐는 햇빛을 피해 잠시 쉬어갈 곳을 찾았다. 호자는 길옆의 상수리나무 그늘에서 쉬어가기로 했다. 그런데 나무 그늘에 앉아 길 건너를 바라보니 크고 둥근 호박들이 탐스럽게 여물어가고 있었다.

호자는 중얼거렸다.

"아, 하늘의 일이라니. 이렇게 하늘을 찌를 듯이 크게 자란 상수리나무에는 조그만 열매를 맺게 하고, 저렇게 연한 줄기에는 커다란 호박이 열리게 하다니……."

그때였다. 상수리 열매 하나가 호자의 머리 위로 떨어졌다. 그러자 호자는 갑자기 무릎을 꿇고 두 손으로 빌면서 말했다.

"아, 제가 잘못했습니다. 이제는 결코 하늘의 일에 간섭하지 않겠습니다. 저렇게 큰 호박이 나무에 열렸더라면 지금쯤 제 머리는……."

호자는 몹시 가난했다. 그가 호박에 눈이 갔던 것도 그만큼 살기 힘들었기 때문이다. 그런데 조그만 상수리 열매가 그에게 다시 한 번 삶을 돌아보도록 만들었다.

자연은 때가 되면 흔적도 없이 거둬간다. 한때 무성하던 것들이 지고 난 텅 빈 숲과 들녘처럼, 우리 삶도 언젠가는 마감을 한다. 아마 인생 50이 뒤돌아보기 적당한 나이가 아닐까 싶다. 인생의 세파에 시달릴 만큼 시달렸고, 영광이 있었다면 그 나름대로 반짝였을 터이니.

나도 50을 바라보는 나이가 되고 보니 봄꽃보다는 여름 꽃이, 여름 꽃보다는 늦서리에도 꿋꿋이 버티고 있는 황국이 좋아진다. 유난히 바람 소리가 까칠하게 들리는 늦가을 밤에, 불을 끄고 누워도 나를 보는 또 하나의 잠들지 않는 나를 느낀다.

풍채도 있고 기질이 활달하여 도반도 많고, 여러 사람이 좋아했던 문중의 젊은 스님의 장례가 있었다. 병이 깊은 것을 발견한 것이 올봄이었으니, 얼마 버텨보지도 못한 셈이다.

KTX 첫차는 사람뿐만이 아니라 기차도 시들한 듯했다. 한강을 넘을 때까지 멀쩡하던 정신을 놓고 몸을 뒤척이다 눈을 떠보니, 아직도 어둠이 가시지 않은 차창에 또 하나의 내가 반사되어 지켜보고 있었다.

망량이 그림자에게 물었다.

"당신이 조금 전에는 걸어가더니 멈추었고, 앉았다가 지금은 일어섰으니, 왜 그렇게 줏대가 없소?"

그림자가 대답했다.

"내가 의지하는 게 있어서 그런 거 아닌가. 또한 내가 의지하는 것도 기대는 게 있어서 그러네. 혹시 나는 뱀의 비늘이나 매미의 날개에 의존하는 것이 아닐까? 왜 그런지를 내 어찌 알 수 있겠소? 왜 안 그런지 또 내 어찌 알 수 있겠소."

《장자》〈제물론〉

'망량'은 그림자의 그림자로 그림자 가장자리의 흐릿한 부분이다. 이 글은 작용하는 원리의 근원에 대한 물음이다.

아랫녘으로 내려갈수록 새벽안개가 짙게 낀 차창 너머의 흐릿한 '나'는 나의 곁눈질까지 따라했다.

시내 포교당의 좁은 마당에서 도반들과 신도들이 모여 치르는 단출한 영결식이었다. 몇 년 전 지리산 토굴에서 있었던 문중의 노스님 장례에 '악양 면장 노동호'라 쓰인 조화 바구니 하나밖에 없었던 것에 비하면, 습골도 없이 마당 귀퉁이에서 다비를 하고 타다 남은 장작 부스러기와 함께 묻은 것에 비하면 후한 장례였다.

숨을 거두기 며칠 전, 병시중을 들던 보살의 꿈에 "나 잘 가니 걱정 마소" 했다는 말, 그리고 편안히 눈 감더라는 얘기들이 망자의 넋과 함께 떠다녔다. 운구가 끝난 텅 빈 포교당의 모과나무에 설익은 열매처럼 아직은 그의 죽음이 실감나지 않았다.

인간이 금수와 다른 것은 무리를 이뤄 살 수 있는 능력이 있다는 점이다. 이것을 우리는 '사회성'이라고 한다. 이 인간 공동체의 생존에 근원적이고 필수적인 법규를 순자는 '예(禮)'로 봤다. 이 예의 본질은 나눔, 더 본질적으로 얘기해서 '나눠 먹음'이다. 가장 원초적인 본능의 충족과 분배의 묘를 잘 살려나가는 것, 그리고 이를 위한 생산력의 증대는 정치의 절대 과제이다. 그래서 여기서 생기는 불균형은 시대 변화의 욕구로 분출되는 것이다. '사랑하는 것'은 어렵지 않지만, 오랜 기간 조화롭게 함께 살기는 어려운 법이다. 삶의 긴 여정에서 서로 주고받는 정감이 서로에게 '가피'요 '은혜' 아닌가.

나이가 들어가면 황국이 좋아지는 걸까. 그렇다면 아마도 만추에 꽃을 피우는 뒷심이 인생을 닮아서인지도 모른다. 어떤 이는 어쩔 수 없어서 죽지만, 어떤 이는 스스로 목숨을 끊기도 한다.

세상에 끝이 있겠는가. 또 시작인 것을!

화분을 옮겨놓고 허리를 펴니 먼 산이 눈에 들어왔다.

'좀 더 살아도 될 것을.'

부질없어도 자꾸 그랬다.

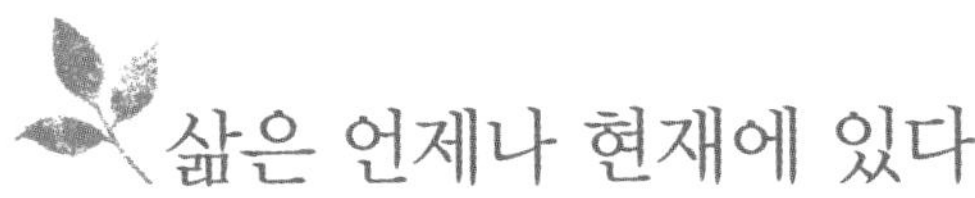# 삶은 언제나 현재에 있다

이름이 야야티인 한 왕이 있었다. 그의 나이는 이미 백 살에 이르렀다. 그가 죽음을 맞이할 때가 되어 죽음의 사신이 데려가려 하자, 선뜻 따라가고 싶지 않았다. 왕이 사신에게 간곡히 말했다.

"내 아들 중 하나를 데려갈 수는 없겠소? 나는 아직 제대로 살아보지 못했소. 나랏일을 보느라 육신을 떠나야 한다는 사실을 생각조차 해볼 시간이 없었소. 이런 날 데려간다는 것은 잔인한 일이오. 나는 왕국에 봉사하느라 바빴단 말이오. 그러니 자비를 베풀어주시오."

죽음의 사신이 말했다.

"좋다. 그대의 아들들에게 물어보라."

그에게는 아들이 백 명이나 있었다. 그러나 하나같이 남의 일이라 생각하고 나 몰라라 했다. 그런데 뜻밖에도 어린 막내아들이 나서며 말했다.

"좋습니다. 제가 아버지 대신 가겠습니다."

죽음의 사신은 안쓰러운 생각이 들었다. 그리고 왜 어린 나이에 기꺼이 죽음을 맞이하겠다는 것인지 이해하기 어려웠다.

아들이 말했다

"아버지가 백 년을 살도록 만족하지 못했다는 것은 저에게도 희망이 없다는 말과 같습니다. 제가 백 살을 살아도 마찬가지일 겁니다. 삶에서 찾을 수 없다면 죽음도 한 방법이 됩니다."

아들이 죽음을 대신 맞이한 뒤, 왕은 백 년을 더 살았다. 그러자 죽음의 사신이 다시 찾아왔다. 왕은 깜짝 놀라며 말했다.

"백 년이 이렇게 빨리 흘렀단 말이오? 나는 뭐든 제대로 시작도 못 해봤소. 이제 계획을 세워 준비하는 참인데 당신이 온 것이오. 다시 시간을 더 주시오."

이렇게 매 백 년마다 아들들이 왕을 대신하여 죽음을 맞이한 지도 열 번이 됐다. 왕의 나이는 이제 천 살에 이르렀다.

죽음의 사신은 천 살이 되었을 때도 어김없이 나타나서 물었다.

"이제는 어느 아들을 내놓을 것인가?"

왕은 비로소 속마음을 털어놓았다.

"아니오. 이제 천 년이라 해도 아무 소용이 없다는 것을 알았소. 시간보다 마음이 문제임을 알았소. 나는 나의 존재와 삶을 낭비하는 데 익숙해졌던 것이오. 이제 이 무의미한 일을 멈춰야 할 때가 되었소."

야야티는 기억될 만한 글을 남겼다.

"나는 천 년을 살았지만 나의 마음 때문에 삶을 살지 못했다. 언제나 미래를 바라보며 현재를 놓쳐버리곤 했다. 그러나 삶은 현재에 있다."

《우파니샤드》

높은 자리, 창고에 많은 보물을 가진 자는 항상 세상에 미련이 있다. 인간이 황제의 자리에 오른다고 해서 끝이 아니다. 그러고 나면 이제 신이 되고 싶어진다. 인간의 탐욕과 집착이 이렇게 무섭다.

황제에게 가장 어려운 순간은 자신의 죽음을 예견하고, 미리 후계 구도를 세우는 일이다. 창업보다 수성이 어렵다고 하듯이, 나라를 세우는 것보다 유지하고 발전시키는 일은 표도 나지 않으면서 모든 원망과 원한 관계를 다스려나가야 하기 때문에 더욱 벅차다. 어디 나라의 일뿐이겠는가. 기업도 그렇고 웬만한 재산이 있는 집안도 교통정리가 쉽지 않다. 탐욕에 자극받은 인간은 결코 그 이익을 포기하지 않는다.

고대 로마에서도 후계 구도에 만전을 기하는 일은 황제에게 큰 덕목이었다. 진시황이 천하를 통일했지만 아들 대에서 멸망을 보고 말았다. 동서양의 황제 가운데 가장 큰 제국을 거느렸던 칭기즈 칸의 경우에도 후계 문제에 각별히 신경을 썼다. 많지 않은 인구로 광대한 제국을 경영하려면 뜻이 모아지지 않으면 안 된다. 그래서 그가 임종에 다다라서도 마지막까지 당부했던 것이 '단결'이었다. 그는 단결력이 없으면 머리가 여럿 달린 뱀처럼 불행한 결과를 맞게 됨을 상기시켰다.

측천무후가 자신의 비석에 아무 글도 새기지 말라고 한 것은 훗날 자신에 대한 평가의 여지를 남겨두고자 함인지도 모른다, 칭찬이건 비난이건. 칭기즈 칸은 측천무후보다 한 발 더 나아가 자신의 시신 처리를 이렇게 지시했다.

"나는 무덤에 묻히고 싶지 않다. 내 시신을 매장한 뒤 흔적을 없애라."

그가 묻힌 곳에 대해서는 의견이 분분하지만, 언제인가 긍특산을 지나다가 큰 나무 한 그루를 보고 그곳에 묻어달라고 했다는 말이 있다. 몽골의 장례 풍습은 능침이 없고 관을 사용하지 않는 것이 특징이다. 신하들은 그 나무를 쪼개 안을 파내고 칭기즈 칸을 넣은 다음 다시 포개어 금테를 두르고 깊은 곳에 매장했다. 본래 오기 전에 자취가 없었던 것처럼 사후에도 공의 세계로 돌아가고 싶었으리라.

나고 죽음은 필연이다. 이왕 벌어지는 일이라면 미리 준비해야 도리에 맞다. 달 앞에서 뒤를 봐도 여전히 달 앞이다. 피할 길이 없다. 황제가 되고, 다시 신이 되고 싶어했던 창업의 영웅은 모두 몰락으로 이어졌다.

이 가을에 홀연히 가지를 떠나는 나뭇잎에는 넋을 놓고 찬미하면서 어찌 자신의 일은 그리도 서툰 것이지……. 인간의 역사는 항상 아픈가 보다.

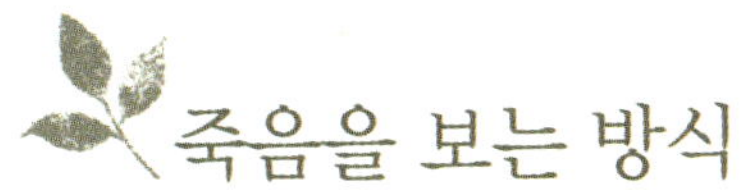

죽음을 보는 방식

세상을 움직이는 원리가 있다. 크게는 음과 양의 두 기운이 번갈아 일어난다. 또 삶과 직결된 것으로 생과 소멸이 있다. 이를 이해하고 받아들이기는 쉬운 일이 아니다. 분명한 것은 삶을 온전히 산 사람만이 죽음을 유감없이 받아들인다는 사실이다.

장자가 부인의 상을 당했을 때 친한 사이인 혜시가 찾아왔다. 그런데 장자가 곡은 하지 않고 오히려 대야를 두드리며 노래를 부르고 있었다. 괴이하게 여긴 혜시가 그 이유를 묻자 이렇게 대답했다.

"아내가 죽었는데 왜 나라고 슬프지 않겠는가? 그런데 다시 생각해보니 아내에게는 처음부터 생명도 형체도 기(氣)도 없었네. 유와 무의 사이에서 생겨났고, 기가 변형되어 형체가 되었으며, 형체가 다시 생명으로 모양을 바꾸었지. 이제 삶이 변하여 죽음이 되었으니 이는 춘하추동의 네 계절이 순환하는 것과 다를 것이 없네. 아내는 지금 우주 안에 잠들어 있다네. 내가 슬퍼하고 운다는 것은 자연의 이치를 모른다는 것과 같네. 그래서 나는 슬퍼하기를 멈추었다네."

이는 노장 사상의 핵심인 무와 허의 관점으로 죽음을 본 것이다. 문화마다 죽음을 보는 관점이 같지는 않다. 하지만 현인으로 일컬어지는 이들은 죽음 앞에서도 초연했다.

13세기 터키에서 살았던 나스레딘 호자가 들려주는 이야기에는 인생의 유머와 해학이 있어서 즐겁다. 이 시기에 동에서는 몽골이 서쪽으로 정복을 가속화하고, 서양에서는 십자군 전쟁이 발발하여 샌드위치 신세가 된 지금의 중동 지역 민중의 삶은 몹시 황폐해졌다. 이 고난을 현인들은 삶의 거대한 유희로 봤다. 호자가 죽음에 이르렀을 때의 이야기이다.

호자에게 죽음의 그림자가 드리워졌다. 하지만 그는 태연하게 행동하면서 농담까지 했다. 그는 유언으로 오래된 관에 묻어달라 했다. 사람들이 이유를 묻자 이렇게 대답했다.

"죽음의 신이 날 데리러 오면 '당신은 어디 있다가 이제야 온 것이오? 어디서 잠이라도 들었단 말이오. 이미 당신 친구가 와서 나의 죄를 다 묻고 갔소. 이 관을 한번 보시오. 얼마나 오래되었는지 말이오'라고 할 걸세. 그러면 혹시 모르지. 다시 이승으로 날 돌려보내줄지."

지난여름, 딸아이를 먼저 보낸 한 부모가 있었다. 아이의 아버지는 서울의 한 대형 병원 의사이고, 엄마는 음악을 전공한 분이었다. 아이의 49재를 지내는 동안 다행히 슬픔이 많이 잦아들었다. 그 집의 초재를 지내고 나서 차를 대접할 때, 나는 장자의 이야기를 해드렸다. 49재 중간의 어느 날이었을까. 아이의 어머니가 말하기를 "장자의 이야기로 마음을 달래려고 합니다" 했다. 나는 안다, 말이 쉽지 그게 얼마나 어려운 일인지.

한 여인의 아들이 죽었다.

여인은 거의 실신할 지경에 이르렀다. 죽은 아들을 흔들며 일어나라 소리도 쳐보고, 사정을 해봐도 요지부동이었다. 이 소식이 마을에 퍼지고 사람들이 몰려왔다. 여인의 처지가 불쌍했는지 누군가 "부처님이 근처에 계시네. 부처님은 불가능한 게 없으시니 당신의 죽은 아들도 능히 살려 내실 거야" 라고 했다.

여인은 귀가 번쩍 뜨였다. 당장 죽은 아들을 안고 부처님이 계신 곳을 향하여 달려갔다. 가는 도중에도 눈물은 끊임없이 볼을 타고 흘러내렸다. 부처님을 뵙자 그녀는 바닥에 엎드려 말했다.

"부처님, 제 하나밖에 없는 아들이 죽고 말았습니다. 부처님은 신통력이 있으시니 제 아들을 살려주십시오. 살릴 수만 있다면 뭐든 다 하겠습니다."

부처님께서 여인을 향해 말씀하셨다.

"좋다, 이렇게 하자. 우선 그대는 마을에 들어가서 겨자씨를 얻어오도록 해라. 그러면 아들을 살려주겠다. 단, 조건이 하나 있다. 지금까지 아무도 죽은 적이 없는 집에서 얻어와야 한다."

여인은 희망에 부풀었다. 금방이라도 자식이 눈을 뜨고 살아날 것만 같았다. 겨자씨는 인도 천지에 널려 있으니 아무 데나 가서 얻어오기만 하면 된다. 그녀는 당장 마을로 뛰어갔다. 아무 집이나 발길 닿는 대로 먼저 들어갔다. 그런데 정작 겨자씨를 얻으려고 하면 문제가 생겼다.

"어렵지 않아요. 자, 겨자씨를 드리지요."

"참, 그런데 이 집은 지금까지 죽은 사람이 아무도 없었나요?"

"아니, 그걸 말이라고 해요? 죽은 사람이 없는 집이 어디 있소?"

"그럼 당신의 겨자씨는 안 됩니다."

다음 집.

또 다음 집.

겨자씨는 어디서건 얻을 수 있는 흔한 것이지만, 부처님께서 말씀하신 조건에 맞는 집은 좀처럼 만나기 어려웠다. 석양의 태양처럼, 그녀의 희망도 점점 줄어갔다. 날이 저물고, 이 일이 원래 불가능했음을 깨달은 여인은 힘없이 부처님께 다가갔다.

"부처님, 겨자씨를 얻지 못했습니다. 그것은 처음부터 불가능한 것이지요. 마음이야 찢어지듯 고통스럽지만 아들의 죽음을 받아들이지 않을 수가 없습니다."

부처님께서 말씀하셨다.

"착한 여인이여, 나고 죽는 것은 벗어나기 어렵다. 그리고 모든 사람이 겪는 일이니 너무 괴로워 말라."

'세월이 약'이라 하듯, 삶의 환희는 시간이 걷어가고 아픔은 세월이 고이 묻어준다. 그러다 문득 두툼히 가렸던 망각의 벽을 뚫고 기억이 되살아나면 단지 이 말밖에 할 수 없다.

"잘해주지 못해서 미안해!"

삶의 깨달음은 항상 늦게 온다. 더 늦기 전에 가족과 친지의 손을 잡고 이렇게 말해보자.

"당신은 좋은 사람입니다!"

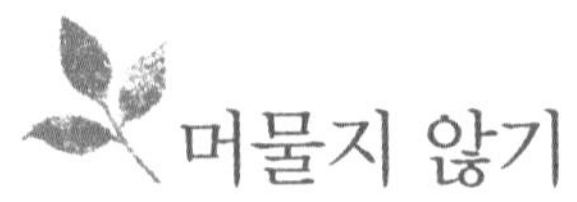

머물지 않기

여기 한 물건이 있다.

사람에게 각각 하나씩 있는 것이다.

그런데 머리도 없고, 꼬리도 없고, 이름도 없다.

위로는 하늘을 바치고, 아래로는 땅을 버티며, 해와 달보다 더 밝고, 천지보다 크다.

가고 눕고 앉고 서고, 말하거나 묵묵히 있거나, 움직이거나 고요한 일상 가득 분명한 이것이 무엇인가?

이것은 잘 쓰면 통하지 않음이 없다.

이것을 잘못 쓰면 하는 것마다 막힌다.

이것을 '마음'이라고들 하는데, 정작 우리는 이 마음의 주인 노릇은 못 하고 산다.

내 마음을 내가 쓰고 사는데도 주객이 전도되고 만다.

번뇌라는 한 마리 말이 있다고 하자.

어떤 사람은 그 말을 붙들어 매기 위해 매일같이 말과 씨름한다. 그러나 천성이 야생마라 거칠기 짝이 없다. 한 번도 누구에게 붙들려본 적이 없으니 녹록치 않을 수밖에.

아주 드물겠지만 이런 사람도 있을 것이다.

그는 우선 말의 특성을 살펴본다. 보아하니 고삐를 잡고 길들이기는 애초에 안 될 일이다. 그래서 그는 벌판에 내버려두기로 했다. 어디 가든 내 말이니 다른 사람이 주인이 될 수는 없다. 굳이 내 마음대로 부리려 하지 않고, 우선 말이 하고 싶어하는 대로 맡겨두기로 한다.

그가 믿는 생각은 "제가 날뛰어봐야 부처님 손바닥 안이지" 뿐이다.

마음은 이렇게 쓰는 것이다.

지루한 장마 끝의 불볕더위가 좀 심했을까? 아직은 시간과 계절의 변화에 몸이 바뀌는 것을 느낄 나이는 아닌 것 같은데, 나는 분명 지쳐 있는 것만 같다. 칠팔월의 땡볕에 맥을 못 쓰고 늘어진 꽃잎처럼. 움직이는 것도 줄여 아침 산책 정도 힘쓰고 나면 하루가 아직도 길다는 생각이 모기 떼처럼 우글거린다.

이즈음, 정오의 햇살이 사선으로 눕는 오후가 되면 약사전 뜰에 나가 고추잠자리처럼 맴돌며 늦은 기도에 열중해보기도 한다. 팔걸이가 있는 파란 플라스틱 의자에 앉아 돌 벤치에 발을 올려놓고 나면, 느티나무 위의 매미 떼가 아우성을 쳐도 아무 소리도 듣지 못할 때가 있다.

'참고 기다리면 장미꽃이 핀다'더니 올봄부터 치면 거의 네 차례에 가깝게 뜰의 장미가 피어났다.

날이 너무 더워도 모기가 없다는 것을 알았다. 그런데 날이 좀 풀려 이제 좀 살 만하다 싶으니 저들이 먼저 설친다. 마치 자기들의 계절이라도 되는 것처럼. 모기만 생각한다면 날이 더 더워도 상관없다는 심통이 스친다.

계절이 바뀌는지 바람 끝이 달고 시원하다. 바람을 향해 팔을 나란히 뻗으면 넓은 통의 저고리에 바람이 담기고, 그 바람이 겨드랑이를 타고 온몸을 간질이면 시간이 잠시 정지되어도 상관없을 만큼 관대해진다.

산책 시간이 됐다.

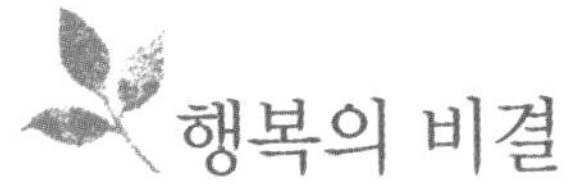

행복의 비결

옛날에 '행복의 비결'이라는 중요한 비밀을 숨기고자 하는 신이 있었다. 이 비밀은 아무나 알면 안 되는 것이므로 좀 더 은밀하게 감추고 싶었다.

신은 바다를 맨 처음에 생각했다. 그러나 바다는 안전하지 않을 것 같았다. 아무리 바다 깊이 숨길지라도 인간들은 영리해서 찾아내고 말 것이기 때문이다. 신은 동굴을 생각해봤다. 물에는 누구나 들어갈 수 있지만 동굴은 입구를 단단히 막아버린다면 쉽게 열어보지 못할 것 같았다. 그러나 다시 생각이 바뀌었다. 땅속의 온갖 진귀한 것들을 모두 파내는 게 인간 아닌가. 만약 알기만 한다면 온 천지에 구멍을 뻥뻥 뚫어서라도 찾아낼 것이다. 이번에는 아주 높은 산을 생각해봤다. 세상에서 가장 높은 산은 아직 올라가본 이가 없으니 가장 낫겠다 싶었다. 그러나 그것도 헛일이라 생각했다. 인간은 교활해서 바람이나 새들을 홀려서라도 손에 넣고 말 것이다.

그는 고민에 고민을 거듭한 끝에 드디어 완전한 해답에 도달했다. 아무도 쳐다보지도 않고, 누구나 가지고 있으면서도 모르고,

누가 가르쳐주거나 찾으려고 하면 싸움부터 해대는 게 인간이니 그들 자체가 미궁이지 않은가. 이렇게 결국 보물은 인간의 마음속에 숨겨지게 됐다고 한다.

부처님은 행복을 가장 덧없는 것에서부터 가장 심오한 것까지 몇 가지로 나누어서 설명하신다. 행복에도 단계가 있다는 말이다. 보통 사람들이 행복이라고 생각하는 것은 결국 '감각적 쾌락에서 오는 행복'이다. 이것을 '좋은 조건에서 오는 행복', 혹은 '집착에서 얻는 행복'이라고 부를 수 있다. 세속적인 욕망의 산물이 모두 여기에 속한다. 나아가 학문이나 예술 같은 고상한 취미일지라도 무엇인가의 조건에 의존하는 방식 또한 그다지 높은 단계로 여기지 않는다.

'놓아버린다'는 말이 있다. 선가에서는 '방하착(放下着)'이라 한다. 이 놓아버림은 무게를 줄이는 방법이다. 중력은 무게에 비례하기 때문에 스스로의 짐을 가볍게 해야 한다. 멀리 날아가기 위해 무게를 최소화하는 풀씨를 보라. 무상한 덧없는 것을 붙잡고 있을 필요가 있겠는가.

방하착을 이해하고 나면 비로소 행복을 꿈꿀 수 있다. 가장 고귀한 행복은 깨달음의 각 단계에 이를 때마다 생기는 '지복'이다. 우리는 각 단계에 이를 때마다 삶의 짐이 가벼워지는 것을 느끼고 좀 더 강렬한 행복과 자유를 맛볼 수 있다. 마음의 모든 부정적인 상태에서 벗어나 영원한 자유를 얻는 깨달음의 최종 단계에 이르러서는 방해받지 않는 최고의 행복을 느낀다.

부처님은 낮은 단계의 행복에 대한 집착을 놓아버리고, 모든 노력의 초점을 가장 고귀한 행복인 깨달음을 추구하는 데 맞추라고 가르치셨다. 그렇다고 현재의 모든 것을 부정하라는 것은 아니다. 현재 수준에서 얻을 수 있는 행복을 최대화해야 하는데, 이것이 단순히 세속적인 욕망을 채우는 것보다는 더 나은 미래를 위한 공덕을 쌓는 방식이어야 한다는 말씀이다.

마음을 잘 들여다보는 것! 보물을 찾는 첩경이다.

누군가 떠난 빈자리에서

곡(哭)은 사람이 죽었을 때 슬픔을 드러내는 행위이다. 그 소리는 지나치지 않아야 한다. 소리가 너무 커도 억지스러우니 적당하면 된다. 곡은 눈물을 흘리는 것과 달리 소리를 내어 애도하는 것이다.

요즘은 대형 병원마다 장례식장을 잘 꾸며놓았고, 도시 사람들은 대부분 이런 장례식장에서 상을 치르기 때문에 예전 같은 번거로움도 없다. 또 이런 곳에서는 사후의 시신 처리부터 염습하여 화장이나 매장까지 일사천리로 진행되기 때문에, 어렸을 때 시골에서 보던 장례와는 현격한 차이가 있다. 따라서 슬픔도 많이 자제되는 것인지 장례 기간에 더러 독경을 하러 가면 곡을 하는 모습을 보기 어렵다. 대신 절에서 49재를 모실 때 보면 돌아가신 영가와 각별한 정이 있거나, 아니면 서운한 감정을 미처 풀지 못하고 헤어지는 경우에 감정이 복받쳐서 그런지는 잘 모르겠지만, 아무튼 많이 우는 분들이 있곤 하다. 최근에 이런 일이 있었다.

그 댁은 자녀가 열 명, 그중 아들이 네 명이다. 아들 둘이 먼저

간 데 비해 딸들이 하나같이 키가 크고 튼튼해 보인다. 밭에 농사를 계속 지으면 알이 실하지 못한 법인데, 이 집은 딸들이 참 튼튼하다고 놀리기도 할 정도로 나와는 가까운 사이다. 작년에 이 집의 아들이 운명하여 49재를 지냈고 올해가 첫 제사였다. 생후 한 달 되어 담요에 싸인 아기까지 하면 거의 20여 명에 가까운 식구가 함께했다.

독경이 막 시작되었을 즈음에 몇째 누이인지, 갑자기 소리 내어 울기 시작했다. 제법 큰 소리였다. 곧 그치겠지 하면서 의식을 계속하는데, 그 기세로 봐서는 그칠 것 같지 않았다. 수많은 재를 지냈지만 의식 시간 내내 우는 경우는 처음이었다.

황국이 남도에 지천으로 널려 있던 어느 가을에 홀로 살다 떠난 누님을 보내고, 목포의 화장장에서 다시 누님이 살던 장흥으로 돌아와 생전에 좋아하던 산책 길의 쉬어가던 곳에 산골하고, 자정이 되어 송광사로 돌아오기까지 양동이에 물 새듯 하루 종일 눈물을 흘려본 나는 그 눈물의 의미를 이해할 수 있다.

재가 끝나고 그때까지 울음을 그치지 못한 그이의 등을 토닥이며 "뭐가 그리 슬프노!" 했다. 이 말이 자극이 되었는지 잦아들던 울음이 다시 커졌다. 마치 할아버지가 시끄럽다고 줄여놓은 라디오 볼륨을 어린 손자가 잘못 건드려 갑자기 튀어나온 듯한 큰 소리였다.

그이가 그랬다, 울면서.

"스님, 이제 동생 어떻게 만나요! 흑흑……"

남에게 직설을 잘하지 못하는 내가 그날만큼은 마치 도력이 높

은 선사가 역으로 찔러 생각의 길을 끊듯이 말했다

"못 만나요! 어찌 만날 것이오."

가는 일이 있으면 오는 일이 있는 것이다. 어찌, 가는 것만 붙잡고 있을 수 있겠는가.

나는 "네가 나보다 머리가 더 길다" 하고 1개월 된 아기의 머리를 가볍게 쓰다듬으며 축복해주었다.

죽은 자를 쉽게 보내지 못하는 것은 예나 지금이나 변함이 없는 것 같다. 49재나 제사를 지내고 오면 옛이야기 중 '곡'에 얽힌 이야기가 가끔씩 생각이 난다.

춘추전국시대 사람인 기량이 전쟁에 나가 죽게 되자, 천하에 잘 울기로 알려진 그의 처가 슬피 울어 성이 무너졌다 하여 '붕성지통(崩城之痛)'이란 말이 생겨났다. 《맹자》〈고자〉 편에도 "화주와 기량의 처가 곡을 잘하여 그 나라 풍속을 변하게 했다"는 구절이 있을 정도다.

옛날에 기량이란 사람이 있었는데 그의 처가 곡을 잘했다. 어느 날 기량이 죽어 그 처가 곡을 하는데, 처음에 곡을 시작할 때 동네 사람들은 그 소리를 싫어해서 기량의 처까지 싫어했다. 사람들은 그 곡소리에 귀를 막고 기량의 처를 보면 눈을 감았는데, 그 곡소리가 일반 사람들과 달랐기 때문이다. 그러나 기량의 처는 동네 사람들이 곡소리를 싫어한다고 해서 그만두지 않고 계속했다. 그러자 동네 사람들이 어느덧 모르는 사이에 덩달아 슬피 애통하며 함께 곡을 하게 됐다. 곡을 하게 된 마당이니 그 사람과 곡소리를 미워하던 마음이 바뀌어 불쌍히 여기기까지 했다. 그러나 기량의 처는 동네 사람들이 자기를 불쌍하게 본다고 해서 곡을 그만두지 않고 계속하니, 온 마을 사람들이 마침내 곡을 다 잘하게 됐다. 사람들이 다 곡을 잘하게 되어 그 애통함을 잊어버렸고, 어떤 사람이 곡을 한다 해도 이상하지 않았다. 사람마다 곡을 잘하고, 곡하는 일이 오래되어 온 동네가 곡을 잘하는 풍속을 이루게 되니, 그 마을 사람들이 다 곡을 잘한다고 여기게 됐다. 사람들이 모두 저절로 곡을 잘하게 되고 나니, 곧 기량의 처를 자기 부인과 같고 자기와 다르지 않게 여겨 기량의 처와 더불어 일을 하고 친밀하고 가까워져서 모든 것을 잊어버리지 않는 것이 없었다.

그런가 하면 《논어》〈술이〉 편에는 공자께서 죽은 이를 찾아갔을 때의 자세를 기록한 부분이 있다. 과거에는 문상을 가면 먼 길이라 반드시 음식을 대접받고 왔기 때문에 이런 말씀을 한 듯하다.

공자는 상을 당한 이들 곁에서 식사를 할 때는 결코 배부르게 먹지 않았다. 어느 날 곡을 하게 되면 그날에는 다시 노래를 부르지 않았다.

진실하다. 진실은 일정한 시간 동안 지속되는 성실성이 있어야 인간다운 정서이다. 이것을 위의 이야기가 잘 말해주고 있다. 이래야만 인간의 정서를 바로 세우고 함양할 수 있다.

옛글에 보면 슬픔을 표하는 데 있어서도 주의할 만한 것을 일일이 말해놓은 것도 있다. 상가에 가서는 웃지 말고, 화려한 색의 옷은 결례이며, 상가의 음식을 너무 과하게 먹는 것은 곤란하다는 등이다. 그리고 남의 아녀자가 죽었을 때 너무 슬퍼하면 오해를 산다는 말은, 고인을 향한 품위를 차리는 행위가 간단하지 않았음을 잘 보여준다.

누군가 떠난 빈자리! 저절로 잊기 어렵고, 특히 떠난 가족에 대한 기억은 깊이 스며들어 잘 지워지지 않고 오래간다.

내려놓기

우리 절에는 노지에 부처님이 입상으로 크게 세 분 모셔져 있다. 불상을 모시는 방법에는 여러 가지가 있다. 대별해보면, 전각 안에 모시는 것과 지붕 없이 비바람이 죄다 통하는 바깥에 모시는 것이 있다.

5년 전, 절 공터에 좌대까지 포함하여 3미터 크기의 부처님을 세 분 모시고 뒤로는 병풍처럼 천불을 모셨는데, 이 천불대가 부처님을 더욱 돋보이게 한다. 주불은 약사여래불이다. 약사여래불은 중생의 모든 병고액난을 구제하시는 부처님이다. 좌우로 지장보살과 미륵보살을 모셨고, 이곳의 부처님께는 매일 사시(오전 9~11시. 부처님은 이 시간에 탁발을 나가서 음식을 얻어 드셨다. 절에서는 이를 따라 오전 11시 이전에 사시 공양을 올리는 예불을 한다)에 생미(生米)를 불기에 담아 공양을 올린다.

공양을 마칠 때에는 우주 법계의 생명들을 공양한다는 의미로 음식을 조금 덜어 '헌식'한다. 헌식이래야 부처님이 마주 보이는 마당 건너의 널따란 정원석 위에 쌀을 한 줌 놓는 정도다. 처음에는 한곳에 놓았는데 날아와 얻어먹는 새들이 점점 불어나 지금은 세 군데에 한 줌씩 놓고 있다.

오늘도 사시에 '약사전'에 나갔다. 건물의 측면으로 통하는 약사전으로 나가는 유리문을 열면 벌써 참새 떼가 요란하게 울어댄다. 여러 해 동안 지속되는 일이라서 이 시간이 되면 미리 날아와 기다리는 것이다. 얼추 봐도 백 마리는 넘는 숫자다. 이들은 내가 향을 피워 올리고 축원을 하느라 서 있는 동안에도 불기 주변에 날아와 입질을 하기도 한다. 불단 앞에 청정수를 담아놓은 수각에 깃털과 뿌연 때가 떠다니는 것을 보면 물을 먹느라 부산했음을 알 수 있다. 지금은 날이 추워져서 그만하지 여름에는 물속을 들락거리며 먹을 감기 때문에, 하루에도 몇 번이고 수각의 물을 갈아줘야 한다.

기도를 마치고는 헌식대로 가면서 불기에 뚜껑을 부딪쳐 쇳소리를 울려주는 게 내가 이 참새 식구들에게 공양을 알리는 신호이다. 헌식대에 쌀을 놓고 돌아서는 순간 이들은 바삐 공양을 시작한다. 그렇다고 이 공양이 참새들만의 잔치는 아니다. 어디서 날아오는지 산비둘기 두세 마리도 항상 대기하고 있다. 그런데 새들은 절대 오랜 시간 같은 자세로 있지 않는다. 아마 먹이에 정신을 놓는 사이 어떤 습격을 받을지 모르기 때문에, 항상 경계를 게을리하지 않는 것 같다. 먹이를 앞에 두고도 계속 먹지 않고 조금 먹고 가지로 날아올랐다가, 주변을 보고 다시 내려가기를 짧은 주기로 반복한다. 참새가 존재하는 방식이다.

278

생명은 이처럼 모두 자신이 살아가는 방법을 터득해가는데, 그 과정에서 생기는 오류를 수정하지 않으면 살아남지 못한다. 지구가 생겨난 46억 년 이래 수십억 년 된 이끼 같은 생물부터 미물들, 나아가 고등 생물들까지 이 법칙에서 예외는 없다. 마치 기술 개발을 게을리하는 기업이 도태할 수밖에 없는 것과 같은 이치다.

약사전 불사를 할 때 은사 스님으로부터 받은 교훈은 지금도 생생하다. 절의 불사에는 크고 작은 규모의 시주를 받게 된다. 이 약사전 삼존불 불사는 굴지의 재벌이던 한 회사에서 여기저기 세워져 있던 창업주의 동상을 사정에 따라 정리하게 되면서, 그 철을 재주물하여 조성하기로 했다. 그리고 신도들의 동참을 얻되, 조성비의 일정 부분을 그 회사에서 맡아주기로 약속했다. 그런데 불사가 마무리되는 시점에 창업주의 미망인인 노보살이 병원에 입원하는 일이 생겼다. 약간의 중풍을 동반한 증상이라 병원에서 여러 달 동안 재활 치료를 받아야 했다. 나는 불사비가 걱정됐다. 그 무렵 은사 스님께서 여러 번 병문안을 다녀오셨는데, 불사비 말씀이 없으셔서 어떻게 되었는지 여쭈었다. 스님께서는 환자 앞에서 어떻게 불사 얘기를 꺼낼 수 있겠느냐며 이렇게 한 말씀하셨다.

"이건 주지에게 고생 더하라는 소식이다."

참 이상하게도 스님의 이 한마디에 모든 생각이 떨쳐지면서 아주 개운함을 느꼈다. 일이 잘되었으면 좋겠지만, 그렇게 되지 않는다면 고생을 좀 더하면 되는 일이다. 번민할 이유는 어디에도 없었다.

"고생할 땐 고생하는 게 좋습니다. 죽을 땐 죽는 게 좋습니다"라고
했던 일본 한 선사의 말씀이 떠오르며 기분은 오히려 좋아졌다.

싹이 자라서 꽃을 피우지 못하는 경우도 있고, 꽃을 피웠어도 열
매를 맺지 못하는 일도 있다. 이 말씀은 공자나 예수님의 말씀, 부
처님의 말씀에도 있다. 의도하는 삶은 항상 불안정하고 흔들리는
것이다. 자주 읽어보는 《도마복음》 97장의 이야기가 삶의 고독과
슬픔을 잘 말해준다.

예수께서 말씀하셨다.
"아버지의 나라는 밀가루를 가득 채운 항아리를 이고 가는 한 여인
과 같다. 그녀가 먼 길을 가는 동안 이고 가는 항아리의 손잡이가 깨
져서 밀가루가 새어나와 그녀가 가는 길 위에 뿌려졌다. 그녀는 이
사실을 알지 못했다. 집에 도착하여 항아리를 내려놓는 순간 그녀는
그 속이 비어 있음을 알았다."

인간이 생각하는 결실과 천지만물의 전체 조화 속에서 이뤄지는
결실이 부합되기 어려운지도 모른다. 흩날리는 밀가루의 상징은
소리도 없고, 어떤 조짐도 드러내지 않는 상태에서 겪게 되는 득실
의 상이다. 인간 욕망의 채움과 비움은 동전의 양면과 같아서 삶에
서 분리되어 떨어지지 않는다.

생로병사는 인간의 길이다. 싫어도 가는 길이다. 생겨나서 오래
되면 낡는다. 낡음이 깊어갈수록 새로운 탄생이 자극을 받는다. 그

리고 낡음이 더해가면 병이 찾아온다. 중국 삼국시대 때 장비가 이 세상의 어떤 것도 두렵지 않다고 큰 소리를 쳤다. 죽음도 상관없다고 했다. 이때 제갈공명이 손바닥에 글자 하나를 써서 장비에게 보여주며 "이것도 두렵지 않느냐"고 물었다. 장비가 풀이 죽어 "천하 영웅호걸도 이것만큼은 어쩌지 못합니다"라고 말했다. 그 글자는 '병들 병(病)'이었다.

사실 죽음은 별로 두려운 게 아니다. 그 상태를 모르고 가기 때문에 두려울 게 없다. 그게 좋은지 나쁜지도 모른다. 천상은 좋을 것이고, 지옥은 나쁠 것이다. 그마저도 태어난 순간 아무것도 모르고 살아가게 된다. 이 생명의 비밀을 우리가 알 길이 없다. 그러나 병은 살아 있는 동안 고통을 가져온다. 벌어놓은 돈이라도 없으면 더욱 그럴 것이다.

빈 항아리는 놓고 떠나야 하는 무와 공의 세계, 그리고 인생의 허무이다. 가는 길이 멀면 멀수록 밀가루는 주인도 모르는 사이에 바람 따라 흩어져버린다. 삶도 마찬가지여서 돌아보면 아무것도 없다. 오직 살아 있는 동안에 자신이 심은 선과 악의 씨앗만이 그의 영혼을 따라간다고 부처님은 말씀하셨다. 그래서 좋은 동기로 살아가는 일은 이생에서는 물론 다음 생에서도 행복한 삶으로 보답한다.

기도하는 사람이 어려운 일을 피하게 해달라고 한다면, 이는 아주 초보 단계의 신앙에 지나지 않는다. 조금 더 높은 단계에 있는 사람은 그게 무엇이건 감당하겠다는 헌신의 자세를 보인다. 그리고 더 높은 단계의 믿음은 이 세상을 초월하려 한다. 단지 살아갈 뿐, 누구에게 무슨 기대를 한단 말인가. 모두 부족하다고 아우성인데, 어떤 이가 자신은 남는다며 가져가라 하겠는가. 그런 세상을 나는 들어보지 못했다. 따라서 초보 단계의 신앙으로 돌아가는 일은 없어야 하고, 적어도 두 번째 단계, 그러나 시선은 항상 초월에 두고 살아갈 것이다.

"50이 넘어서 아침에 일어날 때 아프지 않은 몸은 죽은 몸이다"라는 말을 들었다. 이 포교당에서 8년을 새벽 예불에 빠지지 않고 나갔다. 새벽 4시에 몸을 일으켜 법당으로 올라가는데, 무슨 정신으로 가는지 모르고 간 때가 한두 번이 아니다. 올 들어 벌써 세 번째 허리가 아프고, 요즘은 어깨에 담까지 들어 몸을 뒤척일 때마다 "에고!" 소리가 절로 난다. 어디 따뜻한 온천에라도 가서 한 며칠 예불 공양 다 밀쳐놓고 잠이나 실컷 자고 싶은 기대가 참으로 간절하다.

50이 되어 세상을 떠난 천재적 인물들이 많다는 것을 알았다. 내가 관심을 가지고 있는 선사상 분야에서 독보적 인물인 우리나라의 보조 국사와 일본의 도겐 선사가 모두 50대 초반에 열반에 드셨다. 그에 비해 돌아보면 나는 해놓은 일이 없다. 시주 밥만 축내고 이날까지 살아왔으니 부처님 전에 낯을 들 수가 없다. 그런데 세속적인 욕심을 더 부린다는 것은 앞으로의 인생을 황폐하게 할 뿐이다. 육신이야 세상 어디에 처해 있을지라도 정신만큼은 홀로 가고 싶다. 이렇게!

사방으로 돌아다니지 말고

남을 해치려 들지 말고

무엇이든 얻는 것으로 만족하고

온갖 고난을 이겨 두려움 없이

무소의 뿔처럼 혼자서 가라.

《숫타니파타》〈무소의 뿔〉

국립중앙도서관 출판시도서목록(CIP)

행복한 기원 : 지금 가는 길이 가장 좋은 길이 되기를 / 보경 지음. — 고양 : 조화로운삶, 2011
　　p. ;　cm

ISBN　978-89-92378-76-5　03810 :₩13000

수필집[隨筆集]

220.4-KDC5
294.302-DDC21　　　　　　　　　　　　　　　　CIP2011000301

행복한 기원 지금 가는 길이 가장 좋은 길이 되기를

초판1쇄 발행 2011년 2월 11일　초판3쇄 발행 2011년 2월 21일

지은이 보경 | **펴낸이** 연준혁

출판 6분사 편집장 이진영
편집 정낙정 박지숙 | **디자인** 강홍주
제작 이재승 송현주

펴낸곳 (주)위즈덤하우스 | **출판등록** 2000년 5월 23일 제13-1071호
주소 경기도 고양시 일산동구 장항동 846번지 센트럴프라자 6층
전화 031-936-4000 | **팩스** 031-903-3895
홈페이지 www.wisdomhouse.co.kr | **전자우편** wisdom6@wisdomhouse.co.kr
출력 플러스안 | **종이** 화인페이퍼 | **인쇄 · 제본** (주)현문

값 13,000원　ISBN 978-89-92378-76-5 (03810)

- 잘못된 책은 바꿔드립니다.
- 이 책의 전부 또는 일부 내용을 재사용하려면
  사전에 저작권자와 (주)위즈덤하우스의 동의를 받아야 합니다.